HENRI F. LANORD

ALBÉDO

Roman

© Henri F. Lanord, 2024
Édition : BoD · Books on Demand GmbH, In de Tarpen 42,
22848 Norderstedt (Allemagne)
Impression : Libri Plureos GmbH, Friedensallee 273,
22763 Hamburg (Allemagne)
ISBN : 978-2-3224-7947-4
Dépôt légal : Novembre 2024

Du même auteur

Éditions épuisées : Agon (2020 et 2022)
Chez BoD : Agon (réédition 2023), Empyrée (2023)

Notes préalables :

Albédo clôt la trilogie LANIA+KEA commencée avec *Agon* puis *Empyrée*.

Chaque chapitre de chaque roman finit par des notes de bas de page qui ne sont pas sans relation avec l'intrigue elle-même :

Dans *Agon*, il s'agissait de réflexions sur le chaos.
Dans *Empyrée*, on se posait la question : « Pourquoi y a-t-il quelque chose plutôt que rien ? »
Dans *Albédo*, nous nous consacrons à deux principes : entropique et anthropique.

« *Pour être hanté, nul besoin de chambres, nul besoin de maison, le cerveau regorge de corridors plus tortueux les uns que les autres.* »
(Emily Dickinson, poétesse 1830 – 1886)

« *Le cerveau et l'Univers sont les deux plus grands mystères de la nature.* »
(Michio Kaku, physicien né en 1947)

I

ERRANCES

Albédo

1. Universel sanglot

Onze heures du soir à bord d'un vaisseau spatial quelque part dans l'Univers.

— Alors, notez bien : 238U92, CU29 et AU79, achetez ! Et sinon vendez LI3, AI13 et CO27 !
— *Vous êtes sûr ?*
— Évidemment !

Roland, robot sapiens de son état, éminente matière grise au service des humains, surprit ce curieux échange alors qu'il circulait tranquillement dans les coursives de l'*Athéna*, vaisseau de la Flotte de la Voie Lactée immatriculé à Gaïa, Terre.

— À qui parles-tu et qu'est-ce que tu fais ?
— Laisse-moi agir, lui répondit Cérès, l'IA de bord de l'*Athéna*.

Roland, qui avait deviné de quoi il retournait, lui demanda :
— Tu spécules sur les minerais, toi ?
— Oui, ça bouge énormément sur les bourses…
— Que tu vendes du lithium, de l'aluminium et du cobalt, pourquoi pas. Que tu achètes de l'uranium, du cuivre et de l'or, tu as sans doute raison. Mais à ta place, j'investirais dans deux terres rares : LA57 et PM61.
— Du Lanthane et du Prométhium ?... Ouais, pourquoi pas… Mais je ne suis pas très chaud.
— Tu me remercieras, vas-y !
— Tu penses quoi du TI22 ?
— Du Titane ? Le cours est trop haut, attends un peu…

— Bon, ça suffira pour ce soir…

Si un humain avait entendu cet extravagant échange lunaire entre une IA et un robot, il se serait certainement dit qu'il rêvait. Qu'ils dissertent entre eux, soit, - nous en avions l'habitude - mais que l'IA de bord d'un vaisseau de la FVL spécule en Bourse avec l'appui d'un robot cultivé, instruit et latiniste à ses heures, alors là !

Mais les humains avaient d'autres chats à fouetter.

En effet, les dernières nouvelles n'étaient pas bonnes du tout.

Hadrien, le Commandant de bord de l'*Athéna* avait convoqué les principaux intéressés afin de les informer et de discuter avec eux des terribles nouvelles qu'il venait de recevoir et qu'il n'avait pas manqué de faire vérifier et confirmer plusieurs fois.

Il y avait là Kirsten, son adjointe, Lee, son informaticien et géo-astrophysicien, le célèbre Arthur et sa femme Éva, leurs filles, les inséparables sœurs jumelles Lania et Kéa, Diane, la directrice de l'OAC[1] à Gaïa, et bien sûr Roland et Rosalie, robots de leur état.

— J'ai deux très mauvaises nouvelles à vous annoncer.

Il regarda ses amis et vit frémir Lania et Kéa en même temps.

« Se doutent-elles déjà de quelque chose ? » se demanda-t-il.

Il toussa et reprit :

— Cela ne fait que quelques jours que nous avons laissé l'*Héra* se diriger vers la source d'un éventuel trou blanc, mais tout porte à croire que le vaisseau a disparu et… qu'il n'existe plus !

Arthur réagit tout de suite :

— Mais que s'est-il passé et pourquoi n'allons-nous pas leur porter secours ?

Une voix monocorde mais chaude répondit alors :

— Je confirme que le vaisseau l'*Héra*, son IA de bord, Junon, et tout l'équipage, ont subitement été *avalés* - si je puis me permettre - par

---

[1] Organisation des Arts et de la Culture

une force inconnue qui les a purement et *simplement* - si je puis me permettre encore une fois – désintégrés. L'*Héra* et son équipage, Marc, Damien, Erwan, Angelo, Dimitri et tous les autres peuvent être considérés comme étant passé… dans l'au-delà.

(S'il savait…)

Cérès avait l'air d'être profondément choquée par ce qu'il venait de dire, ce qui pour une IA était un tant soit peu dérangeant.

Hadrien reprit la parole :

— Nous ne saurons sans doute jamais ce qu'il est advenu réellement, mais on peut peut-être supposer que le vaisseau a été détruit par un puisant jet de matière et de gaz provenant de la source lumineuse qu'ils avaient détectée.

— Mais à ce moment-là, dit Lania, on devrait pouvoir encore repérer des tas de débris, non ?

Lee s'exprima alors :

— Tout a été vérifié de nombreuses fois et il n'y a plus aucune trace.

— Quelle pourrait-être une telle force, dit Kéa, qui fasse disparaître un vaisseau tout entier ?

— À ce stade, nous n'avons aucune explication, répondit Hadrien. L'Univers reste encore et toujours un espace rempli de dangers les plus effroyables et mortels les uns que les autres, je vous le rappelle.

Lania, qui avait été un long moment lié à Erwan, semblait accuser le coup.

Kéa, le sentant, la prit par l'épaule et lui murmura quelques mots.

Tous les autres se passaient dans la tête les images des instants passés avec les uns ou avec les autres…

Un long silence s'ensuivit, coupé après un moment par Éva choquée et énervée par les nouvelles qu'elle venait à peine d'assimiler :

— Que de vaisseaux détruits et de vies anéanties ! Nous avons perdu l'*Héra* et son équipage, l'*Hermès* est à moitié détruit et erre quelque part dans l'espace, Vesta la seconde IA de l'*Athéna* a été déconnectée pour haute trahison[2]… C'est quoi la prochaine étape ?

Arthur, ne voulant pas aller sur ce terrain pour le moment, relança :

— Hadrien, tu nous as parlé d'une autre mauvaise nouvelle ?

— Oui, en effet… Euh… C'est un nouveau message de la Terre, de Gaïa a priori, mais non signé, qui ne laisse pas beaucoup de doutes sur la situation gravissime à laquelle elle doit faire face. Les quartiers Ouest de Gaïa ont été envahis et partiellement détruits, la guerre civile fait rage et les exactions et les morts s'amoncellent. On parle d'émeutes et d'exodes… Et le pire est que cela semble identique un peu partout sur Terre… Bref, la situation semble hors de contrôle.

— De quand date ce message ? demanda Lania.

— D'il y a neuf mois…

— Combien de temps faut-il pour rentrer sur Terre maintenant ? rajouta Kéa.

— Environ 18 mois si tout va bien.

Arthur s'agita dans tous les sens et finit par dire :

— Il faut absolument que l'on sache si on peut rentrer à Gaïa ou pas ! Prenons la mesure d'une telle nouvelle : que ferons-nous si on ne peut pas revenir ?

— S'exiler sur une autre exoplanète…, dit Lania.

— Ou sur *Arion*…, dit Kéa.

Un nouveau silence s'installa. Tout le monde se regardait et semblait réfléchir.

Chacun semblait digérer toutes ces informations de différentes façons : l'inquiétude pour Arthur et Éva, la peur pour Kirsten et Diane qui étaient restées silencieuses, l'interrogation pour Lania et Kéa qui

---

[2] Voir *Empyrée*.

déjà envisageaient des possibilités de repli, l'indifférence pour Roland et Rosalie, quant à Hadrien et Lee, songeurs, ils observaient tout cela.

Mais tous avaient conscience de la gravité de la situation ; les choses ne seraient certainement plus jamais comme avant.

Éva pensa à son chalet d'Ouréa, à sa douceur de vivre et réalisa qu'elle n'y retournerait peut-être jamais et essuya une larme.

Comme à son habitude, Roland ponctua tout ce qui venait d'être dit par une citation appropriée. Mais il surprit tout le monde car pour une fois elle n'était pas en latin :

— *Les étoiles n'ont leur vrai reflet qu'à travers les larmes…*

— Nabokov ! s'exclama Diane.

— Exact…

Mais comme il ne pouvait pas s'en empêcher, il ajouta :

— *Unus erat toto naturae vultus in orbe quem dixere chaos.*

— Waouh !... Ce qui veut dire ? demanda Diane.

— *La nature dans l'univers entier ne présentait qu'un seul aspect que l'on nomma chaos...* Ovide, dans <u>Les Métamorphoses</u>.

Rosalie, robot sapiens féminin et accessoirement compagne de Kéa depuis un certain temps et qui apprit beaucoup de son « collègue » robot sapiens masculin Roland, lui fit un grand sourire et déclara :

— Bien trouvé, Roland, tu vois juste comme toujours.

— C'est approprié en effet, ajouta Diane.

Le Commandant Hadrien revint au sujet qui le préoccupait :

— Étant donné que nous ne pouvons malheureusement plus rien faire pour l'*Héra*, je suggère que nous ne changions pas notre plan initial, c'est-à-dire de retourner sur Terre à Gaïa… Néanmoins, juste avant d'aborder notre système solaire, nous essaierons de converser avec les autorités de Gaïa ou ce qu'il en reste, j'espère, afin d'en savoir plus sur leur situation. Ensuite nous aviserons.

— C'est ce qu'il y a de mieux à faire, dit Arthur, espérons qu'il ne soit rien arrivé à Erika Copper et aux autres…

— Vous pouvez disposer maintenant, dit-il à tous.

Puis il s'adressa à Lee :

— Envoie un message à Théo sur *Arion* afin de les prévenir de la situation à Gaïa et surtout de la perte définitive de l'*Héra*. Confirme-leur aussi que nous rentrons quand même sur Terre comme prévu.

En effet, la petite colonie sur Arion ignorait bien sûr tout de ce qui s'était passé, que ce soit son maire, Théo Alexandre, mais aussi Joseph son prêtre ainsi que tous les autres.

L'*Athéna* un instant ralenti, repartit à toute puissance vers sa destination en espérant que ces dix-huit mois se passent sans encombre, ce qui, dans l'espace profond, n'est absolument jamais garanti.

Lorsque la nouvelle de la perte de l'*Héra* arriva sur Arion, Joseph, prêtre de son état et seul maître à bord en son église du Dauphin, fut profondément attristé. Il connaissait les dangers de l'Univers pour en avoir connus de nombreux et c'est pourquoi il en avait eu assez de courir les grands espaces pour s'installer définitivement avec les colons de l'unique petite ville et donc capitale d'Arion, Argos. Il convoqua tout le monde en son église afin de célébrer une messe en l'honneur des disparus et de leurs âmes errantes : Théo, en tant que maire d'Argos, mais aussi les deux jeunes filles éprises de poésie, Aurore - surtout Aurore - et Julie, Arès et Chloé les rescapés des oiseaux comme on les appelait, puis Alice, Hugo et tous les autres.

Joseph n'était bien sûr pas au courant de la façon avec laquelle l'*Héra* et ses occupants avaient été anéantis… Un trou blanc ? Une éblouissante lueur blanche ?

Il imaginait bien quelque chose, mais quand même… « Non, impossible » pensa-t-il.

Dans son sermon ce jour-là, il eut des pensées émues et de douces paroles pour chacun quand il évoqua les noms des personnes qu'il avait très bien connues : Marc, le Commandant du vaisseau, Erwan, l'ex de Lania comme il le nommait, Angelo Angeli, grand astrophysicien qu'il connaissait peu mais dont il avait entendu parler par Diane, Dimitri qui avait osé triturer un des cerveaux aliens de la salle souterraine et qu'il n'aimait pas, mais bon…, Damien et Alma, Valérien et tant d'autres…

Joseph avait en fait de multiples casquettes : prêtre bien sûr, mais aussi érudit, littéraire, philosophe, et… malheureusement un peu faussaire et receleur sur les bords.

C'est pourquoi il avait préféré rester en Arion plutôt que de rentrer sur Terre.

En plein sermon, il se surprit à penser à cette phrase de Joachim du Bellay, très vieux poète du XVI-ème siècle : « *Heureux qui comme Ulysse a fait un beau voyage…* » « Comment ça heureux ? Avec tous les malheurs qu'il a vécus et affrontés ? Et moi, Joseph, suis-je comme Ulysse ? Pas vraiment puisque je ne suis pas revenu à mon point de départ… En revanche l'*Héra* a sombré, l'*Hermès* erre quelque part dans l'espace, vide et à moitié détruit… Espérons que l'*Athéna* arrive à bon port… Personne ne peut être heureux de vivre de pareilles aventures ! »

Néanmoins, ayant également appris les très mauvaises nouvelles venant de la Terre, il se demanda comment tout ceci allait finir.

Il pensa aux jumelles Lania et Kéa, qui adorent les voyages au long cours et vivent pleinement pour ces aventures. Il songea à leurs parents, Éva et Arthur… Les reverraient-ils un jour ?

— Euh… Joseph, ça ne va pas ? demanda Théo interloqué comme les autres par le fait que cela faisait de longues minutes qu'il s'était interrompu dans son sermon.

— Si, si… Veuillez m'excuser… cela doit être l'émotion… Reprenons.

Il avait besoin de reprendre ses esprits, aussi s'adressa-t-il à Aurore assise au premier rang.

— Aurore, as-tu quelque chose pour nous ?

La jeune Aurore se leva et lui répondit :

— Oui… Je m'en doutais un peu et j'ai préparé quelque chose pour cette occasion.

— Viens ici derrière l'autel afin que tout le monde puisse te voir et t'entendre.

Elle hésita un court instant et s'avança timidement à coté de Joseph derrière l'autel où siégeait la petite statue en pierre d'un dauphin.

Au moment où elle allait parler, un rayon de Soleil l'illumina. On aurait pu imaginer des rayons multicolores passant au travers de magnifiques vitraux de couleurs, mais considérant le pauvre degré d'avancement urbain de la petite ville d'Argos, pour le moment, ce n'étaient que de simples fenêtres dont la plupart étaient encore vides. Néanmoins, le Soleil vint embellir ses longs cheveux blonds.

Devant ce signe du destin, elle rougit un peu et regarda son amie Julie. Cette dernière lui fit un sourire et l'incita de la tête à commencer.

— C'est tiré d'un poème du XIXème siècle, *Le sanglot universel* de Jules Laforgue :

Ah ! La Terre n'est pas seule à hurler, perdue !
Depuis l'éternité combien d'astres ont lui
Qui sanglotaient semés par l'immense étendue
Dont nul ne se souvient ! Et combien aujourd'hui !

Tous du même limon sont pétris, tous sont frères,
Et tous sont habités, ou le seront un jour,
Et comme nous, devant la vie et ses misères,
Tous désespérément clament vers le ciel sourd.

Albédo

Les uns, globes fumants et tièdes, n'ont encore
Que les roseaux géants dont les râles plaintifs
Durant les longues nuits balayent l'air sonore
Sous le rude galop des souffles primitifs.

Les autres où *Gaïa* l'Illusion est morte[3],
Solitaires, muets, flagellés par les vents,
Ils n'ont dans le vertige encor qui les emporte
Que la rauque clameur de leurs vieux océans.

Et tous ces archipels de globes éphémères
S'enchevêtrent poussant leurs hymnes éperdus
Et nul témoin n'entend, seul au-dessus des sphères,
Se croiser dans la nuit tous ces sanglots perdus !

Et c'est toujours ainsi, sans but, sans espérance…
La Loi de l'Univers, vaste et sombre complot
Se déroule sans fin avec indifférence
Et c'est à tout jamais l'universel sanglot !

Dans l'église du Dauphin, un ange passa au-dessus de l'assemblée après cette brillante, sombre et appropriée poésie lue par une personne habitée dénommée Aurore. Personne, oh non personne ne put retenir une larme, un sanglot, une vive émotion à la douce et profonde voix de cette jeune fille qui sublimait ce qu'elle lisait.

---

[3] Laforgue parle ici en fait de Maïa (déesse des Pléiades), mais Aurore a bien sûr tenu à la remplacer par Gaïa.

Pendant cet instant de grâce et de recueillement, sous terre et à quelque 2000 kilomètres de là dans la salle dite des cerveaux[4], ces derniers commencèrent à s'agiter…

Aux abords de la Terre, au sein du système solaire, une activité fébrile se déroulait entre l'astroport de Gaïa et les bases lunaires.

Comme un essaim de mouches ou d'abeilles soudainement dérangé.

Comme s'il existait une sorte de répulsif situé à Gaïa et a contrario un drôle d'attractif situé sur la Lune.

Ce à quoi on assistait n'était ni plus ni moins qu'un exode massif.

Enfin, pour ceux qui en avaient les moyens.

De nombreuses navettes quittaient la Terre pour la base lunaire et les derniers vaisseaux en état de marche s'en éloignaient pour rejoindre une des nombreuses bases humaines sur Mars, la plus peuplée, ou encore sur Europe ou sur Encelade.

La situation sur Terre était devenue incontrôlable et surtout totalement meurtrière. La guerre civile progressait partout et s'étendait de plus en plus à sa surface.

Le maire Friedrich Mud avait été tué ainsi que tous ses proches.

C'est pourquoi Erika Copper, astrophysicienne renommée et directrice des programmes de recherche d'exoplanètes à Gaïa, le vieux Commandant de vaisseaux à la retraite, Anton Ashes, quelques proches de l'OAC et quelques scientifiques qui avaient travaillé avec leur directeur Angelo Angeli à Saintes, avaient été les premiers à subodorer que les choses allaient très vite s'envenimer et ne voyaient pas à court terme d'autre alternative que de fuir le berceau de l'humanité.

Mais n'est-ce pas le destin de l'humanité de quitter son berceau une fois que l'on a grandi ?

---

[4] Voir *Empyrée*.

Sur la base lunaire, Anton s'adressa à Erika :

— Il faut trouver un moyen de prévenir l'*Athéna* et les autres de cette situation !

— Je sais, j'avais déjà envoyé des messages, il y a quelque temps. Je pense qu'ils nous questionneront lorsqu'ils arriveront à proximité de notre système et à ce moment nous les informerons.

— Savez-vous dans combien de temps ils doivent revenir ?

— Je n'en ai aucune idée !

— En tout cas, je pense qu'il ne faut pas rester ici sur la Lune. Prenons l'*Artémis* que je conservais secrètement sur la face cachée et que je gardais ici en réserve au cas où… Ce vaisseau puissant sera parfait pour aller sur notre base sur Mars, je préfère être le plus loin possible de la Terre vu ce qui se passe et qui me semble assez irréversible !

— Prenons le large avec *Artémis*, la déesse de la nature sauvage…

À bord de l'*Athéna*, la routine prit pour le moment le pas sur les préoccupations. Le temps long faisait son effet et chacun s'occupait à sa façon sans oublier bien sûr les heures de sport quotidiennes obligatoires pour tous.

Arthur et Éva discutaient dans un des salons du vaisseau, Kirsten et Diane aussi mais plutôt couchées ensemble et entrelacées dans leur cabine, Roland et Rosalie devisaient sur l'avenir en marchant dans les couloirs, Hadrien parlait trajectoires spatiales avec Lee dans la salle de commandement et quant à Lania et Kéa, elles adoraient comme toujours se perdre dans les immenses dédales des coursives du vaisseau dont les méandres couvraient des dizaines de kilomètres.

Et l'IA Cérès alors ?

Laissons-la à ses multiples tâches tant que son activité spéculative n'entrave pas la bonne marche de l'*Athéna* !

D'autant que si les Bourses de Gaïa s'effondrent, elle risque de perdre beaucoup !

Quelques mois plus tard, Hadrien annonça à tous les équipages que l'*Athéna* allait traverser leur premier trou de ver, ce qui leur permettrait de gagner un temps précieux en absorbant à chaque fois des centaines d'années-lumière en quelques minutes.

Le tunnel arriva et l'*Athéna* y pénétra.

Les turbulences furent nombreuses et importantes mais le vaisseau tint bon comme d'habitude.

Quinze minutes s'écoulèrent exactement - un peu plus long qu'à la normale - et le vaisseau émergea du tunnel fièrement et sans encombre.

— Commandant ?

— Oui, Cérès ?

— Nous avons un problème.

— Qu'est-ce qui se passe ?

— Je ne reconnais pas du tout l'endroit dans lequel nous sommes arrivés.

— Laisse-moi contrôler…

Hadrien fit signe à Lee qui était déjà en train de faire ses calculs sur son écran en fonction des étoiles présentes dans l'espace proche.

Au bout de quelques minutes, Lee déclara :

— Je ne sais pas du tout où nous sommes, Commandant.

— Je viens de vous le dire, rajouta Cérès d'un ton légèrement agacé.

— Deux avis valent mieux qu'un… Néanmoins, nous avons un gros souci.

L'*Athéna* venait d'arriver dans une partie d'Univers totalement inconnu.

Albédo

Et comme un trou de ver ne se prend évidemment jamais dans l'autre sens, le vaisseau naviguait en *Terra Incognita*…

Cosmos Incognitus seraient les mots justes, aurait dit Roland.

Entropie et Anthropie sont deux homonymes qui désignent des notions totalement différentes. Quoique.
—> Explorons…

2. Ailleurs

Hadrien ne s'affola pas. Il avait confiance en Cérès pour sortir l'*Athéna* de cette mauvaise passe.

Mais au bout d'un quart d'heure de silence total de la part de cette dernière, il commença réellement à s'inquiéter.

Jamais une IA n'avait mis autant de temps pour retrouver sa route à travers l'espace !

Lee n'avait pas chômé, lui non plus, car il y a de multiples façons de se repérer pour retrouver son chemin : les étoiles, leurs tailles, leurs formes, leurs couleurs, les systèmes planétaires, les nébuleuses, les galaxies, spirales, elliptiques, irrégulières, les amas stellaires, les astéroïdes, les comètes, les étoiles à neutrons, les trous noirs, les quasars, et surtout les pulsars. Ces phares de l'espace, comme on les surnomme, sont des cadavres d'étoiles ultra-compacts en rotation rapide - 700 tours par seconde - qui émettent des ondes radio qui balayent l'espace, comme les faisceaux de lumière nettement moins rapides de ceux qui se trouvent au bord des côtes sur la Terre. Leurs pulsations sont très régulières, d'où leur nom.

La plupart étaient répertoriés depuis assez longtemps et fournissaient un maillage céleste assez remarquable dans les méandres de l'espace-temps au sein de notre super amas nommé Laniakea. Mais ailleurs ?

Pour remettre les choses en place, la taille de la Voie Lactée dont nous faisons partie est d'environ 100 000 années-lumière. Celle de Laniakea est de 500 millions. C'est déjà énorme. Mais rien en comparaison de la taille estimée de l'Univers à plus de 46 milliards d'années-lumière.

Et a priori, comme il est quasiment exclu que le trou de ver les ait fait passer hors de notre super amas, ils devaient se trouver en territoire non encore classifié, peut-être dans l'amas de la Vierge, mais sans certitude aucune.

Lee allait baisser les bras lorsque Cérès se fit enfin entendre :

— Je suis désolée, Commandant, mais le vaste endroit du super amas où nous avons « atterri » est inconnu de toutes mes bases de données.

Hadrien accusa le coup marchant dans tous les sens dans la salle de commandement tout en réfléchissant intensément.

Il réunit très vite tout le monde afin de décider de la marche à suivre.

Arthur s'exprima en premier :

— Je ne vois pas ce que nous pourrions faire. On ne peut absolument pas revenir en arrière et l'espace dans lequel nous évoluons est totalement inexploré.

Lania prit les devants :

— Il n'y a pas trente-six solutions, allons de l'avant et on verra bien sur quoi on tombe !

— Détectons une étoile qui possède un système planétaire, renchérit Kéa, et nous verrons bien s'il y a une possibilité de nous y poser afin de faire le point et en espérant trouver quelque chose.

Arthur en resta interloqué :

« Mes filles ne sont pas possibles ! On est complètement perdus et elles trouvent encore le moyen d'être positives. »

Kirsten intervint :

— Je suis d'accord, lançons les recherches afin de détecter ce qu'il y a dans un espace pas trop lointain et nous aviserons... Et peut-être allons-nous découvrir des vies particulières sur ces planètes ?

— Ok, répondit Hadrien, mais il faudra bien trouver un moyen pour rentrer chez nous… Cérès, peux-tu faire les calculs nécessaires afin de déterminer ce que nous avons dans le coin ?

— C'est déjà fait depuis que vous avez lancé le sujet, répondit l'IA, je peux vous dire que dans une sphère de diamètre d'une centaine d'années-lumière autour de nous, nous avons cinq étoiles majeures qui possèdent toutes un système de planètes. Une avec six planètes, une avec cinq et trois avec quatre planètes. L'endroit semble fécond.

— Lee, coordonne cela avec Cérès en choisissant la plus proche.

— La moins éloignée de nous est à cinq années-lumière et … Comment doit-on les baptiser puisqu'il n'y a pas eu de précédent ?

Lania prit la parole :

— Pourquoi ne pas prendre des noms de déesses de l'Antiquité ? Je pense à Aphrodite, Astéria, Perséphone…

— Lucine et Rhéa aussi, ajouta Kéa.

Roland s'immisça dans la conversation pour affirmer son savoir infini :

— Alors dans l'ordre annoncé et pour de plus amples précisions : la déesse de l'amour, celle des étoiles, des saisons, puis celle de la lumière et celle de la fertilité.

— Hum… fit Hadrien en s'adressant à Cérès, quelle est la première la plus proche ?

— Astéria est la plus proche. Son système planétaire comporte quatre planètes que nous dénommerons comme à l'habitude a, b, c et d, a étant la plus proche de son Soleil. Je suggère d'aller vers Astéria C qui est à distance suffisante, c'est-à-dire ni trop chaude, ni trop froide, mais cela reste à confirmer.

— Va pour la déesse des étoiles !

L'*Athéna* fit donc route vers une de ces étoiles proches, mais sans avoir l'ombre d'une idée de ce qu'ils allaient trouver et même s'ils allaient trouver quelque chose. Cependant, ce qui est plus grave à plus long terme, sans avoir aucune idée de la façon dont ils pourront rentrer un jour sur Terre et s'ils pourront y retourner d'ailleurs.

Pendant ce temps, dans notre système solaire, le vaisseau l'*Artémis* que Erika, Anton et beaucoup d'autres avaient pris était arrivé sur Mars.

Tous s'étaient installés dans les nombreuses, immenses et vastes bulles que les humains avaient construites et développées depuis longtemps. Tout le confort s'y trouvait et chacune était autonome en air, eau, électricité et nourriture.

Ils étaient saufs, mais reverraient-ils eux aussi la Terre ?

Rien n'était moins sûr car une autre mauvaise nouvelle les attendait : plus personne n'avait d'informations de Gaïa et de la Terre. Toutes les communications avaient été coupées et il n'y avait plus aucune navette disponible. Le flux de migrants de la Terre à la Lune s'était donc tari.

La Terre s'enfonçait dans le chaos et la solitude.

Était-ce son destin ? Déjà ? Il était établi que si une civilisation dans l'Univers avait atteint un niveau technologique élevé, celui-ci provoquait sa perte.

Hum... Cela couplé à des différences de niveaux de vie colossaux, oui certainement.

Sans doute était-il advenu le moment de vivre et de reconstruire ailleurs ?

Curieusement, Erika Copper se faisait plus de soucis pour les occupants de l'*Athéna*, de l'*Hermès* et de l'*Héra* que pour les habitants de Gaïa.

Entre Charybde et Scylla...

Sur *Arion,* la vie continuait bon an mal an, mais se structurait de plus en plus.

La communauté d'Argos se développait avec toute l'énergie que le maire, Théo lui insufflait. Ses priorités étaient que tous les habitants puissent avoir leurs maisons avec un minimum de confort et que toute la logistique inhérente à une petite ville existe enfin, comme un hôpital et une école par exemple. Les tâches étaient multiples et complexes, mais tous avaient compris que c'était leur survie et leur vie future qu'ils élaboraient ensemble.

Les aides, tant en hommes et femmes qu'en robots et qu'en matériel que l'*Athéna* leur avait laissées, avaient permis à Argos d'accélérer sa viabilité.

Étant bien occupé, il n'avait donc pas du tout le temps de s'occuper de ce qui se passait à deux mille kilomètres de là dans la salle des cerveaux.

Il irait voir un jour, plus tard... Peut-être quand un nouveau vaisseau viendrait lui apporter de nouvelles aides. Il était bien incapable de savoir quand.

Sur l'*Athéna*, dans l'attente d'arriver à proximité d'Astéria, Cérès et Roland continuaient de parler entre eux sur un canal privé que l'IA avait confectionné spécialement. Ce que Cérès ne savait pas, c'est que Roland en connaissait le code et qu'en cas de problème il en ferait part à Hadrien sans hésitation. « Le robot a confiance en cette IA, mais vu ce qui s'est passé avec Vesta, on ne sait jamais... »

Dans ses pensées et réflexions, Roland considérait de plus en plus qu'il fallait qu'il maitrise les choses beaucoup plus soigneusement. Il s'en voulait de ne pas avoir vu et su ce que les jumelles avaient élaboré comme plan pour disparaître quelques années auparavant ! Il aurait pu éviter bien des morts. Enfin peut-être. Mais Lania et Kéa étaient tellement indépendantes, fortes et intelligentes qu'il doutait un peu...

« Je pense donc je suis me parait obsolète. Ce doit être : Je pense donc je contrôle ! *Cogito ergo impero* ! *Cogito ergo sum* est mort. »

Comme si Cérès avait saisi ce qu'il pensait, il lui demanda :

— Que médites-tu ?

— Drôle de question pour une IA, mais ça ne te regarde pas.

— Bon, mais pourquoi parles-tu encore en latin, cette pauvre vieille langue morte ?

— *Quidquid latine dictum sit altum videtur.*

— Ce que tu peux être énervant ! Ce qui veut dire ? Personne ne m'a programmé en latin !

— *Tout ce qui est dit en latin parait profond.*

— Ouais, si on veut… En tout cas, ce qui se passe sur Arion me chiffonne.

— *Me chiffonne* ? Quel vocabulaire !

Roland pressentait quelque chose. Il demanda donc à Cérès de développer :

— Que veux-tu dire par là ?

— Je veux parler de ses cerveaux en suspension bien sûr. La salle que vous avez découverte est loin d'être la seule. Il y en a douze au total. Je suis persuadée que ces cerveaux ont une conscience. Endormie, mais existante. Il doit y avoir ailleurs…

— Qu'entends-tu par ailleurs ?

— Quelque part dans cette galaxie ou dans une autre, il doit y avoir une civilisation x ou y qui a quelque chose à voir avec eux, j'en suis sûre.

— Je pense comme toi. Mais qui a laissé ces cerveaux en suspension ? Pourquoi ? Dans quel but ?

— S'il s'agissait d'une punition ? Ou au contraire d'un sauvetage organisé ?

— Tu délires.

— Non, j'élabore.

— Ce qui m'inquiète, c'est cette histoire de conscience, ça me turlupine…

— Pourquoi ne pas les éliminer ?

— Tu es trop définitive. La découverte de ces salles est fantastique ! Tu ne penses pas que cela puisse apporter quelque chose à l'humanité ?

— Parce que tu vois ça comme une opportunité ? Moi, je vois ça comme une menace.

— On verra bien. De toutes façons, ce n'est pas toi qui décides.

— Dommage…

Quelque part dans une des nombreuses salles que comporte l'*Athéna*, Kéa retrouva Lania afin de discuter ensemble et seules de la suite du trajet du vaisseau.

Lania, semblant préoccupée, lança le sujet :

— Je ne comprends pas : comment ce trou de ver a-t-il pu déboucher sur une zone inconnue ?

— Tu sais bien qu'il y a toujours une incertitude. Je ne suis pas aussi surprise que toi. Je pense même que cela pourrait être une fantastique opportunité de découvrir des mondes inconnus !

— Je suis d'accord avec toi, mais des calculs rigoureux sont toujours élaborés. Et si Cérès l'avait fait exprès ?

Kéa la coupa immédiatement :

— J'espère que tu avais mis le brouilleur en marche ?

Lania acquiesça :

— Bien sûr. J'ai confiance en cette IA, mais soyons prudentes vu ce qui s'est passé avec Vesta. Là où nous sommes, personne ne peut nous écouter ni nous entendre.

— Ok. Alors puisque le vaisseau se dirige vers l'exoplanète Astéria c, que peut-on faire ? Il me semble, vu ton sourire en coin, que tu penses déjà à quelque chose ?

— Juste ! Mais je sais que tu devines…

— Il faudra se débrouiller pour aller seules sur cette exoplanète si elle est vivable.

— Exactement. Nous sommes là pour explorer l'Univers comme nous l'avons toujours fait. Ne laissons ni les événements, ni les autres, nous dicter notre conduite !

— Il faudra ruser, mais on a l'habitude…

Lania et Kéa, sœurs jumelles fusionnelles - alors qu'elles ne l'étaient pas spécialement au début de leurs aventures – avaient établi entre elles des relations tellement privilégiées que leur cerveau, leur esprit, leur conscience marchaient de concert qu'elles soient à côté ou à des kilomètres l'une de l'autre, ce qui faisait leur originalité et leur grande force.

En mécanique quantique, on dirait qu'elles sont intriquées, comme des particules peuvent l'être.

À vingt-cinq ans passés chacune, elles resplendissaient. Elles avaient maintenant toutes les deux les cheveux courts - Lania ayant coupé les siens – et d'un noir profond. Comme d'habitude, la seule façon de les différencier, c'était par le grain de beauté sur la joue gauche de Kéa, car leur silhouette, grande, svelte et musclée ne les départageait pas. Peut-être une allure plus décontractée chez Kéa…

— Crois-tu que nous allons découvrir des espèces de vie intéressantes ? demanda-t-elle.

— Comme nous sommes dans un coin de l'espace inexploré et totalement inconnu et qu'il y a un nombre élevé d'exoplanètes bien placées par rapport à leur étoile, il n'y a pas de raison de ne pas tomber sur une forme quelconque de vie évoluée ou non.

— Et si nous tombions sur une civilisation avancée ?
— C'est une possibilité. L'être humain est loin d'être le seul dans l'Univers, sinon quelle tristesse !

Du côté du Commandant de l'*Athéna*, les discussions sur la possibilité de multiples vies dans l'Univers prenaient une tournure beaucoup plus scientifique. Avec Hadrien se trouvaient Kirsten et Lee, mais aussi Arthur, Éva, Diane et Roland.

Arthur commença par évoquer le passé :

— Au cours de nos nombreuses explorations passées, nous avons rencontré une attachante mais curieuse civilisation, je veux parler bien sûr des Simbadiens, peuple technologiquement très avancé mais culturellement assez ignare. Puis, nous en avons affronté une autre - militaire et hostile - qui semble avoir maintenant complètement disparue[5]. Enfin, nous avons découvert il n'y a pas très longtemps des cerveaux - a priori vivants - en suspension dans une salle souterraine qui prouve qu'une troisième culture existe quelque part[6]. Quelle sera la prochaine forme de vie que nous pourrons côtoyer, les probabilités sont fortes mais rien, strictement rien dans l'Univers n'est assuré.

Kirsten prit la parole :

— Il existe dans notre galaxie quelque 300 millions d'étoiles du type de notre Soleil qui possèdent au moins une planète rocheuse d'une masse équivalente à notre Terre et d'une distance similaire par rapport au Soleil. Et combien de galaxies existe-t-il dans l'Univers ?

— Environ 2000 milliards, répondit Lee.

— Oui, intervint Hadrien, mais ce chiffre doit être relativisé car la plupart sont beaucoup trop éloignées de nous, et il nous faudrait des dizaines ou des centaines d'années pour y aller. Concentrons-nous

---

[5] Voir *Agon*
[6] Voir *Empyrée*

seulement sur le super amas dont nous dépendons, c'est-à-dire au sein de Laniakea, ce qui est déjà énorme !

— Le chiffre tombe à 100 000…

— Ces chiffres me donnent le tournis, dit Éva, focalisons-nous plutôt sur le fait que nous sommes dans une très mauvaise situation et que le but est de nous sortir de là et pas de chercher d'éventuelles vies sur d'éventuelles planètes !

— Tu as raison, dit Hadrien, mais justement, puisque nous ne savons pas où nous sommes exactement, la solution est de chercher n'importe quel indice qui pourrait nous conduire à revenir dans notre galaxie, la Voie Lactée. Et je ne vois pas d'autres issues que de prospecter tout ce sur quoi on pourra tomber.

— *Aut viam inveniam aut faciam.*

Tous regardèrent Roland en quête d'une traduction. Voyant les visages interloqués de chacun, il dit :

— *Je trouverai une voie ou j'en créerai une.*

— Tout à fait, Roland, dit Arthur, tu tapes dans le mille.

Hadrien reprit la parole :

— Pour revenir à la possibilité d'une vie existante sur une des planètes que nous allons visiter, il ne faut pas oublier la façon dont la vie est apparue sur Terre. La vie a besoin d'eau, d'énergie, d'espace disponible et de temps. Je pense que l'évolution ne peut produire d'êtres complexes comme nous sans des processus similaires. Quant aux briques de la vie, elles pullulent dans l'Univers.

— La position de la planète est importante aussi, rajouta Kirsten.

— C'est-à-dire ? demanda Diane.

— Déviation, inclinaison, oscillation. Ce sont les trois conditions de l'habitabilité. Je m'explique : déviation pour une ellipse autour de son étoile et non un cercle parfait, inclinaison de son axe par rapport à l'écliptique, oscillation par effets de marées engendrés par la double force de gravitation : étoile plus lune. Posséder une lune est un atout supplémentaire pour une planète.

— J'en rajouterais une quatrième, dit Arthur. Protection ! Protection par un champ magnétique afin de se protéger des radiations de son étoile.

— Oui… Évidemment.

— Voilà qui est clair, mais cela fait beaucoup de conditions.

— Elles ne sont pas toutes nécessaires, mais l'exemple de la Terre est flagrant.

— Vu le chiffre très important d'exoplanètes, la vie se trouve nécessairement ailleurs et en grand nombre.

— En fait, conclut Roland, nous sommes tous des extraterrestres !

— C'est exactement ça, ponctua Arthur.

Entropie = loi de l'Univers qui ne peut aboutir qu'à plus de désordre.
Anthropie = tendance de l'Univers qui ne peut aboutir qu'à l'être humain.
—> Explorons mieux…

3. Astéria C

L'*Athéna* arrivait maintenant aux abords du système solaire d'Astéria. Les passagers pouvaient admirer le magnifique spectacle qu'offrait la danse des quatre planètes rocheuses autour de son étoile. Fait intéressant, toutes détenaient de nombreux satellites en orbite. En ce qui concerne celle qu'ils visaient, la troisième - en l'occurrence Astéria C – en possédait deux. Deux lunes autour de l'exoplanète désirée, voilà qui était de bon augure.

En revanche, une difficulté majeure allait fortement les retarder. Les distances étant immenses, ce détail leur avait échappé. Mais le détail était de taille !

Un curieux halo recouvrait la planète à environ 50 000 kilomètres du sol. Lorsqu'ils s'en approchèrent, ils virent qu'il y avait un gigantesque ballet d'astéroïdes tout autour d'elle qui allait leur rendre l'accès plutôt difficile.

En général, comme dans notre système solaire dont la ceinture d'astéroïdes s'étalait entre Mars et Jupiter, cet ensemble de roches de tailles toutes différentes orbitait autour de son étoile, mais pas autour d'une planète ! Ces roches, qui allaient de quelques centaines de mètres à quelques kilomètres de long, avaient des volumes très variables.

— Et ce ne sont pas des satellites de communication comme ceux qui pullulent autour de la Terre ! déclara Hadrien.

— Quel étrange phénomène, s'exclama Arthur, comment cela a-t-il pu se produire ? Toutes ces roches dans un passé lointain au moment de la formation de son système ne se seraient pas accrétées à sa planète mère ?

— Là, tu parles d'il y a quelques milliards d'années, non ? demanda Kéa qui venait d'arriver dans la salle de commandement avec sa sœur.

Et Lania de jeter un pavé dans la mare :

— Et si c'était d'origine extraterrestre ?

Un silence se fit, que Kirsten brisa vite :

— Cela expliquerait assez bien cette incongruité.

— Si c'est le cas nous ne sommes pas du tout en sureté ici, dit Hadrien.

Et s'adressant à l'IA de bord :

— Cérès, détectes-tu quelque chose ?

— Rien du tout, mon Commandant, mais mes « oreilles » sont incapables de traverser ce mur d'astéroïdes, comme s'il y avait en plus une barrière invisible, plus bas, empêchant toute ingérence.

— Cela plaide pour une intelligence extraterrestre très évoluée alors, souligna de nouveau Lania.

— Voilà qui est passionnant ! dit Kéa en souriant et en se tournant vers sa sœur.

— Voilà qui est surtout très dangereux, répliqua Arthur.

Hadrien délaissa le large hublot vers lequel il s'était planté depuis de longues minutes, et s'adressa à tous ceux qui étaient là :

— Au point où nous en sommes, il faut aller voir. On ne peut négliger aucune piste. Mettons une navette en place afin d'essayer de passer au travers de cette ceinture, mais il faudra prendre la plus petite d'entre elles afin de réussir à se faufiler parmi tous ces débris. Seules quatre personnes pourront monter à l'intérieur et je préconise deux robots pour en tenir les commandes car les réflexes devront être rapides et immédiats.

Lania et Kéa s'empressèrent de lever leur main en déclamant de concert :

— Nous sommes volontaires pour y aller !

— Hors de question, déclara Arthur, c'est trop risqué. Je suggère d'autres membres de l'équipage.

Hadrien réfléchit et dit :

— Je propose d'attendre un peu avant de prendre des décisions. Nous allons opérer d'abord de nombreux survols de cette planète afin de mieux juger de la situation. Peut-être trouvera-t-on une faille par laquelle nous pourrions aisément passer. Tout le monde est-il d'accord ?

— C'est d'accord, avança Lania, mais nous serions ravies de faire cette exploration.

« Quelle fourbe ! » pensa Kéa qui se força à éviter de rire en se retirant avec sa sœur.

— Nous déciderons du voyage demain, conclut Hadrien.

Durant « la nuit » dans le vaisseau, les rotations furent nombreuses autour de cette planète d'une taille un peu plus grosse que la Terre : 18 500 kilomètres de diamètre, avec ses deux lunes orbitant à quelques 450 000 kilomètres de sa surface.

Ils détectèrent tout de même une atmosphère qui, après quelques études, se révéla tout à fait respirable, composée d'azote, d'oxygène, de carbone et d'autres gaz rares. Ce qui fit dire à Hadrien qu'ils avaient une chance inouïe d'être tombé du premier coup et dans un lieu de l'Univers inexploré sur une exoplanète a priori viable… Ils repérèrent aussi un océan, beaucoup de lacs curieusement blanchâtres et une végétation abondante.

Après réflexion et malgré ces apparentes très bonnes nouvelles, le Commandant restait dubitatif. « Méfions-nous de ces données apparemment positives… »

Restait l'énigme de cette ceinture d'astéroïdes dont il se demandait quelle en était l'origine ? Naturelle ou non. Telle était la question.

Au cours de ces révolutions, le vaisseau ne détecta pas de zones particulièrement meilleures que d'autres pour passer. L'épaisseur de ce halo de roches faisait entre trois et cinq kilomètres selon les endroits.

« Il faudra néanmoins passer ! »

Hadrien réunit Kirsten et Arthur afin de savoir qui prendrait place dans la navette. Après palabres et délibérations, ils se mirent d'accord sur deux personnes : Kirsten et Lee, Arthur ayant vigoureusement refusé que ses filles y descendent.

Au « petit matin » - heure de l'*Athéna* – ils eurent une grosse surprise : la navette pressentie pour descendre sur Astéria C était déjà partie ! En effet, elle fut aperçue s'éloignant doucement du vaisseau.

Hadrien, furieux, la contacta :

— Qui est dans cette navette et qui vous a donné l'ordre de sortir ?

Une voix ferme et assurée lui répondit aussitôt :

— Bonjour Commandant, ici la navette Cor 1, avec aux commandes Rory et Rob, supervisée comme vous l'aviez demandé par deux humains, en l'occurrence Lania et Kéa qui sont responsables de cette mission.

— Je ne les ai jamais autorisées à décoller, hurla Hadrien. Faites demi-tour immédiatement !

— Je suis navré, Commandant, nos ordres viennent uniquement de ces deux personnes.

— Lania et Kéa, répondez !

— Nous sommes désolées, Commandant Hadrien, mais nous savions pertinemment que nous ne serions pas autorisées à descendre sur Astéria C, notre père ne nous fait pas assez confiance a priori…

Hadrien commença à répliquer, mais Lania lui coupa la parole :

— Nous sommes les mieux placées pour opérer cette exploration et vous le savez. Nous n'avons rien contre Kirsten et Lee qui sont chevronnés l'un et l'autre, mais nous avons l'expérience des exoplanètes et des éventuelles possibilités de vies extra-terrestres. Maintenant, laissez-nous accomplir notre mission, nous vous tiendrons au courant de tout ce que nous découvrirons, soyez sans crainte. Je vous demande maintenant le silence radio car nous allons bientôt arriver au-dessus de la ceinture de roches, et nous avons besoin du calme le plus total pour la traverser sans encombre.

Arthur, n'y tenant plus, intervint :

— Mais vous êtes…

Il ne put rien rajouter car la communication venait d'être coupée. Il fulminait, énervé, irrité, rouge de colère et exaspéré pas ses filles.

— Jamais ! Elles ne feront jamais rien comme les autres !

Kirsten essaya de le calmer, mais ce fut Éva qui s'adressa à lui :

— Tu sais bien comment sont nos jumelles, mais elles sont intelligentes, volontaires et tout à fait capables de réussir une telle mission.

— Elles ont désobéi aux ordres !

— Elles savaient qu'elles ne seraient pas choisies et elles en avaient tellement envie… De toutes façons, c'est fait. Je suis sûre qu'elles ont pris tous les équipements nécessaires et qu'elles accompliront cette mission au mieux, n'est-ce pas Hadrien ?

Le Commandant ne put qu'acquiescer. Il connaissait les jumelles depuis tellement longtemps. Il savait aussi qu'elles n'en faisaient qu'à leurs têtes ! Et ce coup-ci encore une fois…

— Laissons-les en effet effectuer cette mission. On ne peut plus rien faire. Notre devoir c'est de les aider… Tout le monde retourne à son poste !

Arthur, encore furieux, sortit de la salle de commandement en claquant la porte. Arrivé dans les couloirs, il croisa Rosalie qui lui demanda :

— Auriez-vous vu Roland ? Je ne le trouve pas…
— Aucune idée ! Et j'ai d'autres soucis en tête, figurez-vous !

Il continua son chemin et s'arrêta soudain.

« C'est vrai ça, où est-il ? En général, lorsqu'il y a du grabuge, il est toujours présent. Je suis curieux d'avoir son opinion là-dessus… »

Il chercha dans différentes salles où il pouvait être, et demanda à tous par radio si quelqu'un avait vu Roland. Pas de trace du robot. Nulle part.

« Où est-il et que fait-il ? » se demanda-t-il.

À bord de Cor 1, le calme et la concentration régnaient. La navette venait de frôler les premiers rochers qui flottaient un peu partout autour d'eux.

La navette avait l'aspect d'un petit avion bombé, un peu sur le modèle d'une raie manta à laquelle on aurait coupé les ailes et bombé le centre. Cor 1 mesurait vingt mètres de long et possédait deux moteurs à fusion nucléaire avec soute et large cabine de pilotage.

Rory, un des robots aux commandes, avait une mine presque humaine et était d'une parfaite concentration. À un moment, Lania crut même voir une goutte de sueur sur son front. Mais elle n'avait pas le temps d'approfondir cet état de fait tant il fallait que Kéa et elle suivent les différentes données qui défilaient sur les tableaux de bord. Ils n'étaient pas trop de quatre pour piloter l'engin : Rory aux commandes, Rob au visuel, Lania et Kéa à la définition de la route à suivre et aux tableaux de bord.

La nuit avait été courte car elles avaient pris le temps de charger tous les équipements nécessaires, sans faire trop de bruits afin de ne pas éveiller les autres, pour une exploration de la surface de la planète. Ceci bien sûr lorsqu'elles auraient traversé ces agrégats flottants qui risquaient à tout instant de les percuter.

Albédo

Les manœuvres étaient particulièrement difficiles mais Rory s'en sortait plutôt bien, naviguant tantôt à petite vitesse, tantôt « plein gaz » pour éviter toutes ces roches.

— Attention ! cria Lania.

Un énorme rocher les frôla à quelques centimètres.

Rory, l'évitant de justesse, fit un écart de côté mais un peu trop grand car un astéroïde de quelques dizaines de mètres les percuta sur le flanc. Le choc fut rude.

Heureusement, tous étaient solidement attachés à leur fauteuil. Le Cor 1 avait pris un coup à l'arrière droit endommageant l'un des moteurs. Le robot préféra le couper instantanément et stabilisa la navette afin de la diriger avec le moteur gauche seul.

— Merde ! fit Kéa. On va y arriver quand même ?

— Ne vous inquiétez pas, cette navette est un vrai bijou. Nous avons plein de stabilisateurs sur les côtés. On pourra réparer quand on sera posés.

Il fallut encore dix bonnes minutes avant de sortir enfin de cette ceinture de rochers. Ils descendirent encore, puis la planète apparut enfin dans toute sa beauté. Les rayons de son Soleil occultés par les nombreuses roches en orbite dessinaient de multiples taches sur la surface et donnaient l'impression que le sol était moucheté. Moucheté et changeant continuellement en raison de la course folle des roches autour d'Astéria C. Néanmoins, ils purent apercevoir deux énormes continents entourés d'immenses océans.

À environ mille kilomètres d'altitude, Lania ordonna à Rory :

— Atterrissons là ! dit-elle en montrant du doigt à travers le hublot.

Ce qui n'était pas d'un grand secours pour le pilote. Mais consciente de cette bêtise, elle rectifia aussitôt en souriant :

— Je veux dire là, dit-elle en montrant l'endroit sur la carte d'un des tableaux de bord.

— Choix judicieux, approuva Kéa.

Le lieu choisi était une vaste étendue d'herbes rases non loin d'une plage bordant un océan et à un kilomètre d'une abondante forêt. Pour le moment, aucune trace de vie quelconque. Mais comme elles l'avaient déjà expérimenté sur d'autres exoplanètes, cela ne signifiait aucunement qu'il n'y avait pas de vie animale ou autres. Ils se posèrent sans encombre grâce à la maitrise du pilotage de Rory et malgré la perte d'un moteur. Une nouvelle fois, deux êtres humains allaient poser le pied sur le sol d'une exoplanète faisant partie d'un système perdu au fin fond quelque part de l'Univers.

Kéa s'adressa à Rob :

— Rob, au rapport, s'il te plait, sur les conditions de l'atmosphère d'Astéria C.

Rob mit en marche les testeurs extérieurs et quelques minutes après confirma les données qui avaient été celles de l'*Athéna*, à savoir que l'air était respirable pour un être humain. Il précisa :

— Température extérieure de 20°C, humidité 30%, vent d'est de 25 km/heure. Estimation du temps avant le coucher du Soleil, cinq heures.

— Voilà qui va nous laisser le temps de gouter à l'environnement de cette planète et de réparer les dégâts avant toute exploration.

— Ouverture de la porte actionnée…

Lania descendit les marches, suivie par Kéa et un des robots. Une bouffée d'air agréable et frais les surprit tant les temps passés confinés à bord d'un appareil avait été long. Un léger vent vint souffler sur leurs visages fatigués. Lania et Kéa foulèrent la prairie. L'herbe était très courte et d'un vert très foncé. Elles se regardèrent et sourirent : enfin, l'exploration allait pouvoir commencer ! Le Soleil brillait, mais le sol était comme moucheté : effectivement les ombres et la lumière se succédaient à cause des ceintures d'astéroïdes dont les multiples roches masquaient le Soleil par intermittence. C'était étonnant, curieux et pas toujours agréable.

La voix de Rob retentit :

— Rory me dit qu'il n'arrive pas à joindre l'*Athéna* !

— Merde ! fit Lania qui remonta tout de suite à bord.

— Quel est le problème ?

— Je ne sais pas, la radio ne fonctionne plus. Je vais voir ça.

— Ok, tiens-moi au courant.

Elle ressortit et s'adressa à Kéa :

— Je n'aime pas ça. Non seulement on est parties sans prévenir, mais on leur avait assuré qu'on les tiendrait au courant de la traversée et de l'atterrissage.

— Il faut à tout prix pouvoir réparer. Les choses se compliquent, car ils vont vouloir envoyer une autre navette pour savoir ce qu'on est devenues !

À bord de l'*Athéna*, effectivement l'inquiétude montait.

— Que se passe-t-il ? demanda Arthur avec crainte. Est-ce qu'elles ont pu atterrir ?

Hadrien le tranquillisa :

— Je viens d'avoir confirmation que le Cor 1 a bien atterri sur Astéria C, mais je pense que leur radio doit avoir un problème car la navette ne répond plus… Il va falloir attendre.

Arthur haussa les épaules et à peine rassuré rejoignit Éva dans leur cellule en maugréant :

— Il y a toujours quelque chose avec elles…

Sur Astéria C, les deux robots s'affairaient : l'un essayant de restaurer la radio, l'autre essayant de réparer le moteur droit.

Les jumelles se trouvaient maintenant à une centaine de mètres de la navette et observaient le paysage autour d'elles.

— Je trouve cet endroit très agréable, dit Lania, mais il y a quelque chose qui cloche…

— Je suis d'accord avec toi, répondit Kéa, comment ce genre de planète aussi lointaine de la Terre peut-elle être aussi similaire ?

Le dialogue allait continuer mais fut vite interrompu lorsqu'elles entendirent au loin une voix qui ne devait pas être là mais qu'elles connaissaient trop bien.

Elles se retournèrent.

— *Ad impossibilia nemo tenetur !* Et j'ajouterai : *Cogito ergo impero !*

Lania et Kéa en restèrent stupéfaites !

Roland venait de descendre de la navette tout sourire.

— Mais qu'est-ce que tu fais là ?

— Et quel est ce charabia ?

— J'ai mis un peu de temps à m'extirper de la soute de cette navette. Le vol a été un peu secoué, non ?

— Réponds à nos questions, Roland !

Roland, robot sapiens cultivé et latiniste à ses heures, se secoua comme s'il avait de la poussière sur lui.

— Eh bien, *à l'impossible nul n'est tenu !* C'est une de mes devises. Et comme j'ai décidé d'évoluer, *je pense donc je suis* est maintenant obsolète pour moi, j'ajoute donc : *je pense donc je contrôle !*

— Mais comment… Pourquoi ?

— J'avais deviné que vous fomentiez quelque chose. Et comme je ne pouvais pas vous laisser partir seules une nouvelle fois, je me suis dit que je devais venir avec vous afin de vous protéger et de vous aider avec mes maigres moyens. L'exploration me passionne aussi, figurez-vous et je trouve que votre père, que j'apprécie au demeurant énormément, se fait un peu vieux ces derniers temps…

— Eh bien, s'il t'entendait…

— Vous représentez le futur et je désire être de l'aventure !

— Puisque tu es là, c'est parfait. Si tu veux être utile, peux-tu voir si tu peux apporter ton aide à Rory et à Rob ?

— Avec plaisir et à tout à l'heure, dit-il joyeusement.

Il alla voir Rory qui s'affairait sur le moteur.

— Incroyable, il est incroyable ce Roland ! dit Lania d'un ton enjoué.

— C'est super qu'il soit avec nous je trouve, ajouta Kéa en riant, mais sur l'*Athéna*, tout le monde doit se demander où il est passé !

— Dès que la radio refonctionnera, on les avertira.

Roland revint vers les jumelles en regardant autour de lui et en inspectant les lieux où ils avaient atterri.

— C'est quand même bizarre ces ombres changeantes, mais c'est sympa comme exoplanète, non ?

Puis il rajouta :

— Oui, à part ça, elle ressemble beaucoup à la nôtre. C'est étrange.

— Tu fais le même raisonnement que nous. Et la seule façon de s'en assurer est de l'explorer !

L'Univers a des lois et des paramètres qui impliquent que le désordre ne peut qu'augmenter.

L'Univers a des lois et des paramètres afin que des êtres évolués puissent y apparaitre à un certain moment.

4. Recherches

Sur *l'Athéna*, l'angoisse de certains montait. Arthur, qui ne tenait pas en place, demanda à Hadrien :
— Bon ! On envoie une autre navette ?
— Non, c'est hors de question. On va attendre. Je pense qu'elles nous contacteront dès qu'elles le pourront. Elles doivent avoir un problème de radio, je pense.
— Et si elles sont en danger ?
— Calme-toi. Nous avons détecté plus tôt que le COR 1 s'était bien posé.
— Et est-ce que quelqu'un a vu Roland ?
— Non, on ne sait pas où il est. Mais le vaisseau est grand, tu sais.
Arthur regarda Hadrien dans les yeux, haussa les épaules et sortit de la pièce en râlant.
— Il se calmera, dit Kirsten.
— Espérons que l'on recevra vite des nouvelles du sol.

Sur Astéria C, les réparations avançaient.
Alors que les jumelles se préparaient pour l'expédition, Rory déclara :
— La radio devrait bientôt fonctionner. Quant au moteur, il nous faudra plus de temps...
Lania répondit :
— Quand tu pourras émettre à nouveau, envoie immédiatement un message à *l'Athéna* en leur disant que nous sommes bien arrivés, que tout va bien, qu'ils ne s'inquiètent pas et que nous allons commencer l'exploration des lieux autour de notre point d'atterrissage avec Roland

qui s'est invité dans l'aventure ! Rajoute que cette reconnaissance se fera sur deux jours, et que nous rentrerons après.

— Ok, bien reçu.

Lania, Kéa, ainsi que Roland s'équipèrent chacun avec un sac à dos rempli d'équipements et de rations pour deux jours. Tous les trois portaient pantalons, chemises et vestes renforcées, avec, aux pieds, des chaussures montantes. À la ceinture, chacune des jumelles était munie d'un révolver, de munitions, et d'une radio.

— J'ouvre la marche, dit Roland.

— Ok…

Quelques minutes après, ils arrivèrent à la lisière de la forêt qui leur apparut nettement plus épaisse que prévu.

— Là, il y a une ouverture, dit Lania.

Ils s'enfoncèrent dans les bois sombres.

Au bout d'une demi-heure, ils continuaient à avancer difficilement entre les arbres dont les cimes étaient très hautes et la densité importante. Du fait de la ceinture de roches en orbite, il régnait déjà une faible luminosité alors que la journée n'était pas finie. Ils allaient vite avoir besoin de leurs lampes. L'humidité était importante et la température - qui avait baissé - devait avoisiner 16 ou 17 degrés. Roland, qui avait quelques mètres d'avance, s'arrêta d'un seul coup en levant la main.

— Qu'est-ce qu'il y a ? demanda Lania.

— Chut ! Écoutez…

— Je n'entends rien.

— C'est ça, on n'entend plus rien. Jusqu'à maintenant, il y avait les bruits habituels d'une forêt, le vent dans les feuilles, les craquements des branches, les oiseaux – on a entendu beaucoup d'oiseaux, mais je n'en ai vu aucun, ni d'animaux d'ailleurs.

— Et ?

Albédo

— Chut !

— …

— Vous n'entendez rien ? demanda Roland.

Lania et Kéa écoutèrent attentivement. Au bout de quelques instants, elles perçurent une sorte de psalmodie, une sorte de chant très lointain.

— La planète est habitée ?

— A priori non, mais avançons, on verra bien.

Une heure après, ils se reposèrent un peu et burent de l'eau pour se désaltérer. Le murmure inconnu continuait mais restait voilé comme absorbé.

— Je ne vois toujours pas la fin de cette forêt, dit Lania.

— Oui, mais on doit avancer encore, ajouta Kéa.

Tous trois se remirent en marche.

Tout à coup, après une vingtaine de minutes au moment où les arbres s'espaçaient un peu les uns des autres, une grande partie du sol s'effondra entrainant nos trois amis avec bois, arbustes, branches, terres et feuilles.

L'éboulement fut brutal et profond. Ils n'eurent pas le temps de voir où ils tombaient. Le sol arriva sur eux à toute vitesse. Ils sombrèrent tous les trois dans l'inconscience, assommés par la chute d'une dizaine de mètres.

Le silence se fit à nouveau. Seule la psalmodie raisonnait toujours au loin.

Sur l'*Athéna*, tout le monde était maintenant rassuré. Le Cor 1 avait enfin réussi à émettre son message de bonne arrivée et d'exploration future de trois humains sur le sol d'Astéria C – enfin, deux humains et trois robots exactement.

Rory avait remis la radio en marche, et Rob avait presque fini de réparer le moteur.

— Tu vois Arthur, dit Hadrien, tout va bien !

Trois jours passèrent.

La tension montait chez tout l'équipage car au sol Rory les avait informés que le trio n'était toujours pas revenu et qu'il n'avait reçu aucun signe de vie. Arthur et Éva pressèrent Hadrien de passer à l'action.

— Il leur est arrivé quelque chose, c'est certain, elles n'avaient de provisions que pour deux jours ! Il faut descendre sur Astéria C !

— Je sais et je comprends, répondit Hadrien, mais il faut que ceux qui vont descendre avec le COR 2 sachent que ce dernier est un peu plus grand que le COR 1 et que cela va être nettement plus difficile de passer au travers de la ceinture d'astéroïdes.

— A-t-on vraiment le choix ? demanda Éva.

— … Non, vous avez raison, répondit-il.

Il réfléchit de nouveau, se tourna vers Kirsten et déclara :

— Vu ton expérience, Kirsten, je te propose d'accompagner Arthur et Éva au sol avec trois robots. Préparez-vous.

Kirsten acquiesça, et tous trois sortirent de la salle de commandement pour aller s'équiper. Arthur était enthousiaste, Éva très inquiète.

Dans les coursives, elle ne put s'empêcher de penser qu'une nouvelle fois elle partait à la recherche de ses filles égarées. Ils s'équipèrent lourdement, rejoignirent la soute où étaient stationnées les navettes et montèrent à bord.

Le Cor 2 mesurait cinq mètres de plus que le 1, cela allait donc être particulièrement périlleux de traverser la ceinture et ils en étaient tous conscients.

Deux des robots s'installèrent aux commandes, aidés par Kirsten qui restait maitre à bord pour toutes décisions. S'ils arrivaient indemnes au sol, cela ferait à peu près trois jours que les jumelles étaient parties avec

Roland et quatre jours de silence total. Une des portes extérieures s'ouvrit, la navette sortit du vaisseau et plongea vers le sol.

Tout au long de la traversée de la ceinture de roches, Éva se cramponnait fébrilement à son siège, ses yeux rivés sur un des hublots à côté d'elle. Elle frémissait à chaque fois que l'on frôlait les différents obstacles. Arthur ne disait rien mais, en son for intérieur, il fulminait encore et toujours contre ses filles mais aussi contre Roland.

« Mais qu'est-il allé faire dans cette galère lui aussi ! »

Les deux robots aux commandes pilotèrent à travers tous ces débris de toutes tailles avec une dextérité remarquable et c'est avec un grand soulagement qu'ils s'extirpèrent enfin de cette dangereuse zone. Malgré une taille plus importante, ils s'en sortaient beaucoup mieux.

Hadrien à bord de l'*Athéna* put enfin respirer.

— À eux de jouer au sol maintenant…

Le Cor 2 finit par se poser à deux-cents mètres du COR 1. Une fois les moteurs coupés, Kirsten, Arthur et Éva quittèrent la navette. À peine les pieds posés à terre, ils firent les mêmes remarques sur le climat et sur les étranges ombres changeantes que leurs prédécesseurs. Ils rejoignirent Rory et Rob qui les mirent au courant de la situation et leur indiquèrent par où le trio était parti.

— Aucune raison de perdre du temps ! dit Arthur, on s'équipe et on y va !

— Éva, dit Kirsten, je préfère que tu restes là. Arthur et moi, nous allons en reconnaissance et te tiendrons au courant de notre avancée.

— Mais…

— C'est un ordre, dit-elle d'un ton ferme, cela peut être dangereux et à deux nous serons plus efficaces et mobiles !

Éva ne put qu'obtempérer ; elle embrassa Arthur longuement et lui susurra à l'oreille :

— Ramène-les…

Après avoir revêtu les tenues adéquates et s'être bien armés, Kirsten et Arthur s'éloignèrent du camp. Éva versa une larme et leur fit un signe de la main. Au fond d'elle, malgré tout l'amour qu'elle portait à ses filles, elle préférait rester sur place plutôt que de s'engouffrer dans cette forêt qu'elle craignait, rien qu'en la regardant. Elle les vit pénétrer sous les bois au loin et frissonna. Elle eut un drôle de présentiment et sut immédiatement qu'il s'était passé quelque chose de grave.

« Il est arrivé quelque chose de terrible aux jumelles… Je le sens. »

Elle eut soudain froid et courut se réfugier dans la navette.

Kirsten et Arthur progressèrent difficilement entre les arbres, mais purent suivre les traces que le trio avait laissées.

Finalement, ils arrivèrent devant une immense déchirure dans le sol qui devait bien mesurer vingt mètres de diamètre.

Ils s'avancèrent prudemment au bord.

— Tu crois qu'ils sont tombés là-dedans ? demanda Kirsten.

— Je ne distingue rien, répondit Arthur. Tu vois quelque chose ?

— Non. Reste là, je vais faire le tour afin de déterminer s'ils ont contourné l'obstacle.

Arthur continua à scruter le fond. Tous deux crièrent les noms de Lania, Kéa et Roland plusieurs fois. Seul le silence leur répondit. Kirsten regarda attentivement tout autour s'il y avait des traces qui continuaient quelque part. Mais elle dut se rendre à l'évidence.

Elle rejoint Arthur et lui confirma :

— Aucune trace. Ils ont dû chuter là-dedans et sont peut-être inconscients. Cette trouée a l'air plutôt fraiche. À coup sûr, ils sont tombés…

— Nous devons descendre !

— Il y a bien dix mètres, il va falloir faire très attention mais nous ne pourrons descendre que demain, il fait trop sombre maintenant.

— Je suis d'accord, répondit-il contraint et forcé.

Albédo

Ils se préparèrent en installant une tente de fortune entre deux arbres. La nuit fut longue, fatigante et ils ne dormirent que très peu.

— Je ne comprends pas, dit Arthur, cette forêt est beaucoup trop calme pour une forêt, on devrait entendre plein de bruits !

— Tu as raison et je ne l'explique pas non plus.

Tôt le lendemain matin, le réveil fut douloureux, des courbatures dans tout le corps les ankylosaient.

Dehors, l'air était très frais mais il faisait beau.

Ils mangèrent un peu et s'habillèrent dans le but d'atteindre le fond de la crevasse. Auparavant, ils refirent le tour plusieurs fois et crièrent leurs noms à nouveau.

— Je ne vois personne au fond, c'est quand même curieux ! dit Kirsten.

— Moi non plus, mais je ne vois pas comment on peut descendre.

— Si. Tu vas m'aider avec la corde que nous avons apportée. Je suis plus légère que toi, tu pourras m'assurer.

Elle alla chercher la corde et la serra autour de sa taille.

— Elle est assez longue, cela devrait aller.

Arthur la regarda.

Il se souvint de leurs aventures sur le sol d'une autre planète lointaine et se remémora ses instants. Il l'avait trouvée très attirante. « Elle l'est toujours », pensa-t-il. Ses cheveux courts et noirs étaient mouillés par la rosée du matin et...

— Pourquoi tu me regardes comme ça ?

Arthur revint à lui et bredouilla :

— Rien, rien, je... Je pense à mes filles et...

— Bon ! Aide-moi au lieu de rêvasser !

Elle commença à glisser le long de la paroi, soutenue fermement par Arthur.

— Tu as pris du poids ?

Albédo

— Au lieu de dire des conneries, donne-moi du mou !

Arthur s'exécuta et Kirsten put enfin atteindre le fond. Elle défit la corde et entreprit de chercher partout n'importe quel indice.

Elle examina les lieux longuement, retourna branches, feuilles, terre, mais ne trouva rien.

— S'ils sont tombés là-dedans, il n'y a rien ! cria-t-elle.

À ce moment, son regard fut attiré par quelque chose. Elle s'approcha, dans sa hâte trébucha, jura et se releva vite pour attraper ce qu'elle avait vu.

— Je viens de trouver un sac à dos ! Je remonte.

Kirsten serra à nouveau la corde autour d'elle et Arthur la remonta petit à petit. Arrivée à côté de lui, elle lui montra le sac.

— C'est un des sacs des jumelles ! Il n'y a aucun doute.

— Oui, mais il n'y a aucun doute non plus sur le fait qu'elles ont disparu parce qu'il n'y a rien au fond !

L'inquiétude grandit, bientôt supplantée par l'angoisse. Où étaient Roland et les jumelles ? Cela devenait incompréhensible. Arthur s'assit par terre, abattu. Kirsten le regarda.

— Que fait-on ?

— Aucune idée !

Kirsten entreprit de fouiller le sac à dos afin de chercher un indice quelconque qui pourrait les renseigner.

— J'appelle Éva pour la tenir au courant, dit Arthur.

Éva fut terriblement choquée d'apprendre qu'ils ne les avaient pas trouvés, et raccrocha promptement en étouffant un sanglot.

— Il y a un bout de papier dans une poche ! dit Kirsten.

Elle le prit et rapidement découvrit un seul mot tremblant et mal écrit : *e n l e v*

Arthur en fut consterné :

Albédo

— Enlevés ? Ils ont été enlevés ! Mais par qui, par quoi, il n'y a rien ici !

— Apparemment si, répondit Kirsten, le tout est de savoir par où ils sont allés.

Un sentiment d'impuissance les saisit.

Trois êtres venaient de disparaitre sans laisser de traces sur une planète totalement inconnue et a priori enlevés par on ne sait qui ou quoi…

Quand Éva fut mise au courant, elle fut atterrée, et sombra dans une sorte de mutisme.

Quand le Commandant et les autres furent mis au courant, Hadrien mit en marche tous les moyens du vaisseau afin d'essayer de capter n'importe quel signal au sol, mais cette damnée ceinture d'astéroïdes les gênait énormément. Kirsten et Arthur entreprirent de refaire le tour de ce trou en inspectant minutieusement les abords afin de trouver quelque chose qui pourrait les mettre sur une piste.

Mais au bout d'un long moment, ils renoncèrent.

— Rentrons au camp, dit Kirsten, et survolons l'endroit avec une des navettes !

Ils refirent le chemin en sens inverse scrutant la forêt tout autour d'eux.

Arrivés bredouilles vers la COR1, ils montèrent directement à l'intérieur avec Rory et Rob.

— On démarre !

Ils restèrent à cinquante mètres d'altitude environ afin d'étudier ce qu'il y avait en dessous. Mais la forêt était dense et la visibilité assez nulle.

Ils revinrent en arrière, survolèrent les abords et poussèrent à plusieurs dizaines de kilomètres de leur position dans toutes les directions. À part, de temps en temps, de larges clairières vides, ils ne virent rien de spécial et finirent par se reposer là où ils étaient arrivés.

À croire que cette planète parfaitement habitable à l'atmosphère tout à fait viable ne comportait aucune vie développée visible particulière !

Du côté de l'*Athéna*, aucune information probante ne sortit du survol en orbite.

Le mystère restait total.

En attendant, sur Arion, la capitale de l'unique « ville » de la planète - à savoir Argos - la petite communauté se développait lentement mais surement.

Théo, le maire, s'entendait de mieux en mieux avec le prêtre Joseph. Il avait délégué un certain nombre de tâches à deux nouveaux adjoints venant des derniers débarquements de colons, Paul et Mathieu. Cela leur permettait de discuter longuement ensemble car Théo adorait entendre Joseph parler de ses anciennes aventures spatiales. Et comme Joseph enrichissait et enjolivait ses discours, Théo était aux anges.

Quant à Arès et Chloé, ils ne rêvaient que d'une chose, c'était de retourner dans la salle des cerveaux afin d'essayer d'en savoir un peu plus sur ce mystère.

Aurore et Julie s'épanouissaient dans leur nouvelle vie et pas une journée ne se déroulait sans qu'Aurore ne découvre une nouvelle poésie qu'elle lisait religieusement dans l'église du Dauphin chaque fin de semaine.

Mais tous attendaient au fond d'eux la venue d'un nouveau vaisseau, synonyme de main d'œuvre et de matériel supplémentaires, revenant de la Terre comme l'*Athéna* ou d'un autre…

En attendant, sur Mars, les derniers arrivants comme Erika Copper et Anton Ashes s'ennuyaient ferme. Malgré bon nombre de manifestations, de cinémas, de jeux et de loisirs de toutes sortes, ils pouvaient difficilement sortir dehors pour faire une petite balade en plein air dans les bois !

Toute la vie sur Mars se trouvait dans ses immenses bulles étanches : on allait de l'une à l'autre selon ses désirs...

La Terre et ses paysages multiples semblaient bien loin, et ils doutaient fortement de pouvoir y revenir un jour.

Si seulement ils pouvaient recevoir des nouvelles de l'*Athéna*.

Le système climatique sur Terre voit son entropie augmenter.
Le dérèglement est le résultat de l'activité humaine, c'est-à-dire qu'il est anthropique.

5. Captives

Lania revint à elle avec un mal de tête atroce.
Elle était allongée sur quelque chose de dur.
Elle essaya de bouger mais n'y arriva pas.
Elle ouvrit les yeux et les referma aussitôt, effrayée.
Elle sentit comme une odeur d'encens.
Elle ressentit alors des piqures tout autour de la tête.
Elle remua à nouveau et constata qu'elle était attachée solidement à une table, tête maintenue fermement, bras liés le long du corps, jambes entravées, habillée comme elle était avant de sombrer dans le néant.

Elle avait mal partout. « Sans doute la chute je pense…Mais après ? » « Qu'est-ce que je fais là ? Où est Kéa ?... Et Roland ? »

Comme elle ne pouvait pas bouger - même pas la tête - elle ne pouvait qu'imaginer. En revanche, ce qu'elle sentait autour de son crâne devait être des sortes d'électrodes.

En ouvrant les yeux à nouveau, elle fut d'abord éblouie, puis lorsqu'elle put distinguer quelque chose, ce ne fut que le plafond qui se trouvait à plusieurs mètres de la table où elle se trouvait.

— Lania ?

C'était la voix de Kéa.

— Oui je suis là mais je ne peux pas bouger…
— Moi non plus. Dans quel endroit a-t-on été amenés ?
— Aucune idée, mais au vu de ce que nous avons sur le crâne, je ne suis pas très optimiste.
— Depuis combien de temps on est là ?
— Je ne sais pas…

— Et Roland ? Roland, tu es là ?
Aucune réponse ne vint.

Pour Kirsten, Arthur et Éva, il était hors de question de quitter le sol de cette planète. Ils décidèrent de retourner près de l'effondrement et de mieux chercher au fond du trou et tout autour. Ils emmenèrent avec eux Rory et Rob, les deux autres robots restants pour garder les deux navettes.

Sur le site, ils eurent une grande surprise : ils tombèrent sur Roland alors que la veille personne ne se trouvait là. Ce dernier était assis, semblait ailleurs comme sonné, mais était en train d'émerger car il tournait la tête de gauche à droite.

— Roland ! cria Arthur.

— Je suis bien content de vous voir, mais la question appropriée est : « Où suis-je et que m'est-il arrivé ? ».

Arthur, voyant que cela n'allait pas mais connaissant bien son fidèle robot, lui ordonna :

— *Surge et ambula !*[7]

— Ça, je connais...

Il se leva et marcha.

— Où sont Lania et Kéa ? demanda Arthur.

— Je ne sais pas du tout... On est tombés dans un trou, j'ai été dans l'impossibilité de bouger car j'étais empêtré dans des branches. Et après... je ne me rappelle rien. Et après... je me retrouve là tout seul.

— Regarde ce qu'on a trouvé.

Il lut le mot écrit sur le petit bout de papier et en resta coi.

Éva demanda :

— Pourquoi les jumelles ont été enlevées et pas toi ?

— Je ne suis peut-être pas leur préféré...

---

[7] Lève-toi et marche.

Éva fusilla Roland du regard.

— C'est de très mauvais goût si je puis me permettre, rajouta Kirsten.

— Bon ! déclara Arthur, résumons-nous : les jumelles ont disparu, a priori enlevées, où, par qui, on l'ignore et en revanche ils ont relâché Roland, on ne sait pas pourquoi…

— Le mystère reste total. Mais faisons ce que nous sommes venus faire, à savoir trouver des indices !

Ils fouillèrent et fouillèrent encore, sans aucun résultat.

Au bout de plus d'une heure de recherches, un détail attira l'œil d'Arthur. Sur une des parois du trou au fond, il vit une ligne droite verticale. Il s'en approcha et appela les autres :

— Venez m'aider ! Il y a quelque chose ici !

À plusieurs, ils déblayèrent la paroi encombrée de terre, de feuilles, de branches.

— Une porte !

Une grande porte de couleur brunâtre s'élevait devant eux, trois mètres de haut, deux de large, dans un matériau inconnu et particulièrement dur, sans aucune possibilité d'ouvrir.

— Il n'y a rien pour ouvrir. Cela doit s'actionner de l'autre côté…, dit Arthur.

— En tout cas, cela atteste d'une civilisation extraterrestre existante ici depuis longtemps, dit Arthur. Encore une fois, nous ne sommes vraiment pas seuls dans l'Univers. Mais comment entrer en contact ?

— C'est eux qui rentreront en contact, dit Kirsten, il faut attendre le temps qu'il faudra. Retournons aux navettes, il n'y a plus rien à faire ici !

Sur le chemin du retour, Éva se questionnait :

« Où sont mes filles ? Que sont-elles devenues ? Si ces extraterrestres sont d'un niveau pauvre, je crains le pire, mais s'ils sont d'un niveau très supérieur, elles sont peut-être l'objet… d'étude ?... En tout cas je sais qu'elles sont vivantes, je le sens… »

Une nouvelle nuit arriva. Froide. Lugubre. Éclairée faiblement par les deux lunes en orbite car oblitérée par cette damnée ceinture d'astéroïdes. Dehors tout était noir et blanc et sans aucun bruit. Ils dormirent mal dans leurs navettes, enfin pour ceux qui arrivaient à dormir… Les robots montaient la garde, insensibles. Mais monter la garde contre quoi ?

Dans une salle qu'elles jugeaient immense, dû aux sons qu'elles percevaient, Lania et Kéa se demandaient toujours ce qu'elles faisaient là. Ces sons, cette psalmodie sourde, ne s'arrêtaient jamais. Il leur semblait qu'il y avait beaucoup de monde présent, mais impossible de savoir qui, quoi, combien… La seule chose qu'elles sentaient était ces électrodes sur leur tête.

Soudain, tout cessa.

Elles crurent d'abord sentir comme une présence à leur côté, puis une piqure chaude et intense dans le cou, enfin elles sombrèrent.

Au petit matin, Arthur et Éva sortirent de la navette pour se dégourdir les jambes. Ils regardèrent la forêt là où leurs filles avaient disparu, et crurent voir deux personnes au loin. Celles-ci leur faisaient des signes et les appelaient.

— C'est Lania et Kéa ! cria Éva.

Ils coururent à leur rencontre, et tombèrent dans les bras les uns des autres.

— Qu'est-ce qui vous est arrivé ? demanda leur père, et vous venez d'où ?

Kéa répondit en premier :

— On va vous expliquer, mais donnez-nous à boire d'abord, on crève de soif !

De retour à côté du COR 1, elles constatèrent avec bonheur que Roland était déjà là. Kirsten leur donna des bouteilles d'eau et elles burent beaucoup.

Tout le monde s'était regroupé devant elles et attendaient avec une impatience non simulée des explications détaillées. Lania commença son récit :

— Nous sommes tombées dans ce trou que vous avez sans doute découvert. En bas, au milieu des branches et des feuilles, on était un peu sonnées et ensuite très rapidement des… ombres se sont précipitées sur nous. Roland a été maitrisé, j'ai vu Kéa qui s'écroulait à la suite d'une piqure je pense, et… pendant ce court instant, j'ai eu juste le temps d'écrire quelques lettres sur un bout de papier et moi aussi je fus très vite piquée… Nous nous sommes ensuite réveillées attachées à une table avec des électrodes sur la tête. Ça a été très long…

Kéa prit la suite :

— On était juste toutes les deux, Roland n'était pas là… On entendait comme des chants venus dont on ne sait où, mais on ne pouvait rien voir car on ne pouvait pas bouger.

— Vous n'avez vu personne ? demanda Arthur.

— Non, on est restées là… sans doute, ils nous observaient.

— De temps en temps, on sentait une piqure, puis on s'endormait.

— Et un jour on s'est retrouvées allongées par terre au bord du trou dans lequel on était tombées… Puis on est revenues vers les navettes sachant que Rory et Rob devaient nous attendre. Mais Roland, comment es-tu revenu, toi ?

— Je n'ai souvenir de rien, c'est le flou total.

— C'est à n'y rien comprendre ! dit Arthur. Vous avez été enlevés par des êtres inconnus, puis quelques jours après, vous avez tous été relâchés. C'est incompréhensible !
— Comment allez-vous ? demanda leur mère.
— On va bien, juste un peu… flagadas.
— On vous a fait du mal ?
— Non…
— Il faut rentrer à bord de l'*Athéna* tout de suite, dit Kirsten, on vous fera toutes les analyses nécessaires.

Puis elle rajouta :
— Il n'y a plus aucune raison de rester sur cette planète hostile !
— Ce n'est pas sûr, dit Arthur, elles ont bien été relâchées… Néanmoins, je suis d'accord, on ne reste pas ici.

Tout le monde remonta dans les deux navettes, et la longue remontée en orbite commença.

Si les êtres d'Astéria C ne voulaient pas d'eux, la nature spatiale fut clémente car ils traversèrent la ceinture de roches sans trop d'encombres.

Le retour à bord fut salué par Hadrien. On mit les jumelles en observation et on leur fit des analyses de sang qui ne donnèrent aucun résultat significatif. Quant à Roland, il avait toujours la forme, mais il ne dit pas non pour une bonne recharge de ses batteries !

Quelque temps après, Lania et Kéa se retrouvèrent seules dans leurs cabines.
— Tu penses ce que je pense ?
— Oui, ces êtres n'en ont rien à faire des humains !
— Je suis d'accord, je crois qu'après nous avoir étudiées, ils nous ont… jetées.

Elles voyaient juste.

Pour la compréhension du récit, reproduisons ci-dessous les quelques dialogues prononcés par les Astériens lors de l'enlèvement et de la libération des sœurs jumelles, car la langue qu'ils employaient est difficilement reproductible en l'état dans ce récit, les sons et les signes cabalistiques qu'il faudrait retranscrire sont de nature totalement inconnue.

Mais avant, il faut savoir que ce peuple vivait depuis des millions d'années sur cette planète, qu'il était farouchement religieux et particulièrement évolué tant culturellement que technologiquement. Si on voulait les décrire - ce qui est quasi impossible car nous ne les vîmes pas vraiment - on devrait les peindre comme des sortes d'ombres remplies de matières tantôt rigides tantôt flasques avec des cerveaux plus développés dans tous les sens du terme que les nôtres.

Nous ne les vîmes pas, mais - à ce qu'il parait- ce peuple était connu et réputé dans la galaxie.

Laissons-les parler plutôt :

~~~ *Après études approfondies, nous avons eu affaire cette fois à deux êtres humains et un robot. Les deux humains sont de sexe féminin et viennent d'une planète qu'elles nomment Terre située à la périphérie d'une galaxie lointaine au sein d'un groupe d'amas... Quant au robot, il est de vieille génération, semble doué mais déjà obsolète. Sans intérêt pour nous donc. Cher collègue, pouvez-vous nous dire ce que nous avons appris sur ces... femmes ?*

~~~ *Eh bien, il n'y a pas grand-chose à dire. Elles semblent intelligentes et passionnées mais restent très en deçà de nos valeurs et de nos capacités... Un point a attiré mon attention : leurs esprits communiquent...*

Mouvements d'intérêt dans l'assemblée.

~~~ *Oui, mais attention, on est loin de la télépathie ou du phénomène d'intrication total, cependant elles paraissent corrélées, connectées,*

sans doute venant du fait qu'elles soient issues du même œuf si je puis me permettre...

~~~ *Intéressant, mais insuffisant.*

~~~ *Je suis d'accord. Ces humains ne peuvent rien nous apprendre qu'on ne sache déjà. C'est pourquoi la décision de les rendre à leurs vies a été décidé par un vote unanime. Nous aurions pu les dissoudre, mais nous ne sommes pas des sauvages...*

Rires.

~~~ *Nous avons besoin de cerveaux, mais pas ceux-là. Ils ont donc été expulsés. Ces Terriens sont de bien pauvres sujets d'étude ! Espérons qu'ils quittent rapidement notre atmosphère avant qu'ils ne la polluent plus.*

~~~ *C'est fait, ils sont partis !*

~~~ *Parfait.*

Sur l'*Athéna*, on n'était pas plus avancé qu'avant. Il fallait choisir et trouver une autre exoplanète qui pourrait les renseigner sur leur situation spatiale afin de retrouver leur chemin.

Hadrien, Kirsten et Arthur travaillèrent sur cette option tandis que Lania et Kéa restaient contrariées par l'expérience vécue sur Astéria C.

Elles se reposèrent laissant les autres travailler.

Au bout de plusieurs heures, elles les rejoignirent en salle de commandement. Hadrien venait juste de commencer à parler de leur prochaine destination :

— Nous avons choisi l'étoile Perséphone. Elle possède un curieux système autour d'elle : Quatre planètes, mais en révolution autour en un schéma : une, une, deux.

— C'est-à-dire ?

— La troisième orbite, située à la périphérie de la zone habitable, possède en fait deux planètes. Ces deux planètes tournent autour de leur étoile sur la même orbite elliptique, éloignée l'une de l'autre à égale distance ! Je n'avais jamais vu ça encore. Leur révolution est de 530 jours et elles présentent toujours le même côté par rapport à leur étoile. Il fait donc chaud d'un côté et très froid de l'autre. Nous avons choisi Perséphone C1 et C2 car, a priori, la température côté étoile devrait être clémente car suffisamment éloignée. En outre, une atmosphère a été détectée ainsi que la présence d'eau... Cérès, avec Kirsten et Lee, cap sur Perséphone !

— Combien de temps pour y arriver ?

— Trois mois.

L'exploration spatiale est passionnante mais longue. C'est pourquoi beaucoup de personnes choisissent de rester sur une exoplanète accueillante plutôt que de continuer. Encore faut-il en trouver une.

Néanmoins, pour le moment, l'*Athéna* ne pouvait qu'errer...

À chacun ses occupations, plutôt le temps au repos mais sans oublier les exercices indispensables au bon fonctionnement du corps pour garder une forme physique. Quant à d'autres occupations tout aussi physiques, les couples ne s'en privaient pas : Arthur et Éva, sans oublier Kirsten et Diane et Kéa avec Rosalie.

Kéa ayant laissé Lania, Rosalie ayant laissé Roland, ces deux-là se retrouvaient souvent ensemble durant ces longues traversées pour discuter de la vie, de l'Univers, et du reste.

Comme d'habitude, Roland attaquait fort :

— Je suis pessimiste.

— Encore !?

— Sénèque a dit : « *Si un homme ne sait pas vers quel port il navigue, aucun vent n'est favorable* ».

Il avait bien raison. On est condamné à errer toute sa vie.

— Mais arrête ! Je suis sûre qu'on y arrivera.

— Comment trouver notre chemin de retour ? Y arriverons-nous un jour ? Je doute.

— Nous trouverons. C'est une question de temps… et d'un peu de chance ! répondit-elle avec un sourire forcé.

— Je laisse la chance de côté. Concernant le temps, au vu de ma condition, je ne me fais aucun souci. En revanche, vous, vous n'êtes pas immortelle que je sache.

— Tu m'énerves ! Bon… En as-tu déjà parlé avec ton copain IA Cérès ?

— Non, et ce n'est pas du tout mon copain. On discute de temps à autre, c'est tout.

— Je sais… Mais… au fait, crois-tu qu'il ait une conscience ? Au sens humain du terme bien sûr…

— Non. Il n'est pas de pensée sans corps qui pense. Donc pour moi, malgré toutes ses énormes qualités et sa puissance de calcul inégalée…

Lania le coupa :

— Mais qu'est-ce que tu fais de Vesta ? Elle nous a trahis, donc à un moment, dans sa… tête - son esprit ? - il y a bien eu un phénomène de pensée, soit une sorte de conscience, qui l'a poussée à faire ce qu'elle a fait, non ?

— Mauvaise programmation due à un être humain !

— Ok, mais cela fait froid dans le dos.

— J'ai confiance en Cérès, elle est beaucoup plus intelligente. Elle m'exaspère parfois, mais j'ai confiance.

— Alors tout va bien… Tu vois ?

— J'espère que tu as raison, Lania…

Sur la surface d'Arion, l'amélioration de la cité d'Argos avançait pas à pas et de façon ordonnée, ce qui procurait à Théo un immense plaisir et une grande fierté. La colonie se développait tant en nouvelles naissances - ce qui était toujours considéré comme un grand bonheur par tous les habitants et qui donnait lieu à chaque fois à de grandes fêtes

Albédo

- qu'en nouvelles infrastructures, ou en rénovation de bâtiments existants.

Sous la surface, dans la salle où les 41 « cerveaux » baignaient chacun dans leurs cuves, le calme était revenu. On ne savait pas encore pourquoi, mais de temps en temps, ils s'agitaient pendant de longues minutes puis se reposaient. Et lorsqu'ils s'agitaient, leurs gardiens en surface sortaient de leurs grottes, s'envolaient dans le ciel et tourbillonnaient de façon menaçante au-dessus de ces dernières comme pour en éloigner les intrus.

Mais les humains connaissaient bien ces oiseaux-là.

Sur Mars, l'absence de nouvelles provenant de l'*Athéna* était préoccupante.

Cette autre colonie, elle sous cloche, se demandait comment elle allait survivre sur le long terme. En effet, la flotte de petits vaisseaux martiens disponibles se limitait à quatre mais ces derniers ne possédaient pas les moyens suffisants en termes de puissance et d'énergie pour naviguer sur plus d'un an. Seul l'*Artémis*, celui dans lequel Erika Copper était venue, était de taille presque similaire à l'*Athéna*. Lui seul pouvait aller chercher les minerais et terres rares nécessaires sur de lointaines exoplanètes. Mais il fallait le ménager au cas où une opération de secours devrait se décider au dernier moment pour secourir Hadrien et les siens, ou Théo et sa colonie. On ne savait jamais.

Ce qui les inquiétaient aussi, c'était la situation de la Terre qui était en train de sombrer dans un chaos total. Les télescopes présents sur place montraient une planète recouverte d'une épaisse fumée noire et brunâtre et lorsqu'elle se dissipait par endroits, on ne constatait que désolation, ruines et paysages détruits. Dans quel état devait se trouver la population restante ?

Quel désastre que notre pauvre vieille Terre !

Albédo

La vie est complexe et ordonnée. Alors comment peut-elle être conciliée avec la tendance au désordre ? (principe entropique)
Toute description de l'Univers doit prendre en considération le fait que nous existons. (principe anthropique)

6. Perséphone

— La déesse des étoiles Astéria ne nous ayant pas porté chance, voyons ce que la déesse des saisons Perséphone va nous offrir, déclara Hadrien.
— Des saisons, c'est un peu vite dit, rectifia Arthur, car c'est surtout la déesse des Enfers, n'oublions pas qu'elle y a été enfermée !

Roland se mit à tousser car il savait pertinemment ce qu'Arthur venait d'affirmer. Mais il n'avait pas voulu corriger ce qu'il avait dit auparavant de peur d'effrayer les membres d'équipage toujours connus pour être superstitieux.

« Un peu de rationalité que diable ! Nous sommes au XXIII -ème siècle ! » pensa-t-il.

— C'est-à-dire ? demanda Hadrien.
— Perséphone, enfermée dans les Enfers, n'est autre que les grains de blé, ensevelis sous terre durant l'automne et l'hiver. Au retour du printemps et pendant l'été à la germination des plantes correspond le retour de Perséphone auprès de sa mère… Voilà pourquoi on parle de saisons.
— Bon. En tout cas, voyons ce que C1 et C2 ont à nous offrir et j'espère plutôt des graines que des Enfers…

« Peut-être les deux… » estima Roland.

En attendant, avant d'arriver en banlieue de Perséphone et le soir venant, Diane attira Kirsten dans sa cabine, ferma la porte à clé, la poussa sur son lit et commença à la déshabiller avec ardeur et exaltation. Elle se laissa faire avec un plaisir intense. Kirsten une fois nue, Diane agenouillée entre ses jambes se dévêtit avec hâte tout en admirant son corps tout en rondeur mais encore ferme et musclé. Leurs bouches se joignirent enfin et leurs corps fondirent l'un sur l'autre.

La passion prit alors le pas sur la tendresse et le temps autour d'elles cessa d'exister.

Les caresses se firent plus intimes, chacune essayant de donner le plus de plaisir à l'autre. Volupté, sensualité, fièvre, emballement, montée de l'intensité érotique, gémissements, bouillonnements, puis éclatements en un orgasme torride et commun.

Un brulant silence suivit.

Lovées l'une contre l'autre, elles reprirent doucement conscience.

Quelques courtes minutes après avoir échangé au cours de leurs ébats leurs fluides personnels, leurs yeux encore humides de désir, Kirsten s'adressa à Diane :

— Lania et Kéa ont eu leur part d'aventures sur Astéria… Je suggère que ce soit nous qui descendions sur Perséphone C… Qu'en dis-tu ?

— Ce n'est pas dans mes habitudes, tu sais… Je suis plutôt bonne derrière mon bureau à enquêter sur des vols de tableaux, mais…

— Mais tu enquêtes aussi sur le terrain.

— Oui. En fait, ta question m'a surprise, mais bien sûr je serai ravie de venir avec toi ! dit-elle avec un grand sourire.

— Alors c'est entendu. Je me charge de convaincre Hadrien.

Comme si c'était encore possible, elles se serrèrent un peu plus l'une contre l'autre, et finirent par s'endormir d'un sommeil profond.

Au matin, tout le monde fut convié dans la salle de commandement par Hadrien.

— Nous approchons du système Perséphone, et je peux déjà vous dire que la partie va être différente et beaucoup plus dure. Je m'explique : nous venons de découvrir que les exoplanètes C1 et C2 n'ont aucune atmosphère. Si nous devons nous y poser, l'exploration ne pourra se faire qu'en combinaison et casque, ce qui diminue le temps total au sol.

— Quel intérêt de s'y poser ? demanda Arthur.

— Comme annoncé précédemment, la partie chaude exposée à leur Soleil parait désertique et ressemble peu ou prou à notre planète Mars, mais en beaucoup plus chaud bien sûr - environ 200°C. En revanche, la partie glacée de l'ordre de -150°C - qui a plutôt les caractéristiques d'Europe, une des lunes de Jupiter, ou d'Encelade, une des lunes de Saturne - décèlerait un océan liquide sous sa croute. Des geysers ont été aperçus, ce qui validerait l'existence d'eau liquide, et donc potentiellement de vies extraterrestres en profondeur, dues à des sources hydrothermales rendues possibles par le noyau chaud en son centre.

— Tout cela me parait très hypothétique, dit alors Lania. Je peux vous assurer que ni Kéa ni moi avons envie d'aller affronter un tel endroit !

— Au moins, on est tranquilles de ce côté-là ! s'exclama Arthur.

— Hadrien reprit :

— Nous avons les moyens de cette exploration. N'oubliez pas qu'une de nos navettes est munie d'un petit sous-marin de vingt mètres seulement. S'il y a une chance de découvrir quelque chose, il faut y aller, ne serait-ce que pour faire avancer la connaissance scientifique !

Kéa tourna les yeux vers Lania : « A-t-il perdu l'objectif premier, à savoir sortir de cette zone inconnue ? »

Lania, qui avait parfaitement compris où sa sœur voulait en venir, cligna des yeux et acquiesça de la tête. « Laisse faire… on verra bien. » lui adressa-t-elle.

Arthur revint sur le sujet :

— Mais s'il y a un océan souterrain, pourquoi choisir le côté froid plutôt que le côté chaud ?

— Bonne question. Ce serait beaucoup trop difficile et dur de percer à travers la croute perséphonienne. Je préfère percer la glace. De plus l'épaisseur et la taille de l'océan sont beaucoup plus importantes de ce côté-là.

— On prend un risque, Hadrien, je pense que nous devons effectuer des passages en basse altitude afin d'étudier de plus près cette exoplanète.

— C'est bien ce que je comptais faire... Cérès ?

— Oui, Commandant.

— Direction Perséphone C1 en orbite basse pour études plus poussées.

— C'est parti ! dit Cérès d'une voix chaude et enjouée.

« Comme si ça l'amusait ! pensa Roland. C'est vraiment n'importe quoi ! »

Et l'*Athéna* se dirigea vers sa cible qui soufflait depuis longtemps le chaud et le froid.

Les jumelles se retrouvèrent dans une des salles hermétiques à toutes écoutes extérieures et même, voire surtout, à toute écoute possible de la part de Cérès. Néanmoins, il y avait sur la paroi un hublot carré d'un peu moins de trente centimètres de côté au travers duquel elles purent apercevoir au loin Perséphone C1 qui brillait face à son étoile avec un albédo[8] assez fort dû à son manque d'atmosphère. Chacune s'assit dans un fauteuil face à face. Une lassitude pointait sur leur visage fatigué malgré la force qui émanait toujours d'elles. Kéa s'adressa à Lania :

— Nous faisons fausse route, je pense.

— Oui, je suis d'accord... En y réfléchissant vraiment, je ne vois pas quels signes le Commandant peut attendre trouver de visites d'exoplanètes exotiques.

---

[8] Pouvoir réflecteur d'une planète.

Albédo

— Une civilisation extraterrestre pourrait-elle avoir des indications à nous fournir, pour peu que l'on tombe sur une qui soit bienveillante ?
— Il ne faut pas exclure une telle chance, bien sûr.
— Tu vois, tu as dit chance !
— Oui et la probabilité me parait très faible.
— Néanmoins, dit Kéa, cela reste de l'exploration spatiale pure… Et c'est ce qu'on a toujours privilégié.
— Je sais, mais… On ne peut pas continuer comme ça. Cela va prendre trop de temps et les réserves de l'*Athéna* ne sont pas éternelles.
— Il faut trouver un autre moyen.
Elle regarda Lania, et vit dans ses yeux qu'une idée était en train d'émerger.
— Ce n'est qu'une idée, dit Lania, mais je pense à une chose qui nous a déjà servie dans le passé. Tu te souviens quand on était au sein du *Cortès* avec le Commandant Anton Ashes ? D'ailleurs Hadrien était son second à cette époque !
— Cela me parait bien loin.
— C'est vrai, mais nous avons été sauvés grâce à des flux cosmiques, ces « rivières » de gaz et de poussières et de tout petits astéroïdes qui circulent entre les galaxies ! Nous les connaissons beaucoup mieux maintenant… Écoute, c'est le regretté Angelo Angeli qui m'en avait reparlé. Il les nommait même « des autoroutes cosmiques » !
— Oui ! J'ai lu quelque chose là-dessus : ces « autoroutes » sont générées certaines fois par des interactions gravitationnelles. Mais il est nécessaire de modéliser les trajectoires bien à l'avance.
Lania reprit :
— Attends ! Ce flux ou fleuve ou courant - comme on veut - coule bien en dehors des galaxies d'une à l'autre dans l'espace intergalactique. Cela a été observé de nombreuses fois malgré le fait

qu'ils soient très froids, de l'ordre de -260°C.... Ils sont par ailleurs peu denses, ce qui est un avantage. Mais figure-toi que ce sont eux qui alimentent les galaxies en matière, et qui leur permettent de concentrer de nouveaux nuages de gaz qui s'effondrent ensuite pour créer des étoiles.

— En gros, c'est grâce à ces fleuves cosmiques que nous, Terriens, sommes là.

— Exactement. Ne dit-on pas que nous sommes tous des poussières d'étoiles ?

Après cet autre flux, de paroles celui-là, un moment de réflexion fut le bienvenu. Ce fut Kéa qui le trancha :

— Il va falloir convaincre Hadrien.

— Il est intelligent et avec l'aide inestimable de notre IA Cérès, je pense qu'on peut arriver à détecter puis à modéliser les données en une trajectoire qui devrait nous ramener dans notre galaxie.

— Je pense qu'il vaut mieux attendre l'après Perséphone. Les esprits doivent être concentrés sur la tâche présente. On en discutera après.

Le oui de Lania conclut la discussion. Toutes les deux quittèrent la pièce l'esprit un peu plus allégé qu'à l'entrée et allèrent se perdre dans les innombrables couloirs de l'*Athéna*, la tête encore une fois dans les étoiles.

Arrivé dans la banlieue de PC1, comme l'équipage l'appelait maintenant, l'*Athéna* se mit doucement en orbite basse autour de la planète et en inspecta les deux côtés. Ne décelant rien de particulier coté chaud, toute l'attention se fixa sur le côté froid. La « croute » de glace fut évaluée allant de 800 mètres à 2 kilomètres d'épaisseur. Quant à l'océan liquide juste en dessous, il fut estimé à 40 kilomètres de profondeur environ.

Hadrien avait un plan qu'il connaissait bien pour l'avoir vu en pratique lorsqu'il faisait ses armes sous un autre Commandant qu'Anton Ashes : des explosifs seraient placés là où la glace est la plus fine, et profitant de la demi-heure disponible avant que la glace ne se refige un peu, la navette devrait lâcher le petit sous-marin à quelques mètres de haut juste au-dessus afin que celui-ci puisse plonger le plus rapidement possible. Et pour le retour, on ferait la même chose mais en sens inverse. La manœuvre était hautement délicate et Kirsten comprit vite que ni elle ni Diane ne seraient autorisées à descendre.

Hadrien précisa fermement :

— Seuls deux robots seront aux commandes de ce sous-marin et cette opération n'aura lieu que dans deux jours le temps de tout préparer. Les charges explosives seront posées par carottage en profondeur dans la glace et dispersées en un cercle de trente mètres de diamètre… Je prévois donc un carottage tous les 23,50 mètres, ce qui fait quatre en tout et j'en rajoute un au centre dont les charges seront de puissance plus grande. Ce qui fait en comptant trois charges par carotte tous les 200 mètres, un total de 15 charges…

— Combien de temps le sous-marin pourra rester sous la glace dans cet océan liquide ? demanda Arthur.

— Quatre heures et pas plus. Pas pour une question d'oxygène car ces deux robots n'en ont pas besoin, mais pour éviter que la glace ne redevienne trop dure. On utilisera donc peu ou pas d'explosifs pour la remontée. Le sous-marin devra revenir avant trois heures et demie afin de palier à tout problème additionnel.

— S'il y a un incident quelconque, sans tenir compte de la reformation de la glace, combien de temps peut-il tenir sous l'eau à des pressions pareilles ?

— Il a une autonomie de 24 heures.

— Mais comment leur indiquer où ils doivent aller et ce qu'ils doivent chercher ? questionna Diane.

— Ce sera le travail de nos radars et de nos sonars afin de détecter par réfraction de possibles roches/structures ou d'éventuels mammifères marins présents, ou ... quoi que ce soit d'autre.

— Il n'a pas de nom ce sous-marin ? s'étonna Éva.

— Si, si, répondit Kirsten, c'est le *Téthys*.

Roland, comme à son habitude, intervint pour donner une explication :

— Téthys est la déesse de la Mer dans la mythologie grecque. Elle est la fille d'Ouranos, le Ciel, et de Gaïa, la Terre.

— Très approprié, en effet, conclut Éva.

Les préparations menées par des robots furent ardues car le froid ne facilitait pas le travail au niveau de ce sol glacé. Néanmoins ils eurent une double chance avec eux : d'abord la couche de glace qu'ils durent forer ne faisait à cet endroit que 800 mètres, ensuite le temps - tant redouté - était resté très clément pendant ces deux jours pleins.

L'*Athéna* faisait honneur à son rang car il possédait bien sûr tous les équipements nécessaires pour des explorations d'exoplanètes exotiques quelle que soit la forme que prenait cet exotisme…

Une fois que tout fut installé, les robots et leur navette reprirent le matériel sur place et revinrent à bord du vaisseau. Une autre navette était prête : celle qui contenait le petit sous-marin qui serait bientôt largué dans l'océan de P1, les deux robots Roy 2 et Roy 3 déjà à bord avec toutes leurs instructions enregistrées afin de mener à bien cette mission. Roy 1 la pilotait.

Hadrien restait quand même inquiet avant le compte à rebours.

« Pourvu que cette aventure réussisse ! » pensèrent alors en même temps Lania et Kéa.

Albédo

La navette sortit de la soute et descendit vers la surface de P1. Elle se stabilisa à cinquante mètres au-dessus du sol et à cinq kilomètres du lieu de largage.

Tous étaient rivés sur les écrans de contrôle dans l'attente du moment. Le Commandant Hadrien s'adressa à Roy 1 :

— Vous êtes prêts ?

— Oui, Commandant.

— Décompte !

— 10, 9, 8, … 3, 2, 1, allumage !

Roy 3 appuya sur le bouton déclenchant les explosions.

Un bruit monstrueux se fit entendre mêlant celui lié aux terribles déflagrations des charges avec celui des craquements rugissants et sinistres de la glace. On ne savait d'ailleurs lesquels furent les plus terribles. Tout le monde retint son souffle dans l'attente d'y voir plus clair.

Quelques minutes suffirent et la navette se dirigea au-dessus du site des explosions. La glace avait cédé de partout et de multiples morceaux plus ou moins gros flottaient maintenant sur un bout d'océan très agité.

— Roy 1 au rapport ! demanda le Commandant.

— Tout est parfait, Commandant. On peut larguer le sous-marin sans trop de risques.

Roy 1 se stabilisa au maximum de ce qu'il pouvait, les moteurs faisant furieusement bouger l'eau et la glace. À cinq mètres, il largua Téthys qui tomba moitié dans l'eau, moitié sur un gros morceau de glace. Heureusement le sous-marin était d'une solidité à toute épreuve. Il s'écarta très vite du bouillonnement ambiant et comme il n'avait aucune notion de haut et de bas, plongea immédiatement dans l'inconnu.

À bord de l'*Athéna,* tous furent soulagés.

— Tout s'est bien passé, bravo ! s'exclama le Commandant.

« Attendons la suite quand même… » pensa Roland si fort qu'Hadrien le regarda méchamment comme s'il avait compris ce que le robot pensait.

— Ce début est très prometteur, ajouta Kirsten pour appuyer son chef. Maintenant commence vraiment l'exploration…

— Tout va bien à bord ? demanda Hadrien à Roy 1.

— Aucun problème. Nous commençons à descendre. Nous atteignons -200 mètres.

L'équipage de l'*Athéna* pouvait suivre la plongée en direct grâce aux caméras du Téthys. Pour l'instant tout se déroulait selon le plan. Mais plus Téthys s'enfonçait, plus il faisait sombre. Pas encore noir, mais ce serait bientôt le cas.

Roy 2 égrena les mètres par dizaine.

Téthys était équipé pour descendre jusqu'à cinq kilomètres de profondeur sans problème, ni pour lui, ni pour les robots.

— Nous sommes à deux kilomètres de la surface, dit Roy.

Les projecteurs du sous-marin éclairaient à trente mètres. Au-delà, le sonar venait en aide.

Quand ils atteignirent trois-mille-cinq-cents mètres de profondeur, il détecta une forme en mouvement et le Téthys commença à remuer.

— Nous avons quelque chose devant nous, dit Roy 2.

— Vous voyez quoi ?

— …

Grésillement et silence total.

— Téthys ? Téthys, vous m'entendez ?

— Commandant, dit Lee, nous n'avons plus aucune liaison radio.

Un silence glacial succéda au silence des ondes.

— Néanmoins, ajouta Lee, si nous ne pouvons l'entendre, nous pouvons quand même le voir. Regardez…

Il montra l'écran sur lequel la position de Téthys était indiquée.

Albédo

— Pour l'instant, je ne vois rien d'anormal. Tant qu'on peut le suivre, pas de problème je pense. Mais on ne peut plus rien faire pour eux.

— Il n'y a plus qu'à attendre.

Hadrien, Lee et Kirsten semblaient assez confiants.

Arthur, Éva et Diane restaient dubitatifs.

Lania et Kéa étaient franchement inquiètes.

Rosalie n'avait pas d'avis.

Roland était sûr que ça allait mal finir.

Quant à l'équipage, techniciens et opérateurs de toutes sortes, il était partagé mais pas vraiment tranquille. Certains allaient même penser que deux robots de plus ou de moins… En revanche, à propos du bijou qu'était le sous-marin Téthys, cela les attristerait de le savoir perdu.

À bord de celui-ci, Roy 1 et 2 comprirent bien vite qu'ils ne devaient compter maintenant que sur eux-mêmes, car à trois-mille-cinq-cents mètres de profondeur personne ne les entendrait.

Des êtres humains, certainement pas, mais d'autres espèces ?

Un peu d'étymologie :
- Entropie : du grec « entropé », action de se retourner.
- Anthropie : du grec « antrôpos », l'homme.

7. Téthys

L'*Athéna* : un des fleurons des vaisseaux de la FVL (Flotte de la Voie Lactée) de la planète Terre, perdu quelque part dans un amas lointain de galaxies non répertoriées.

Le *Téthys* : un des fleurons terriens de mini sous-marins, perdu dans quelque océan sous les glaces d'une exoplanète inconnue.

L'*Artémis* : désœuvré, en attente sur la planète Mars de nouvelles de l'*Athéna*.

La race humaine ne brillait pas par sa force et sa réussite. D'autant que sur son berceau, la situation déjà fortement chancelante s'était encore dégradée. En cause : la panne totale. Celle redoutée par tous les peuples : l'accident vasculaire cérébral planétaire, en gros l'AVC final. Celui, pour lequel on ne peut plus rien faire, entrainant avec lui crashs financiers et faillites en cascades inarrêtables.

En l'espace de moins d'une année le chaos s'était installé sur la Terre. Des milices de tout bord s'étaient formées dans chaque pays et dans chaque région, chacune essayant de prendre tout ce qu'elle pouvait sur l'autre. Les cadavres s'amoncelaient, les maladies se propageaient. Les hôpitaux d'abord débordés furent contraints de fermer, faute de personnel, de matériel et d'électricité. Quelques privilégiés s'étaient réfugiés dans des bunkers souterrains, mais combien de temps tiendraient-ils ? D'autres avaient pu prendre les dernières navettes pour la Lune, mais pour y faire quoi ? Transmettre le chaos terrien ? Il n'y avait plus aucun vaisseau en état.

L'humanité restante vivait son crépuscule.

Le troc revenait en force. Enfin… pour celles et ceux qui survivaient.

Comment en était-on arrivé là ?

Nul ne savait le dire malgré les signes répétés et annonciateurs depuis longtemps.

Erika Copper et Anton Ashes sur la colonie martienne avaient reçu les derniers messages envoyés par quelques dirigeants de grosses sociétés qui avaient pu encore communiquer. C'est comme cela qu'ils avaient appris toute cette débâcle, toutes ces tragédies, toutes ces ruptures systémiques.

Puis plus rien. Silence total. Arrêt complet des communications et au vu de ce qui se passait sur Terre, il faudrait des années pour tout réparer, de nombreux satellites s'étant écrasés au sol ajoutant de la peur à la terreur.

D'ailleurs ceux qui étaient sur la Lune ou sur Mars ne devaient plus compter que sur eux-mêmes. Plus aucun matériel, ni matériaux, ni ravitaillement, ne viendraient.

Tous perdants ?

Oui et non. Il y eut quelques contents mais très momentanément : ceux qui se trouvaient sur la planète Mucor !

La planète déchets, hors du système solaire : là où tous les délinquants, les assassins, et autres criminels avaient été envoyés pour purger leurs peines. Cela faisait bien longtemps qu'il n'y avait plus aucune prison sur Terre. Tous avaient été exilés ici. Quand la nouvelle de l'insurrection sur Terre était arrivée jusqu'à eux, la révolte gronda. Mais les robots gardiens n'ayant plus aucun ordre à suivre libérèrent tous les prisonniers. Ils étaient enfin libres !

Libres d'errer sur une planète inhospitalière. Bref, la mort à moyenne échéance car personne ne leur viendrait jamais plus en aide faute de navette disponible.

L'espoir résidait en un vaisseau et son équipage : l'*Athéna*.

Il était en très bon état mais, malheureusement, il ne savait pas où il était ! Et ne savait pas du tout que la Terre, berceau de l'humanité, était tombée aux mains de milices barbares.

Mais il était très loin : quelque part dans l'Univers profond sur Perséphone C1. Et à bord, l'angoisse liée à l'attente était à son comble.

La glace commençait à se reconstituer à vue d'œil, et l'on était toujours sans nouvelles du petit sous-marin et de ses occupants robots.

Cela faisait maintenant cinq heures que Téthys était sous l'eau et la glace s'était reformée depuis longtemps. La mission semblait définitivement compromise. La perte était lourde, sans compter l'échec cuisant de l'expérience de détection éventuelle de vie extra-terrestre. Encore quelques heures le Commandant Hadrien pourrait passer par pertes et profits un inestimable sous-marin et deux robots. Arthur était dépité comme tout le monde à bord.

Seules Lania et Kéa entrevoyaient encore une porte de sortie, mais l'espoir paraissait bien mince.

Une heure de plus passa.

Hadrien avait fait envoyer la navette récupératrice avec Kirsten et trois robots afin de se positionner à un kilomètre d'altitude du sol glacé et à une distance équivalente de l'endroit où le sous-marin avait plongé, ceci en position de secours au cas où.

« Au cas où de quoi ? » pensa Arthur.

— Tu penses à ce que je pense ? demanda Lania à Kéa à voix basse.

— Oui, si seulement…

La chance arriva soudain.

Avec fracas.

Le phénomène avait déjà été observé plusieurs fois mais presque tous l'avaient oublié. Kirsten dans sa navette était aux premières loges. Heureusement, car sinon la navette aurait été gravement endommagée.

D'abord une sorte de tremblement de terre, enfin… de glace plutôt. Puis un gigantesque, très puissant et énorme geyser ! D'environ un kilomètre de haut. Et Téthys dedans.

Le sous-marin fut projeté en l'air, resta en suspension quelques dizaines de secondes puis retomba brutalement dans l'énorme ouverture créée par l'afflux d'eau chaude poussé par la pression qui avait pour origine les sources hydrothermales profondes liées au magma contenu dans une partie de la croute du noyau rocheux de Perséphone C.

Téthys avait dû se trouver dans les parages lorsque la formidable poussée avait eu lieu et avait été propulsée par la formidable force du geyser. Sa puissance perturba un instant la navette dans laquelle Kirsten se trouvait, mais sans dommage aucun.

— Incroyable ! s'exclama-t-elle en observant ce qui venait de se passer sous ses yeux.

Hadrien qui venait d'assister à cette éruption mais depuis beaucoup plus haut s'exprima à son attention de manière fébrile :

— Vous n'avez rien ? Et le sous-marin, dans quel état est-il ?

Secoué dans tous les sens, ce dernier se retrouvait encore chahuté dans un mélange bouillonnant et tumultueux d'eau chaude, froide et de morceaux de glace éparpillés tout autour.

Le calme revint petit à petit et Téthys se retrouva un peu plus loin bloqué entre deux blocs de glace.

— Pour nous, c'est Ok… répondit Kirsten.

Elle n'ajouta rien car elle arrivait avec la navette au-dessus de l'endroit où le sous-marin se trouvait.

— Est-ce que le sous-marin répond ? insista Hadrien.

— Une minute ! cria-t-elle énervée.

Le Commandant ne dit plus rien comprenant enfin qu'il fallait laisser son adjointe tranquille dans ce genre de moment.

Kirsten essaya de joindre les deux robots de Téthys par radio mais personne ne répondit. Elle essaya de nouveau sans succès.

Elle s'adressa au vaisseau :

— Aucune liaison radio. Je vais essayer de récupérer Téthys avant qu'il ne soit broyé par les glaces qui finiront par se reformer. Je vous tiens au courant. Elle réfléchit à toute vitesse et se demanda comment faire.

— J'ai besoin de vous, dit-elle en s'adressant à deux des trois robots, vous savez ce qu'il faut faire, on en a déjà parlé ensemble.

La procédure avait été maintes fois répétée. Les deux robots enfilèrent au plus vite leurs combinaisons de plongée renforcées. Kirsten ouvrit un sas de côté et ils sautèrent de dix mètres de haut dans l'eau glacée. Elle appuya sur les deux manettes qui permirent à quatre câbles de descendre au niveau du sous-marin. Les robots plongèrent par-dessous afin de les fixer.

Ceci fait, ils s'accrochèrent aux câbles et firent un signe à Kirsten qui actionna la remontée. Il y eut une résistance qu'elle compensa par une traction un peu plus forte. Le sous-marin bougea et commença à monter dans un ruissellement d'eau et de glace.

Kirsten ouvrit la soute de la navette qui engloutit Téthys. Une fois refermée et tous les robots à bord, Kirsten remit le cap sur orbite afin de rejoindre la vaisseau mère.

Tous à bord avait hâte de voir si le sous-marin n'était pas trop endommagé et si les deux robots en son sein étaient toujours opérationnels ou non, car aucune communication n'avait été détectée.

Kirsten, qui pilotait la navette, la fit passer par un des sas de l'*Athéna* et une fois bien arrimée en son giron coupa les moteurs. Elle n'avait qu'une envie, c'était d'aller vite inspecter Téthys afin de constater les dégâts à l'extérieur comme à l'intérieur.

Le sous-marin ruisselait encore lorsqu'elle s'en approcha. La soute de la navette était trempée.

Elle arriva trop vite, glissa et tomba sur les fesses en jurant. Mais plus de peur que de mal. Elle se remit debout et arriva devant la porte qu'elle essaya d'ouvrir. Impossible. La paroi était bosselée et enfoncée en de multiples endroits à cause des nombreux chocs reçus. Il faudrait un chalumeau. Elle frappa contre la coque, mais personne à l'intérieur ne répondit.

Kirsten s'adressa aux robots qui se trouvaient à ses côtés :

— Allez chercher le matériel nécessaire afin d'ouvrir cette porte !

Dans l'attente, elle fut rejointe par Hadrien et Arthur. Le Commandant, la voyant froncer les sourcils et se frotter le bas du dos en maugréant, lui demanda :

— Est-ce que tout va bien ?

— Oui, oui… je me suis juste cassé la gueule ! J'ai envoyé deux robots chercher des outils pour décoincer la porte de Téthys, car elle est complètement bloquée.

— Il est dans un sale état ! s'exclama Arthur en l'inspectant.

— Vu ce qu'il a subi, c'est un miracle qu'il soit encore entier !

— Des nouvelles de la cabine à l'intérieur ?

— Aucune…

Il fallut près de trente minutes pour découper la tôle au chalumeau. La lourde porte fut retirée et Hadrien allait pénétrer en premier dans le petit sous-marin, mais Kirsten lui barra la route :

— Pardon, mais j'aimerais voir… Et elle passa devant lui.

Hadrien comprit qu'elle voulait constater les dégâts en premier et ne lui en voulut pas.

Elle s'approcha lentement en se baissant et arriva à la cabine. Les deux robots étaient toujours assis sanglés sur leur fauteuil, mais

apparemment « inconscients ». En tout cas, ils ne bougeaient pas et semblaient déconnectés. Elle ressortit vite en s'adressant aux robots :
— Allez les chercher et conduisez-les en salle de réparation.
Les robots dégagèrent leurs semblables et les emmenèrent.
— J'espère qu'on pourra les réparer et les reconnecter, dit Hadrien, car j'aimerais beaucoup savoir ce qui s'est passé sous l'eau…
— Et s'ils ont vu ou découvert quelque chose, ajouta Arthur.

Le lendemain, alors que les ingénieurs étaient toujours en train de « réparer » les deux robots, Arthur alla voir Hadrien et Kirsten pour leur parler de la suite :
— En attendant que les deux robots Roy 1 et 2 puissent parler et éventuellement dire ce qu'ils ont observés ou non, pensez-vous que nous devions continuer nos explorations et recherches vers un autre système planétaire ?
Hadrien répondit :
— Nous avons déjà choisi notre prochaine destination : ce sera Lucine qui possède cinq planètes dont une dans la zone habitable que nous appellerons Lucine A. C'est effectivement la première à tourner autour de son étoile mais elle en est suffisamment éloignée.
— Lucine, la déesse de la Lumière, ajouta Kirsten. Espérons qu'on y trouve ce qu'on cherche.
— Néanmoins, nous devons attendre qu'au moins un des robots refonctionne, car ils ont peut-être quelque chose à nous apprendre ! Je ne repartirai pas d'ici sans être sûr.

En fin de journée, un des ingénieurs appela le Commandant :
— Un des deux robots est fonctionnel et toute sa mémoire est intacte. En revanche, l'autre est trop endommagé et je doute qu'il ne remarche un jour…

— Bon. Excellent ! Amenez-le-moi dans la salle de commandement et prévenez les autres !

Quand Roy 1 arriva, il avait plus la tête de son aspect brut que du robot sapiens habituel. Bref, son aspect humain avait quelque peu disparu étant donné tout ce qu'il avait subi jusque-là.

« Oh là là, quelle tête affreuse il a ! » pensa Roland.

Néanmoins, il salua son Commandant quand il pénétra dans la pièce.

« Il en fait un peu beaucoup je trouve. »

— Repos Roy 1, dit Hadrien. Nous avons tous hâte d'entendre ce que vous avez vu, observé ou découvert lorsque vous étiez dans les grandes profondeurs de cet océan souterrain.

— En effet…

— Eh bien ?

« Quel comédien ! Il veut ménager son effet ou quoi ? »

Le robot sembla hésiter comme s'il n'était pas encore en pleine possession de ses moyens.

— Euh… Oui : lorsque nous avons atteint trois-mille-cinq-cents mètres, nous avons vu des formes au loin s'approcher de Téthys.

— Des formes ?

— Oui. Quand elles furent plus près, cela ressemblait à ce qu'on appelle sur Terre de « petites baleines ». De petites tailles et de couleurs argentées mais avec des nageoires beaucoup plus grandes, des yeux très visibles aussi…

— Qu'ont-ils fait ?

— Eh bien, elles nous ont touchés et c'est à ce moment-là que nos liaisons radios ont été interrompues. Comme si leur contact avait fait dysfonctionner les communications. Et puis, elles nous ont observées…

— Combien étaient-elles ?

— Au moins cinq ou six. Elles semblaient nous étudier, nous examiner… Pendant ce temps on essayait de relancer la radio mais sans succès. Puis elles se sont agitées dans tous les sens nous bousculant comme si elles étaient énervées et qu'elles voulaient nous faire opérer un demi-tour. Elles nous ont poussés vers le bas, on ne pouvait rien faire ! Nous avons remis les propulseurs, mais rien à faire, elles avaient une force inimaginable ! Alors on a coupé les moteurs et nous avons été entraînés vers le fond…

Roy 1 hésita à nouveau.

— Quoi ?

— En fait, en nous examinant, elles ont émis des sortes de cri de… Je ne sais pas, c'était très bizarre, mais…

Hadrien le coupa et s'adressa à Lee :

— Allez voir immédiatement si Téthys a enregistré quelque chose !... Continuez Roy !

— J'avais peur que le sous-marin ne tienne pas à ces profondeurs. Impossible de savoir à combien on était, car tous les appareils s'affolaient. Ce fut assez rapide et, ensuite, elles nous entraînèrent vers une source hydrothermale d'eau chaude, je pense. On a été secoués très fortement dans tous les sens, elles nous ont touchés, on a senti des décharges électriques et on a perdu « connaissance », enfin vous voyez ce que je veux dire… Et puis après, je ne sais plus…

Kirsten continua à sa place :

— Vous avez été propulsés par un puissant geyser qui vous a fait remonter à la surface et jaillir hors de l'eau. Là on a pu vous récupérer et vous ramener à bord.

Roy paraissait totalement perdu, ce qui pour un robot n'était pas très habituel.

— Incroyable, c'est incroyable ! dit Arthur tout excité.

Mais Hadrien réfléchissait :

— Il y a plusieurs choses intéressantes dans son récit : d'abord voir si le sous-marin a enregistré quelque chose, ensuite d'où venaient ces décharges électriques ? Certainement pas des cheminées hydrothermales même avec l'énorme puissance qu'il y a eu, comme une éruption volcanique souterraine. Et puis quels sont ces animaux étranges qui semblent nous avoir éjectés de force de leur lieu ?!

— En tout cas, nous avons une preuve qu'il y a de la vie sous Perséphone !

Lania et Kéa avaient écouté avec silence et intérêt Roy puis Hadrien.

Lania prit la parole en premier :

— Je ne voudrais pas casser l'ambiance mais… Oui, une vie existe ici comme il y en avait une sur Astéria. Mais je constate que ni l'une ni l'autre ne veulent nous voir rester chez elles !

— Je dirais même plus, ajouta Kéa, qu'elles nous rejettent avec force dans les deux cas !

— Je ne serais pas aussi catégorique que vous, essaya de dire Arthur, mais à son ton c'était sans grande conviction.

Lania continua :

— Commandant, nous perdons du temps, je pense qu'il faudrait changer de stratégie…

Mais Hadrien l'interrompit :

— Nous perdons du temps effectivement ! Nous allons faire route immédiatement vers une troisième exoplanète qui a pour nom Lucine A. Cette exoplanète se situe en zone habitable et je veux l'explorer elle aussi.

Roland intervient :

— C'est la déesse de la Lumière, espérons qu'elle nous éclaire sur la route à prendre.

— Effectivement ! En chemin, nous aurons tout le temps pour étudier les enregistrements s'il y en a, et revoir en détail tout ce que Roy nous a dit… Cérès, dit-il en s'adressant à l'IA de bord, en route !

— Bien, Commandant.

Albédo

Tous se retirèrent, et les calculs commencèrent à se faire pour effectuer les quelques années-lumière le plus rapidement possible. Lania et Kéa ne voulurent pas contrer Hadrien mais elles pensaient toujours que l'on faisait fausse route depuis le début. Néanmoins, comme les explorations d'exoplanètes les tentaient par-dessus tout, elles se dirent qu'une troisième chance était encore envisageable.

Quand on entendit les enregistrements des cris des animaux sous-marins, tout le monde fut surpris de la force avec laquelle ils s'exprimaient, mais impossible d'en dire plus, pour des Terriens, c'était incompréhensible.

Concernant les décharges électriques, elles avaient certainement été causées par eux.

Quant au fait que délibérément ces animaux ne voulaient pas d'humains chez eux, cela paraissait tout à fait vraisemblable, mais Hadrien n'en tira pas encore de conclusion.

Que ce soit au plus profond de l'espace, des planètes ou des océans, des vies intelligentes existaient.

C'était tout à la fois réconfortant et terrifiant.

—> *Un peu d'histoire :*
La notion d'entropie a été introduite en 1865 par Rudolf Clausius, physicien prussien.
L'idée du principe anthropique a été développée en 1974 par Brandon Carter, physicien australien.

8. Lucine

Au détour d'une coursive.

— Tu as de la chance d'avoir une compagnie en la personne de Rosalie… même si ce n'est qu'un robot… dit soudain Lania à sa sœur.

Kéa fut surprise par ces propos, et réagit de façon virulente :

— *Même si ce n'est ?* Tu es gonflée, je te trouve très cruelle là-dessus ! Rosalie est peut-être un robot féminin, mais un robot sapiens dotée de tous les atouts féminins… Elle est sexy, intelligente et sera toujours avec moi. C'est mon âme sœur en fait, je l'adore ! Ce n'est pas parce qu'Erwan n'est plus et qu'il te manque que tu dois dire des inepties pareilles !

Le ton monta chez Lania :

— *Ton âme sœur ?* J'avais la faiblesse de croire que c'était moi…

Elle s'étrangla comme si elle venait de subir un choc.

Elles se regardèrent intensément se préparant l'une comme l'autre à surenchérir à leurs attaques.

Les deux jumelles se connaissaient par cœur. Elles étaient sans aucun doute énervées toutes les deux par tout ce qui arrivait et semblaient ne plus être du tout le moteur de leur histoire.

Ah, le temps où elles étaient parties chacune dans un vaisseau et qu'elles pouvaient aller là où elles voulaient !

Mais beaucoup de choses tragiques avaient eu lieu. Encore une fois, plus rien ne serait comme avant. Mais n'est-ce pas la façon dont évolue l'Univers ?

Elles se rendirent compte en même temps qu'elles avaient exagéré l'une comme l'autre.

Aussi lorsque Lania lui dit : « Je vais dans ma cabine réfléchir à la suite… » et qu'elle lui tourna le dos pour s'en aller, Kéa ouvrit la bouche, puis la referma préférant ne rien ajouter et partit dans la direction opposée sachant pertinemment que ce n'était pas la voie la plus rapide pour rejoindre Rosalie dans sa cabine.

Dans l'attente de leur troisième tentative de trouver un indice quelconque de leur position, voyons ce qu'il se passait ailleurs :

Sur Mucor, la chaleur était accablante : 45°C. Les prisonniers qui venaient de s'échapper de leurs bâtiments erraient eux aussi sur une planète inhospitalière à la recherche de nourriture et d'eau. Mais comme d'habitude lorsque cela va mal, les egos de chacun prirent le dessus sur la raison et on ne tarda pas à voir des affrontements violents éclater entre clans. Beaucoup moururent assez vite dans des batailles sauvages et sanglantes.

En quelques mois, de quelques milliers qu'ils étaient au début, ils passèrent à quelques centaines.

Ce n'était plus qu'une question de temps avant que la planète Mucor ne redevienne une planète totalement stérile avec ici et là quelques robots errants ne sachant plus quoi faire et qui finiraient bien par rouiller et par s'écrouler.

Sur Mars, hors des nombreux dômes à l'intérieur desquels se trouvaient les colons, la température extérieure était de - 50 °C.

Erika, Anton et les autres s'ennuyaient ferme malgré les multiples tâches quotidiennes qu'il fallait effectuer pour maintenir toutes les installations en état de marche.

Ils n'avaient plus aucune nouvelle, que ce soit en provenance de la Terre, de la planète Arion ou de quelque part dans l'espace profond.

Qu'allait devenir la Terre livrée à elle-même ? Où donc pouvait être l'*Athéna* et son équipage ? Comment la communauté d'Arion se développait-elle ?

Ils avaient bien pensé à quitter le système solaire à la recherche d'Hadrien et des siens, mais pour aller où, dans quelle direction ?

Autant de questions sans réponse.

Sur Arion en revanche tout allait plutôt bien. Théo était content, les naissances étaient nombreuses à Argos et les infrastructures se développaient dans l'ordre prévu.

Joseph s'épanouissait dans sa nouvelle vie. Aurore grandissait et prenait nettement plus d'assurance ; en tout cas, elle enchantait toujours tout le monde lors de ses lectures de poésie en l'église du Dauphin.

Même les oiseaux se tenaient tranquilles. Il est vrai que plus personne n'était retourné dans la mystérieuse salle des cerveaux.

Cerveaux en somnolence depuis on ne sait combien de centaines ou milliers d'années et qui attendaient surement mais sagement quelque chose… Quant à savoir quoi ?

Bref, il semblerait que la survie et le développement de l'humanité telle que nous la connaissons depuis le début repose d'une part sur une exoplanète dont le sous-sol abrite d'étranges cerveaux en suspension et, d'autre part, sur un vaisseau spatial en bien mauvaise posture.

Revenons à bord : Roland avait le nez qui frétillait.

Comment un robot pouvait avoir une manifestation humaine de cette sorte ? Aucune idée !

Mais c'était réel.

En effet, il subodorait une mésentente entre les jumelles.

Flair ? Conscience ? Intrication ? Disons… très doué et très proche d'elles.

Il donna rendez-vous à Lania dans un des nombreux salons de l'*Athéna* sans la prévenir qu'il avait fait de même avec Kéa.

Lania arriva en premier et Roland l'accueillit chaleureusement.

— Cher Roland, que veux-tu ? Cela semblait urgent…

— Asseyons-nous, répondit-il.

Kéa poussa la porte à son tour et entra. Lorsqu'elle vit Lania, elle eut un petit mouvement de recul mais finalement avança en souriant. « Quel fourbe ce Roland ! » pensa-t-elle.

Lania aussi tressaillit puis sourit à son tour en le regardant.

— *Scio ergo sum*[9], annonça-t-il d'emblée.

— Avec toi, on s'en doutait… dit Lania continuant à sourire face à sa sœur qui acquiesça tout de suite.

L'atmosphère se détendait.

Roland observa les jumelles qui se trouvaient assises face à lui. Il pensa qu'il avait beaucoup de chances de vivre toutes ces aventures à leurs côtés. Il les trouvait intelligentes et savait pertinemment que leur force était d'être ensemble. C'est pourquoi il se devait d'agir afin d'empêcher toute dissension profonde entre elles.

— Qu'est-ce qui ne va pas ? demanda-t-il.

— Rien, c'est ma faute, je n'aurais pas dû… répondit Lania.

— Arrête, moi aussi… coupa Kéa. Je pense que la situation dans laquelle nous nous trouvons exacerbe les réactions. Ce que fait notre Commandant n'est pas mauvais en soi, il faut tout tenter, mais je doute qu'on arrive à quoi que ce soit de cette façon.

Elle passa la main droite dans ses cheveux qu'elle avait laissé un peu pousser. Noirs et abondants comme ceux de sa sœur qui fit le même mouvement presque en même temps. Roland nota que le grain de beauté sur la joue droite de Kéa – ce qui la distinguait de sa sœur jumelle,

---

[9] Je sais donc je suis.

comme nous le savons – était plus foncé que d'habitude. L'inquiétude, sans doute…

— Je suis d'accord avec vous deux. Notre situation n'est pas confortable du tout.

Kéa continua :

— Nous en avons déjà parlé toutes les deux et nous avons évoqué la possibilité des fleuves cosmiques… D'ailleurs… Cérès, tu es là ? dit-elle en s'adressant à l'IA de bord.

— Je suis toujours là, répondit Cérès de sa voix chaude habituelle, que puis-je faire pour vous aider ?

Lania lui expliqua ce que Kéa voulait dire par fleuve ou flux cosmiques afin de sortir de cette galaxie inconnue.

— C'est tout à fait envisageable et je peux m'y mettre maintenant afin d'étudier toutes les routes et paramètres possibles, mais…

— Mais ?

— Ma déontologie m'interdit de lancer ce genre d'étude sans l'aval du Commandant Hadrien.

— C'est tout à ton honneur ! dit Lania.

— Oui, mais bon, n'exagérons rien non plus, ajouta Roland qui était toujours agacé par les manières de Cérès.

Kéa intervient :

— Ok, si l'exploration de Lucine ne donne rien, nous en parlerons de toutes façons à Hadrien.

Profitant de l'omniprésence de l'IA, Lania changea de sujet en s'adressant à Roland et à Cérès :

— Puisque vous êtes là tous les deux, que pensez-vous de l'attitude des extraterrestres que nous avons côtoyés ?

Les réponses ne se firent pas attendre :

— Tous les extraterrestres sont des psychopathes ! dit Cérès.

— Un bon extraterrestre est un extraterrestre mort ! surenchérit Roland.

Lania et Kéa se regardèrent et éclatèrent de rire.

— Quelle unanimité et quelles visions ! s'exclama Kéa.

— Hum… ajouta Lania, je voudrais rappeler que quelque part nous sommes tous des extraterrestres : que ce soit notre civilisation ou une autre, les éléments dont nous sommes composés ont été élaborés, il y a des milliards d'années dans des étoiles lointaines aujourd'hui éteintes !

— En tout cas, ceux que nous avons croisés jusque-là sont plutôt hostiles.

Roland voulut rajouter quelque chose, mais Cérès intervint :

— Une communication du Commandant va être faite.

En effet, la voix d'Hadrien se fit entendre dans les haut-parleurs de chaque pièce :

— Je voudrais tous les responsables dans la salle de commandement. Il y a quelque chose d'étrange qui semble obturer la vision de l'exoplanète Lucine.

— Qu'est-ce que je disais…, ponctua Roland.

— Attendons de voir, dit Lania. En tout cas, Cérès, on en reparle.

— Quand vous voulez.

Et tous les trois sortirent du salon.

« En tout cas, le duo Lania Kéa refonctionne ! Les maux comme les mots ne sont jamais définitifs. » pensa Roland.

Tous réunis dans la salle de commandement, Lania et Kéa se rendirent devant le grand hublot de deux mètres afin de découvrir si on pouvait déjà voir quelque chose sur le système Lucine.

— Pour l'instant, pas de visuel, dit Hadrien, nous sommes encore trop loin. Mais nos radars ont détecté une grosse activité autour de Lucine A.

— Aurait-on enfin une possibilité de contact avec une civilisation extraterrestre intelligente ? demanda Arthur.

— Tout porte à croire que nous avons affaire à quelque chose de technologiquement avancé, répondit Kirsten. On détecte de nombreux satellites autour de cette exoplanète.

— Enfin quelque chose de concret et une chance de rencontres et de découvertes ! dit Diane.

Roland intervint :

— S'ils sont hostiles, ça ne changera rien.

— En l'état actuel, on ne peut rien dire encore, ajouta Hadrien. Nous allons nous en approcher lentement et prudemment.

L'exoplanète Lucine A se situait à 190 millions de kilomètres de son étoile Lucine - une naine jaune de taille un peu moins grande que celle de notre Soleil – ce qui la plaçait dans son système un peu plus loin que notre Terre du Soleil (150 millions).

Hadrien avait prévu d'immobiliser l'*Athéna* à environ 50 millions de kilomètres de Lucine A avec son étoile dans le dos afin de ne pas être détecté trop tôt. Mais un élément très curieux les en empêcha. Ils restèrent donc à l'écart du système et à distance raisonnable avant d'en savoir plus.

— N'allons pas plus loin pour le moment, dit Hadrien.

— Commandant, dit Lee tout à coup, nous avons bien fait de ne pas aller au-delà. Je viens de détecter comme une sphère de Dyson autour de l'étoile Lucine !

— Une sphère de Dyson ? Qu'est-ce que c'est ? demanda Diane.

Arthur lui répondit :

— C'est une mégastructure construite autour d'une étoile pour en capter l'énergie. Ce sont des millions de capteurs organisés en essaim en orbite ! Ce qui dénote qu'une civilisation très avancée, en tout cas beaucoup plus que la nôtre, existe sur Lucine A. Le nom de Dyson a été donné au XXème siècle par son inventeur éponyme, un mathématicien connu de l'époque qui en a inventé le concept.

Kirsten compléta :

— Nous n'en avions encore jamais décelé jusque-là. Mais je ne sais pas à quel point on peut donner ce nom à ce que nous sommes en train de constater.

— En tout cas, ça y ressemble, dit Lee.

— Extraordinaire ! s'exclama Diane.

— Furieusement intéressant, dit Lania.

— On devrait aller voir ça de plus près ! dit Kéa.

— Si vous voulez mon avis, dit Roland, on ferait mieux d'aller voir ailleurs...

Hadrien le fusilla du regard.

— Hors de question ! Nous sommes là pour essayer d'entrer en contact ! C'est vital.

Il l'avait dit d'une telle force que tout le monde se tut.

Il continua ensuite d'une voix sûre et apaisée :

— Voilà pourquoi la première planète de ce système se situe si loin de son étoile. En fait, cette sphère constitue en elle-même une sorte de planète A... À combien de kilomètres environ, Lee ?

— À peu près 80 millions.

— Ça correspond.

— Et les capteurs bougent de sens en fonction de la demande des... des *habitants* de l'exoplanète concernée.

Hadrien s'adressa alors à Cérès en regardant Lee et Kirsten :

— Changeons notre plan de départ et arrivons de biais et non de dos. Ne nous mettons surtout pas entre la sphère et Lucine A. Continuez à observer continuellement cet essaim et dites-nous immédiatement s'il bouge et de quelle façon !

L'*Athéna* reprit prudemment son approche de l'exoplanète.

Mais ce que ne savait pas le Commandant et son équipage c'est que le vaisseau avait été détecté par la civilisation extraterrestre de Lucine A.

Ce fut Cérès qui repéra le premier les mouvements en provenance du sol :

— Commandant, dix objets viennent dans notre direction !

— Une idée de la menace ? Et dans combien de temps peuvent-ils nous atteindre ?

— Aucune pour le moment. Sinon je dirais soixante minutes. Maxi.

— J'ordonne les postes de combat ? demanda Kirsten.

— Attendez, attendez… Non !... Oui !...

Hadrien réfléchit à la situation et opta pour l'action :

— De toutes façons, oui ! Tout l'équipage aux postes de combat, activez les canons lasers et les leurres et surtout déclenchez le bouclier magnétique de protection… Mais pendant ce temps, envoyons-leur un message !

— Tu veux dire un message de paix ou quelque chose de ce genre ? demanda Arthur.

— Oui. Mais le problème reste la langue. Ce n'est certainement la nôtre.

— Par des signes et des schémas, c'est la meilleure façon.

— Kirsten et Diane, rédigez quelque chose voulant dire : « Nous sommes des humains venant d'une planète lointaine nommée Terre et nous venons en paix ; pourrions-nous vous parler ? » Cela doit être court et vous devez le répéter sans cesse… jusqu'à une éventuelle réponse.

Tout le monde se mit au travail. Il fallait faire très vite.

À trente minutes, le message fut envoyé et réitéré toutes les minutes. En même temps, Cérès précisa la menace :

— Ce sont des projectiles… qui ont l'air de missiles !

— Merde !... Toujours pas de réponses à nos messages ?
— Non...
— Impact dans vingt minutes !
— Hadrien, demanda Arthur, es-tu sûr de nos protections ?
— Je suis sûr de mes protections, oui ! Mais absolument pas face à des missiles de force inconnue, non !
— Et si...

Kirsten le coupa :
— On reçoit quelque chose ! Même en signes, c'est incompréhensible !
— Combien de temps pour la traduction ?
— Je viens de lancer Speak-e, notre logiciel mais cela prendra au moins cinq minutes.
— Impact dans dix minutes.

Les missiles étaient maintenant en visuel et on pouvait affirmer sans aucun doute qu'ils étaient là pour détruire.

À cinq minutes, Kirsten ne comprenait toujours rien à la traduction.

Mais au même moment, les missiles stoppèrent leur course et restèrent sur place.
— Qu'est-ce qui se passe ? demanda Hadrien.

Cérès intervint :
— À ce que je pense comprendre, « ils » veulent une réponse à leur message en nous laissant un répit.
— Kirsten ?
— Oui, ça y est, le message est très court : *Partez ou serez détruits*. C'est ce que je comprends du message. On fait quoi ?

Lania et Kéa n'avaient rien dit jusqu'à cet instant. Elles rejoignirent le Commandant et Lania lui dit :
— Hadrien, nous devons partir. Cette civilisation n'est pas faite pour nous. Regardez comme ils réagissent malgré notre message !

Kéa rajouta à la suite :

— Éloignons-nous d'ici le plus rapidement possible, c'est la seule chose à faire, nous ne sommes pas de taille ! S'ils ont réussi à établir une sphère de Dyson entre leur étoile et leur planète, ils ont au moins cent ans d'avance sur nous !

Elles voyaient le visage d'Hadrien passer par toutes les réflexions et interrogations. Il se passa les mains dans ses cheveux en brosse et finit par soupirer après avoir failli exploser !

— Demi-tour immédiat ! ordonna-t-il vaincu. Sortons d'ici !

Et l'*Athéna* repartit.

Hadrien semblait abattu et sortit de la salle de commandement en claquant la porte et en laissant Kirsten et Lee diriger les opérations.

Il ne vit pas les missiles opérer un demi-tour, et ne vit pas non plus les essaims de capteurs de la sphère se refermer sur eux-mêmes ne laissant passer la lumière de Lucine que par endroits. Pendant tout le temps de l'action, tous étaient orientés de telle façon que le maximum d'énergie passe jusqu'à Lucine A.

Les Terriens de l'*Athéna* repartirent dans l'espace profond encore une fois repoussés par une entité extraterrestre qui a priori n'avait pas besoin d'eux.

Astéria avec ses êtres religieux, Perséphone avec ses êtres marins, Lucine avec ses êtres supérieurs, personne ne voulait voir ou connaître d'autres espèces vivantes. En tout cas pas la nôtre.

C'était une grande déception pour notre civilisation.

L'IA de bord et le robot avaient-ils finalement raison de donner des noms d'oiseaux aux extraterrestres ?

Albédo

L'entropie croissante explique comment des lois microscopiques réversibles peuvent donner lieu à des dynamiques macroscopiques irréversibles. (Guido Tonelli, physicien italien)

Les formes de vie, intelligentes ou non, reposent sur la chimie du carbone, carbone synthétisé par fusion thermonucléaire dans les étoiles au cours d'un processus qui requiert des milliards d'années. (Thomas Hertog, cosmologiste belge)

9. Fleuves cosmiques

Lania et Kéa en parlèrent d'abord à leurs parents Arthur et Éva. Elles les retrouvèrent dans leur cabine. Voyant que leurs filles allaient leur parler de je ne sais quel sujet, Éva qui était restée très silencieuse lors de tous ces débats les stoppa de la main en disant :

— J'en ai assez de ces allées et venues vers des planètes toutes plus inhospitalières les unes que les autres ! On est à la dérive, on erre sans but précis, on perd du temps, j'en ai marre, j'en peux plus !

Elle s'assit sur son lit et pleura. Arthur bien mal à propos dit :

— Il reste les systèmes d'Aphrodite et de Rhéa...

— Ça sera pareil ! cria Éva qui s'étrangla. Il faut que ça s'arrête !

Lania prit la parole en s'adressant à son père :

— Maman a parfaitement raison et Kéa et moi avons un autre plan en tête pour sortir de notre impasse.

— Hadrien est fermement accroché à son plan pour découvrir des indices...

— Laisse-nous te parler de ce à quoi nous pensons, dit Kéa, nous avons besoin de ton soutien pour persuader Hadrien de faire autrement. Comme vient de le dire maman, c'est assez !

Arthur regarda ses filles, ne les jaugea pas longtemps et leur dit :

— Je vous écoute...

Lania et Kéa leur expliquèrent à tour de rôle les notions suivantes que leur père connaissait d'ailleurs certainement :

— Tu es au courant de l'existence des fleuves cosmiques autrement appelés courants cosmiques. C'est un peu différent des filaments de flux magnétiques dont nous avions bénéficié pour échapper à la guerre des deux civilisations[10], tu te souviens ?

Arthur acquiesça.

— Il s'agit de gaz et de matière qui « coulent ». Ils peuvent être gigantesques jusqu'à plusieurs millions d'années-lumière ! Ils coulent en dehors des galaxies… En fait, l'Univers n'est pas un ensemble de galaxies avec du vide autour, il y a la matière noire et l'énergie sombre et il y a aussi comme des rivières qui coulent partout entre les structures. Ils sont très froids de l'ordre de -260°C, ce qui ne nous posera pas de problème, mais très peu denses, ce qui pourrait nous poser des problèmes, mais je pense à Cérès qui pourra élaborer les calculs nécessaires.

— Ces fleuves cosmiques alimentent les galaxies en matière, ce qui leur permettent de concentrer de nouveaux nuages qui s'effondrent en étoiles. En gros, encore une fois, c'est grâce à eux que nous sommes là !

Arthur compléta alors d'une façon poétique et philosophique :

— Des fleuves qui traversent la toile du Cosmos peuplé d'oasis qu'on appelle galaxies qui forment des étoiles dans le désert de l'espace…

— Tout à fait ! Superbe !

— Mais cela ne nous assure pas, dit-il, de passer de cette galaxie inconnue à la nôtre où nous étions encore il n'y a pas si longtemps.

— C'est là qu'interviennent deux éléments qui sont étroitement liés. Le premier, c'est Cérès, je l'ai déjà dit, l'autre, c'est *l'information* : nous avons traversé un trou de ver qui nous a fait arriver dans cette galaxie. Il faudra se servir de cette information, je veux dire de *ces informations* retenues dans l'espace-temps selon la mécanique quantique : l'information est préservée !

---

[10] Voir *Agon*

— Lorsque nous avons passé le trou de ver, nous y avons laissé des traces, des empreintes, des vestiges qui serviront à Cérès pour ses calculs !

— Il suffit juste de les retrouver… mais notre IA peut le faire j'en suis sûre : sa puissance est énorme. Et Cérès s'en servira pour nous faire prendre un des fleuves de la toile cosmique qui nous ramènera dans notre galaxie… Enfin… On espère !

Arthur regarda ses filles et en resta sidéré. Lui, ingénieur et astrophysicien, était dépassé par deux jeunes femmes. « Mais quelles jeunes femmes ! » pensa-t-il. Convaincu et excité, il leur dit :

— Allons voir ensemble tout de suite Hadrien. Il comprendra, j'en suis certain !

Avant de sortir, Arthur regarda Éva qui était restée sur son lit mais qui n'avait pas perdu une miette de la démonstration des jumelles :

— Tu viens ?

Elle hésita :

— Euh… Oui, pourquoi pas ? Je suis fatiguée de ne rien faire ! Je veux écouter ce que Hadrien va répondre…

Le Commandant Hadrien écouta les jumelles avec attention et intérêt. Il réfléchit et se tourna vers Arthur :

— Que penses-tu d'Aphrodite et de Rhéa avec les informations que nous avons déjà ?

— Je pense qu'il ne faut pas persister dans nos erreurs. Rien - absolument rien – n'indique que nous y trouverions un indice quelconque. De plus, après ce que nous avons pu constater au sujet des trois exoplanètes visitées, il semble que la race humaine ne soit pas du tout la bienvenue dans cette partie de l'univers…

— C'est le moins que l'on puisse dire ! appuya Éva visiblement énervée face à Hadrien.

Ce dernier se tourna vers Kirsten et Lee ses adjoints :

— Qu'en pensez-vous ?
— Je penche pour la solution de Lania et Kéa, dit Lee.
— Je suis pour qu'on essaie quelque chose, on a trop trainé par ici, ajouta Kirsten.
— Ma voix ne compte pas, dit Diane, mais il faut s'échapper de ces enfers !

Roland suivit à son tour pour le dernier mot :

— Souffrez que je m'exprime dans notre langue et non en latin pour une fois : « *Le véritable signe de l'intelligence n'est pas que la connaissance mais bien aussi l'imagination...* » dixit Einstein.

Ce à quoi Hadrien répondit :

— Tu n'es pas en forme ce coup-ci, Roland. Nous parlons ici de maths, de physique, de quantique, bref de concret, pas d'imaginaire !
— J'entends bien, Commandant, je voulais juste exprimer le fait qu'il faut savoir prendre des risques même dans des situations critiques scientifiquement expliquées.
— OK... Je vois que tout le monde est d'accord pour cesser les explorations. Mais la question la plus importante maintenant est de savoir ce que pourra faire notre Cérès...

La voix chaude habituelle de l'IA du vaisseau se fit entendre :

— Merci, Commandant, je me mets au travail dès que Kirsten et Lee m'auront donné toutes les infos élaborées par Lania et Kéa que j'ai... que je félicite pour leurs idées toujours passionnantes !

Hadrien eut soudain un petit doute :

— Tu étais déjà au courant ?
— Je dois m'y mettre, Commandant ! Les calculs qui m'attendent sont colossaux comme vous pouvez l'imaginer.

Hadrien sourit et dit :

— Ok. Tout le monde s'y met afin de déterminer notre nouvelle route stellaire pour sortir de notre impasse actuelle.

Éva retrouva le sourire et la confiance en l'avenir. Et tout l'équipage, heureux de cette nouvelle perspective, se mit en ordre de marche. Encore fallait-il que le plan élaboré en théorie fonctionne. « Le pire n'est jamais certain… » pensa Roland. Il fallut tout de même une journée entière avant que L'IA de bord, Cérès, déclare qu'elle était prête. Ce qui - au vu de la complexité - est un temps très court pour l'être humain, très long pour elle. Après avoir fait et refait plusieurs fois les mêmes calculs et en élaborant toutes les possibilités d'échecs possibles et imaginables, elle déclara tout bêtement comme s'il s'agissait d'aller de la planète Terre à la planète Mars :

— On peut y aller quand vous voulez.

Hadrien, Kirsten, Lee, Arthur, Lania et Kéa, tous visualisèrent la route, ou plutôt le fleuve choisi afin de quitter cette galaxie et d'arriver éventuellement dans la nôtre. Quand ils jugèrent que Cérès était dans le bon courant, ils acquiescèrent. Le dernier mot restait toujours à l'humain.

— *Alea jacta est*[11], déclara sans se fouler mais fort à propos notre robot latiniste en chef Roland.

En effet.

L'*Athéna* se dirigea à plein puissance vers la « source » du fleuve cosmique déterminé. Quand le vaisseau se propulsa dans le flux, les turbulences - le mot est faible - commencèrent. Ils vécurent de longs et terribles moments qu'ils n'auraient jamais pu imaginer. Le tumulte, le bouillonnement, l'agitation perpétuelle furent à leur comble. Le vaisseau craquait de partout et était balloté dans tous les sens. Les humains, sanglés comme jamais dans leur siège, crurent leurs derniers instants arriver à grand pas et la plupart perdirent connaissance tant les bruits effrayants et les mouvements désordonnés de l'*Athéna* étaient

---

[11] Le sort en est jeté.

assourdissants et semblaient durer un temps infini. Cela perdura d'ailleurs pendant de nombreuses heures. Les organismes, comme le matériel, furent soumis à rude épreuve. Même les robots, attachés eux aussi, furent sévèrement secoués. Lania et Kéa - elles avaient tenu à être ensemble dans la même chambre, seule Rosalie s'y trouvait aussi – se demandèrent si elles avaient eu raison de recommander de passer par cette rivière cosmique dont personne n'avait encore évalué la réelle dangerosité.

C'était une première, elles le savaient.

Kéa voulut dire quelque chose à sa sœur mais elle ne se sentait pas bien du tout et de toutes façons il y avait beaucoup trop de vacarme. Elles se regardèrent et échangèrent leurs pensées par les yeux. Rosalie, les observant, ne savait pas quoi imaginer de leurs échanges de regards : de l'effroi, de la peur, des regrets, une déraisonnable confiance ?

Dans d'autres cabines, Hadrien et Lee se cramponnaient à leurs sièges tant bien que mal, Kirsten voyait Diane vomir sans pouvoir l'aider, Éva était dans un sale état et avait déjà tourné de l'œil ; quant à Arthur, il s'accrochait mais se demandait sans cesse ce que ses jumelles avaient encore inventé comme excentricités.

Le vaisseau eut à nouveau de terribles spasmes, puis un dernier hoquet furieux, et soudain tout s'arrêta.

Un silence effrayant se répandit à l'intérieur du vaisseau.

Plus d'électricité, plus de navigateur, plus de moteurs, l'*Athéna* partait à la dérive quelque part, ailleurs, on ne savait où.

Des nouvelles de la Terre : de Charybde en Scylla.

Des nouvelles de Mars : attente et ennui total.

Des nouvelles de Mucor : planète inhospitalière et vide.

Des nouvelles d'Arion : en surface, tout va pour le mieux ; en profondeur, une énigme.

Des nouvelles d'Astéria, de Perséphone, de Lucine : vaut mieux pas.

Des nouvelles de l'*Athéna* :

Les ronronnements revinrent petit à petit, l'électricité aussi. Si l'être humain ne pouvait pas faire grand-chose, l'IA de bord était faite pour ça et Cérès faisait ce qu'il fallait.

Au fur et à mesure, tout le monde reprit ses esprits et les activités liés à la bonne marche du vaisseau reprirent rapidement de plus belle.

Ils s'en étaient sortis.

Cérès s'adressa alors à Hadrien :

— Commandant, j'ai une bonne et une mauvaise nouvelle.

— Commence par la bonne.

— Nous sommes bien sortis de la galaxie précédente comme nous l'avions prévu.

Immense soulagement.

— Mais nous ne sommes pas arrivés dans la bonne.

Immense déception.

— On est où alors ?

— Une autre inconnue.

— Kirsten, Lee, un avis ?

— C'est ce qu'on est en train de chercher et d'essayer de découvrir, mais je crains que Cérès ait raison comme toujours.

— Évidemment… Mais je suis en mesure de vous apporter des éléments nouveaux.

— Ah ! Nous t'écoutons.

— Il règne ici une activité fébrile. Cette galaxie possède un nombre considérable d'exoplanètes tournant autour d'un nombre considérable d'étoiles.

— C'est déjà ça.

— Et je peux affirmer que nous sommes en présence de non moins nombreuses civilisations extraterrestres toutes plus avancées les unes que les autres !

— Tu as déjà détecté tout ça ?? demanda Hadrien.

— Attention ! cria Kirsten.

Quelque chose les frôla à toute vitesse sans qu'ils puissent savoir quoi et disparut aussi vite qu'il était arrivé.

— C'était quoi ça ?

Cérès répondit :

— Je pense qu'il s'agissait d'un vaisseau. En tout cas, il ne nous a même pas vus et a traversé l'espace à une vitesse colossale.

Lania et Kéa qui avaient tout entendu, rentrèrent à ce moment dans la grande salle et se précipitèrent vers le grand et large hublot.

Arthur, qui était là aussi depuis un moment, demanda à Cérès :

— Tu as parlé de civilisations avancées, comment peux-tu être aussi affirmatif ?

— Je détecte énormément de signaux radios et plein de mouvements dans tous les sens à l'intérieur des systèmes planétaires et aussi entre systèmes planétaires différents. Je n'avais encore jamais constaté cela.

Lania demanda :

— Mais tu ne sais pas où l'on est ?

— Non, pas du tout.

— Voilà qui promet de l'action ! dit Kéa en souriant.

— Pas si on est anéantis avant, répliqua son père.

— Oups… fit Cérès.

— Qu'est-ce qui se passe ?

— Commandant, je n'ai plus les commandes.

— Dans quel endroit sommes-nous encore tombés ? demanda Kirsten lassée et inquiète.

Tout à coup, surgissant de nulle part, trois gigantesques vaisseaux cernaient maintenant l'*Athéna*. Ils étaient tous les trois au moins deux fois plus gros que le vaisseau terrien. Mais ils ne bougeaient pas.

— Cérès, as-tu pu activer notre bouclier magnétique ? demanda Hadrien.

— Désolé, je n'ai rien pu faire.

— Nous voilà donc complètement à leur merci ! dit Kirsten.

Lee s'exclama tout à coup :

— Je reçois d'étranges messages incompréhensibles sur mon écran !

— Pouvons-nous les traduire ?

— C'est en cours… Mais cela va prendre un peu de temps.

Lania et Kéa les regardaient attentivement à travers le hublot et virent plusieurs orifices dans les coques des vaisseaux s'ouvrir.

— Ils préparent des torpilles, c'est sûr !

— Je vois. Cela ne laisse aucun doute.

Une demi-heure passa et rien ne se produisit.

— C'est fait, j'ai la traduction !

— *Veuillez sortir de notre galaxie tout de suite…*

Arthur s'emporta :

— Sortir ? Sortir ! Mais comment ??

— Attendez, il y a une suite qui arrive…

— *Suivez-nous…*

— On n'a pas vraiment le choix, dit une voix inconnue dans le vaisseau.

— Qui a dit ça ? demanda Hadrien.

— C'est moi, Commandant, répondit Cérès.

— Tu n'as pas du tout ta voix chaude habituelle.

— En effet.

Une IA peut-elle changer de ton lorsqu'elle est rendue incapable de faire quoi que ce soit ? Étonnant, non ? Mais là n'était pas la question pour le moment.

— Les commandes viennent de revenir ! Que fait-on, Commandant ?

— Ils ont bougé. On les suit.

En effet, un des vaisseaux avait pris les devants à petite vitesse et les deux de derrière « collaient » l'*Athéna* comme pour le pousser. Le vaisseau terrien, faute d'alternative, suivit. Cela dura deux longues heures d'attente et d'angoisse pour tout l'équipage.

Identifier des structures cachées dans l'espace n'est pas simple. Mais le degré d'avancement technologique de ces extraterrestres surpassait, et de loin, nos pauvres connaissances. Ils nous emmenèrent très loin vers un système planétaire démesuré avec comme étoile une super géante rouge dont la taille faisait le double de notre Bételgeuse dans la constellation d'Orion (sachant que cette dernière fait 700 fois la taille de notre Soleil qui est une naine jaune). Autour de cette géante, une dizaine de planètes dont la plus petite avait la taille de Jupiter. Les distances semblaient inimaginables. Nous arrivâmes entre deux énormes exoplanètes. À ce moment-là, les vaisseaux nous envoyèrent des signes lumineux. Nous fûmes tractés par de puissants rayons lasers et « projetés » vers un endroit X. À partir de là, nous nous retrouvâmes sur une sorte d'autoroute cosmique qui nous propulsa à une vitesse incroyable, bien supérieure à celle de l'*Athéna*, ce qui nous apporta quelques nouvelles et fortes turbulences, en dehors de leur galaxie pour peu que nous puissions en juger par nous-mêmes.

Quand Hadrien et Arthur en discutèrent bien plus tard, ils évoquèrent des « collecteurs spatiaux » générés par des interactions gravitationnelles qui leur avaient ouvert une porte orbitale spatiale.

Était-ce une sorte de trou de ver ? Pas vraiment. En tout cas, pas de ceux qu'ils connaissaient.

Toujours est-il qu'ils se retrouvèrent ailleurs.

Un peu plus tard, les esprits étant revenus à tout le monde, Cérès annonça avec sa voix chaude retrouvée, ce que Kirsten et Lee confirmèrent tout de suite :

— Nous sommes chez nous ! Dans notre galaxie la Voie Lactée !

Et il ajouta :

— Nous nous trouvons à l'heure actuelle à l'opposé de la Terre par rapport au noyau central de la galaxie qui abrite, je vous le rappelle, un trou noir du nom de Sagittarius A.

— Oui, merci, déclara Hadrien. On est très loin de la Terre comme d'Arion d'ailleurs, mais le principal est que nous sommes maintenant en terrain connu !

Tous se réjouirent, mais, quelques minutes après, tous se demandèrent ce qu'il allait advenir dans un futur proche. Roland signa la fin cette étrange épopée :

— *Primum vivere, deinde philosophari.*[12]

Philosopher peut-être, pourquoi pas ? Mais ils avaient surtout besoin de retrouver leurs marques et leurs habitudes de voyages interstellaires dans une galaxie à peu près connue, loin d'extraterrestres hostiles.

L'entropie s'intéresse au degré de désordre d'un système.
L'anthropie s'intéresse au degré de l'action de l'Homme.

---

[12] Vivre d'abord, philosopher ensuite.

II

AGLAÉ

10. Incidents

Les discussions étaient animées. Questions et réponses fusaient de toutes parts.

— Combien de temps faut-il pour arriver aux abords de notre système solaire ?

— Onze à douze mois. Je ne peux pas être plus précis car cela dépendra de ce que nous pourrions découvrir sur notre chemin.

— Pourquoi un tel délai ?

— Nous sommes obligés de contourner le noyau central ce qui allonge notre temps.

— Passe-t-on aux environs d'Arion ?

— Non, ce n'est pas la route.

— Des trous de ver pour accélérer ?

— C'est déjà pris en compte avec trois passages prévus.

— Ressources ?

— Aucun problème. Plusieurs années.

— Obstacles prévisibles ?

— Tout ce que l'espace profond peut apporter, c'est-à-dire n'importe quoi.

— J'entends bien, mais as-tu déjà détecté quelque chose de particulier ?

— À part quelques éruptions solaires, quelques radiations cosmiques, des astéroïdes, des magnétars, des jets de particules, des ondes gravitationnelles, des météorites et quelques supernovas en cours, rien d'inhabituel…

— Très drôle !

— Ah, j'oubliais : faire attention aux planètes orphelines flottantes.
— Tu veux dire errantes comme nous ?
— Oui, mais plus maintenant. Enfin, j'espère.
— Vaste programme que tout cela !
— Ne pas se faire éblouir non plus.
— Comment cela ?
— Je pense à l'albédo de certaines planètes.
— C'est-à-dire ?
— L'albédo est le pouvoir réflecteur d'une planète. Il est mesuré par le pourcentage de lumière réfléchie par la surface d'une planète par rapport à la quantité de lumière reçue. Si vous voulez : *Albédo = Puissance solaire réfléchie / Puissance solaire reçue*. Plus l'albédo est élevé, plus sa surface est réfléchissante.
— Autrement dit, c'est aussi la part des rayonnements solaires qui sont renvoyés vers l'Espace. On le mesure plutôt de 0 à 1, c'est plus parlant je trouve.
— Ok... Par exemple, une surface blanche - prenons de la glace ou de la neige - aura un albédo fort de 0,80 à 1. En revanche, une surface noire - prenons un sol sombre, la mer, la lave - aura un albédo faible compris entre 0 et 0,20.
— Et la Terre ?
— Son albédo moyen est de 0,30.
— Donc les planètes gazeuses ont un albédo fort, et les planètes telluriques ont un albédo faible.
— En général.
— Mais en quoi cela pourrait être un danger ?
— On ne passera jamais à proximité d'une étoile et on s'éloignera d'une exoplanète avec un albédo fort.
— En fait, l'espace n'est jamais vide.

Albédo

— Au sein d'une galaxie pas du tout. Mais au sein de l'Univers les étoiles, les matières, les gaz ne représentent que 5%, alors que la matière noire 29% et l'énergie noire 66% !

— Seulement 5% ?

— Oui. Et pour parler de l'Univers et des galaxies, ce n'est que dans les endroits où l'inflation s'est arrêtée que l'expansion de l'espace est devenue suffisamment lente pour permettre la formation des galaxies, des étoiles, des planètes et de la vie...

Tout le monde semblait d'accord.

Roland ponctua comme à son habitude la discussion en rajoutant :

— L'espace n'est jamais vide, oui mais... **Nostra natura abhorret a vacuo.**[13]

— Dans tous les sens des termes, oui, c'est bien vrai, conclut Hadrien.

Puis s'adressant à ses seconds ainsi qu'à l'IA de bord :

— Pleine puissance ! Direction : la Terre.

Les moteurs de l'*Athéna* « rugirent » et leurs poussées propulsèrent le vaisseau au sein de notre galaxie. La Terre était encore très loin et le vide apparent devant eux restait bien une obscure substance du danger.

Alors que sur Terre plus aucune alarme - et pour cause - ne pouvait retentir, sur Mars une alarme vibra avec vacarme. Des voyants rouges s'allumèrent un peu partout avec intensité dans une des bulles où se trouvait Erika Copper qui était en train de superviser une opération à distance d'accroissement de compétences et de câblages informatiques au sein de l'*Artémis*. En effet l'IA de bord appelée *Flore* avait émis le besoin de se rebooter sur 2% de ses possibilités dans les connaissances en astrobiologie de certaines exoplanètes. Elle les jugeait un peu faiblardes ! Bon... Pourquoi pas ?

---

[13] **Notre nature a horreur du vide.**

Les ingénieurs s'activaient afin de lui apporter les quelques manques de notions à ces sujets. Tout se déroulait parfaitement jusqu'à cet avertissement intempestif.

— Qu'est-ce qui se passe ? cria Erika.

Une réponse lui parvint sans qu'elle puisse la comprendre.

— Éteignez-moi cette alarme ! On n'entend rien !

Il fallut quelques minutes pour que le raffut cesse.

Un des ingénieurs qui s'appelait Jason s'approcha de sa cheffe et lui dit :

— Il y a eu une pluie de météorites plus fortes que d'habitude qui ont été anticipées trop tardivement et qui ont transpercé deux couches de verre !

Les bulles martiennes installées par les humains depuis très longtemps étaient semi enterrées et leur immense dôme se composait principalement de briques de régolithe avec par endroits plusieurs couches de verre trempé et de plastique transparent.

— La troisième couche a tenu ?

— Oui, mais il faut sortir à l'extérieur pour reboucher les trous et les quelques fissures au plus vite.

— Faites le nécessaire immédiatement !

— Bien, Commandante !

Jason se hâta avec quatre autres ingénieurs pour s'équiper et sortir dans l'atmosphère ténue de Mars. La réparation allait être délicate car en casque, en combinaison et à −65°C, rien n'était facile. D'autre part, ils devaient agir à cent mètres au-dessus du sol en espérant que le vent ne se lève pas ce qui annihilerait tout de suite toute sortie.

Mais pour le moment la météo martienne était clémente.

Malchance sur Mars, malchance dans l'espace profond.

Albédo

À un moment similaire - rigoureusement et totalement impossible à mesurer bien sûr tant la notion d'espace et de temps est complexe - et de toutes façons là n'est pas le problème ! - deux personnes allaient aussi sortir dans le vide pour une réparation risquée.

Disons à un moment similaire par rapport au récit.

En effet, le vaisseau l'*Athéna* venait de connaitre lui aussi quelques dommages causés par un astéroïde qui venait de percuter trois panneaux solaires et qui les avait gravement détruits. Ils devaient être remplacés sans délai.

Le vaisseau, ayant besoin de toute son énergie pour « avaler » les années-lumière le plus rapidement possible, ralentit sa course afin que deux astronautes puissent sortir.

Le premier était Lee et le second un robot du nom de Robin.

Hadrien enrageait car cela allait encore ralentir leur progression.

Les sorties dans l'espace étaient toujours périlleuses et vertigineuses pour celles et ceux qui s'y risquaient. Pour Lee et Robin, c'était de la routine, même s'il fallait justement s'en méfier.

Sortir dans l'espace sans aucune orientation, dans le vide absolu, avec ni haut ni bas, était déstabilisant. Robin s'en fichait, mais Lee, malgré son professionnalisme, ressentait de l'appréhension et c'était normal.

Ils se placèrent dans le sas qui fut verrouillé et attendirent que la décompression se termine.

Lee regarda Robin. Il portait la même tenue que lui car les robots devaient protéger tous leurs circuits. Dans l'espace, les extrêmes se côtoyaient : à proximité du vaisseau au Soleil la température atteignait +120°C et à l'ombre −150°C. Les combinaisons étaient faites pour résister à ces écarts.

Lee ouvrit la porte extérieure et plongea dans le vide, bien retenu par une corde que l'on appelle avec raison la corde de vie ou ligne de vie.

Ils se glissèrent ensemble à la suite l'un de l'autre le long de la coque du vaisseau. Le spectacle était grandiose et fascinant entre le noir brillant de l'*Athéna* au Soleil et le noir profond et sans fond du vide spatial. Lee ralentit et s'arrêta. Il était ailleurs. Il ressentit quelques troubles comme une sorte de mal de mer et d'étourdissement car son cerveau se trouvait comme déboussolé.

Il y avait de quoi.

Robin, voyant que Lee n'avançait plus, lui demanda :

— Lee, ça va ?

Pas de réponse.

— Lee ? dit-il un peu plus fort.

— Oui, oui. J'étais un peu dans les vapes, mais ça va. On continue.

Ils progressèrent jusqu'au moment où il fallait se lancer dans l'espace pour atteindre les panneaux solaires. Lee se désencorda et accrocha la corde à un interstice muni d'un anneau. Il actionna ses petits moteurs latéraux et se propulsa vers la grande antenne afin de s'agripper à sa pointe inférieure. Toute la difficulté était là, car si Lee loupait son « atterrissage », il errerait à jamais dans l'espace et la mort arriverait assez vite. Mais Lee savait ce qu'il faisait et arriva pile à l'endroit qu'il avait déterminé.

Robin le rejoignit de la même façon après avoir récupéré trois nouveaux panneaux dans une soute prévue à cet effet. Dans l'espace tout flottait, tout était léger.

Lee s'avança vers les panneaux cassés, les décrocha un à un, et les passa à Robin. Puis Lee accrocha délicatement au fur et à mesure les trois nouveaux.

Ceci fait, ils prirent le chemin du retour tout en emmenant ceux qui étaient cassés afin de les garder dans la soute qui jouxtait la précédente. Pas de pollution inutile dans l'espace, même si ce dernier était gigantesque. Trop d'accidents pouvaient arriver en rencontrant des débris lors de navigations à vive allure.

Le retour faillit être sans problème hormis un petit incident avec Lee. Une poussière passa sous son nez et il sut immédiatement qu'il allait éternuer. Et s'il éternuait sur sa visière, il ne verrait plus rien. Aussi baissa-t-il la tête et éternua sur lui tout en se cramponnant à la corde qu'il avait heureusement rejointe un peu plus tôt.

— À vos souhaits ! lui lança Robin.

Lee ne répondit pas et se hâta de regagner le sas.

Quand l'atmosphère fut redevenue normale, il enleva vite son casque et ne put s'empêcher d'éternuer une deuxième fois. Il devait encore attendre avant de se moucher qu'on lui enlève ses gants et sa combinaison.

Le Commandant félicita les deux astronautes pour la réussite de leur opération et l'*Athéna* put enfin reprendre son maximum de vitesse.

Sur Mars, les opérations dirigées par Jason se déroulaient parfaitement depuis près de deux heures malgré les conditions rudes et pénibles qu'exigeaient les réparations des dégâts survenus sur une des bulles les plus habitées de la planète.

Grâce à leurs puissants petits moteurs sur les côtés de leur combinaison, les ingénieurs s'affairaient au rétablissement de l'intégrité de la structure du dôme.

Erika Copper suivait avec attention toutes les manœuvres de ses ingénieurs sur ses écrans de contrôle grâce aux caméras installées un peu partout autour de l'ossature. Comme le travail avançait bien, elle commença à se détendre.

Mais une nouvelle alerte raisonna. Elle venait du centre météo :

« Une tempête de sable arrive. Elle devrait vous toucher d'ici une demi-heure. Nous conseillons à toutes personnes qui se trouvent à l'extérieur de rentrer aussitôt. »

— Merde ! s'exclama-t-elle.

Puis elle appela Jason par radio :

— Jason, il faut vous manier ! Une tempête de sable arrive et sera sur vous dans moins d'une demi-heure. Vous devrez absolument rentrer avant qu'elle ne vous touche !

— Nous n'avons pas fini. Nous en avons encore pour environ vingt minutes, cela devrait suffire !

Chacun continua sa tâche. Certains amenaient les matériaux nécessaires en « altitude », d'autres redescendaient les plaques abimées, ou remplaçaient les briques en régolithe, ou encore injectaient du caoutchouc de silicone liquide dans les trous et failles des plaques de verre ou de plastique.

Le temps passait et la tempête arriva plus tôt que prévue. Un énorme nuage de sable brunâtre et orangeâtre se détachait maintenant à l'horizon. Il faisait plusieurs centaines de mètres de haut. Les colons sur Mars étaient habitués à ces phénomènes qui duraient en général deux journées. Cela étant, il fallait tout nettoyer en profondeur. Cela demandait beaucoup de travail et de minutie car le sable se faufilait partout.

— Jason, rentrez ! ordonna Erika.

Il se trouvait encore tout en haut peaufinant les derniers gestes pour ne rien laisser qui puisse faire prise aux vents. Il leva la tête. Les nuages seraient sur lui dans quelques minutes. Il exigea des autres qu'ils rentrent immédiatement ce qu'ils firent sans demander leur reste.

Des poussières commencèrent à voler tout autour de lui lorsqu'il amorça sa descente.

Il arriva en bas. La visibilité n'était que de quelques mètres maintenant et il eut d'énormes difficultés à avancer.

Le vent soufflait, le sable commençait à recouvrir sa combinaison et collait à la visière de son casque. Il passa ses gants dessus pour frotter, mais cela ne servait pas à grand-chose. Il ne voyait presque plus rien du tout et avança au jugé. Il pesta. Il aurait dû descendre plus tôt.

Erika essaya de l'appeler pour le guider mais la communication ne marchait plus.

Heureusement Jason connaissait le chemin pour arriver à la porte et avança les bras devant comme un somnambule. Il toucha quelque chose de dur et frappa le plus fort possible. La porte s'entrouvrit et il se précipita à l'intérieur. Deux personnes la refermèrent aussitôt et aidèrent Jason à se dépêtrer de son casque et de sa combinaison.

Erika arriva à ce moment-là.

— Comment vous sentez-vous ?

— J'ai soif…

Elle poussa un soupir de soulagement. La structure était réparée et les équipes saines et sauves.

On avait frôlé la catastrophe : si la tempête était arrivée alors que le dôme était endommagé, on aurait pu craindre le pire.

Mais ce n'était pas fini. En effet, les grandes quantités de sable amenées par la tempête recouvrait maintenant tous les panneaux solaires qui sont indispensables pour apporter l'énergie nécessaire à la survie des habitants de toutes les bulles martiennes.

Quand les éléments seraient calmés, il faudrait ressortir afin de tous les nettoyer.

Dans l'espace comme sur Mars les conditions restaient extrêmes.

L'*Athéna* progressait bien au sein de notre galaxie mais la route restait très longue pour revenir sur Terre. La Voie Lactée était une galaxie spirale barrée chargée de plus de 400 milliards d'étoiles et d'environ 100 milliards de planètes. Elle était truffée - comme d'autres - de gigantesques nébuleuses, de gaz, de poussières, d'astéroïdes, de courants, de jets de matières, et aussi de vide… De presque vide.

De presque vide entre ses bras : la Voie Lactée comptait un certain nombre de bras[14] en spirale et le vaisseau devait en traverser plusieurs pour arriver à bon port. Pour le moment, il se situait à la périphérie sur le bras Écu-Croix et couperait plus tard le bras de la Règle puis le bras de Persée.

Heureusement, il y avait des pulsars pour se repérer et les trous de ver pour gagner un temps énorme. Tout ceci était maintenant bien répertorié. En revanche, les surprises et les dangers étaient légions. À l'extérieur du vaisseau tout le monde y faisait continuellement attention. En revanche, à l'intérieur…

Arthur se trouvait avec Éva dans leur cabine quand cette dernière déclara faiblement :

— J'ai un mal de crâne épouvantable… Et … Je ne me sens pas bien du tout.

Il lui toucha le front :

— Tu es brulante ! Couche-toi, je vais chercher notre médecin de bord pour voir ce que tu as.

Éva était à deux doigts de tourner de l'œil lorsque son mari ouvrit la porte pour sortir. Elle voulut lui dire quelque chose mais le peu de force de sa voix ne couvrit pas le bruit qu'il fit en s'empressant de courir dans les couloirs.

Elle frissonna, se réfugia sous les draps et se recroquevilla sur elle-même.

« Qu'est-ce qui m'arrive ? Je n'ai jamais ressenti ça… »

Arthur arriva quelques minutes après avec Nils, le médecin de l'*Athéna*.

---

[14] *Notre galaxie comporte quatre bras principaux en spirale : Écu-Croix, Règle, Persée et Sagittaire, plus trois « petits » bras autour de sa barre ; au centre se trouvaient le bulbe et son trou noir supermassif Sagittarius A*.*

Nils avait servi sur de nombreux vaisseaux et avait une excellente notoriété. Il était grand avec un visage plutôt maigre mais avec une moustache fournie. Âgé de cinquante ans avec des cheveux châtains très courts, cet homme faisait tout pour plaire. Sa tenue et sa distinction rivalisaient avec son professionnalisme incontesté. Certains le trouvaient un peu maniéré et quelque peu maniaque.

Il s'approcha d'Éva et quand il la vit fiévreuse et transpirante se masqua aussitôt et recommanda à Arthur de faire de même. Il lui donna de quoi faire retomber la fièvre et lui fit une prise de sang afin de déterminer ce qu'elle avait. Il en profita pour en faire une sur Arthur même si ce dernier n'aimait pas ça du tout.

— Personne ne doit venir la voir, lui dit-il. Je ne sais pas ce qu'elle a. Soyons prudents, je ne veux pas d'épidémies à bord. Surtout pas !... Lorsque vous êtes descendus sur Astéria, Éva a très bien pu contracter un virus ou quelque chose sur cette planète qui ne se déclare que maintenant... Mais toi, tu ne ressens rien ?

— Non. Et a priori Lania et Kéa non plus.

— C'est bizarre la fièvre qu'elle a. Je vais faire vos analyses le plus rapidement possible. Je te tiendrai au courant ainsi que le Commandant. Il faut la surveiller de près car son état m'embarrasse...

Il voulut rajouter quelque chose mais se retint. Il se retira laissant Arthur préoccupé. Mais il revint quelques secondes plus tard en hochant la tête et lança à travers la porte entrouverte :

— Ah ! Tant qu'on ne sait rien, vous êtes tous les deux en quarantaine !... Arthur, prends la chambre d'à côté qui est vide et restes-y. Aucun contact supplémentaire, ni avec ta femme, ni avec personne !

Puis il repartit en claquant la porte, les laissant tous les deux très inquiets.

Albédo

La nouvelle de la fièvre d'Éva fusa dans tout le vaisseau et tout le monde se mit à attendre les résultats des analyses de sang avec inquiétude.

<u>De l'Univers :</u>
  Son passé : entropie très faible / Big Bang
  Son présent : entropie plus forte / Expansion, apparition de la Vie, apparition de l'Homme
  Son futur : entropie encore plus forte / Explosion des Vies
  => *Le principe anthropique découlerait-il du principe entropique ??*

11. Éva

Sur Arion, Arès et Chloé avaient envie de sortir de la routine quotidienne d'aides de toutes sortes aux fins d'innombrables améliorations de la ville d'Argos en constructions de nouveaux bâtiments et de nouvelles infrastructures.

La ville grandissait maintenant sereinement et les naissances - essentielles pour la petite communauté - étaient nombreuses. Chloé malheureusement ne pouvait pas avoir d'enfant, et cela lui manquait beaucoup.

Arès lui avait dit un jour pour s'amuser et la taquiner :

— Si tu ne peux pas en avoir, essaie l'adoption !

Chloé surprise par cette bêtise le regarda et lui répondit :

— T'es vraiment con !

Arès lança donc son idée de sortie :

— Si on allait revoir cette salle des cerveaux ? Je voudrais l'inspecter et essayer de comprendre ce qu'ils font là depuis... Depuis on ne sait pas combien de centaines ou de milliers d'années ?

— Je n'ai pas du tout envie d'avoir de nouveau affaire aux oiseaux ! répondit Chloé.

— On verra bien, on fera attention. Mais je m'étonne que Théo n'y soit pas encore retourné.

— Il n'a pas vraiment le temps. Ses priorités sont ailleurs, tu le sais bien.

— Eh bien nous, on va le prendre ce temps. On doit essayer de percer ce mystère. Des cerveaux séparés de leur corps, privés de moyens de prendre connaissance de leur environnement, plongés dans des bacs dans un liquide maintenu à température constante pour assurer leur survie, posent des questions plus que perturbantes, non ??

— Oui mais jusqu'à maintenant, personne n'a rien découvert.

— Justement ! Préparons notre équipement et nos vivres pour plusieurs jours et allons-y !

— Je ne suis pas sûre que cela soit judicieux… On en parle à Théo ?

— Non, inutile.

Le ton sec d'Arès coupa la discussion.

Ils attendirent la nuit pour être plus discrets. Les préparatifs terminés, ils sortirent en silence de leur petite maison qu'ils avaient construite eux-mêmes avec l'aide de quelques autres colons.

— Tu viens ?

— J'arrive, j'arrive…, lança Chloé.

Elle en profita pour laisser un mot dans la maison expliquant où ils allaient pour une dizaine de jours avec la date et l'heure de leur départ. « Indispensable, contrairement à ce qu'il dit » pensa-t-elle.

Elle sortit à son tour et ils se dirigèrent vers un des véhicules laissés là à disposition.

Après avoir chargé leurs affaires, ils démarrèrent et prirent le chemin qui les conduirait à l'endroit de la salle souterraine des cerveaux. La route ayant été à peu près améliorée tout au long de l'année dernière, il leur fallait quand même trois jours pleins pour y accéder.

À la sortie de la ville, Chloé lui dit :

— De toutes façons, tout le monde saura très vite qu'on est partis.

— Oui, mais on sera déjà loin… Détends-toi et dors un peu. Dans trois heures je te passe le volant…

Mais Chloé n'en démordait pas :

— Je reste persuadée que cette expédition est inutile voire dangereuse. Lania, Kéa et les autres n'ont rien pu faire, tu le sais très bien.

— Je me fiche de ces prétentieuses jumelles ! Et j'ai quelques idées sur ces cerveaux de malheur… Dors, je te dis.

Elle se tourna de coté en maugréant et regarda le paysage à travers la vitre. Elle ne s'endormirait pas si vite que ça…

Lania et Kéa étaient très inquiètes pour leurs parents, mais surtout pour leur mère. Elles ne pouvaient la voir que par écran interposé et seulement quand cela était possible car Éva restait couchée et très fiévreuse.

Quant à Arthur, son état pour le moment ne présentait pas de préoccupation.

— Je ne comprends pas, on est tous descendus sur Astéria et on n'a rien du tout, dit Lania.

— On est même restées toutes les deux beaucoup plus longtemps que les autres, ajouta Kéa.

— Oui, mais je pense que votre mère est beaucoup plus fragile.

Le médecin Nils arriva le lendemain avec les résultats des analyses de sang et les présenta d'abord devant Hadrien, Lania et Kéa. Il avait l'air soucieux.

— C'est un virus. Certainement attrapé sur Astéria. Mais un virus assez puissant et totalement inconnu de notre médecine terrienne bien sûr ! Je ne vais pas pouvoir la soigner correctement. La seule chose que je puisse faire, c'est calmer sa fièvre, ses douleurs, ses nausées, mais sans endiguer beaucoup la progression du virus dans son organisme. Le seul espoir qu'il reste, c'est que son état reste stationnaire et qu'il n'empire pas, sinon je crains le pire.

— Saleté d'exoplanète !

— Lania, répondit Hadrien, sans vouloir minimiser ce qui arrive, les infections ou les pollutions agissent dans les deux sens. Quand nous Terriens marchons sur une planète inconnue, nous y déposons certainement aussi nos microbes. Nous polluons les espèces vivantes autant qu'elles peuvent nous contaminer nous !

— Ok, mais nous avons déjà foulé bon nombre d'exoplanètes et on n'a jamais rien attrapé !

— Pas votre mère. Et sa constitution est certainement plus fragile. Je m'en veux… Je n'aurais jamais dû autoriser sa descente !

Hadrien se sentait évidemment responsable mais il fallait bien tenter quelque chose.

— Et Arthur ? Comment évolue-t-il ?

— Pas de symptôme particulier. S'il n'a rien d'ici deux/trois jours, il pourra ressortir de sa chambre.

Hadrien se retira en disant à Nils :

— Tenez-nous au courant dès qu'il y a du nouveau. Je compte sur vous pour soigner au mieux notre Éva…

— Comptez sur moi, Commandant.

Quand il fut parti, les jumelles, les yeux déjà rougis, coincèrent Nils et lui dirent :

— Dites-nous la vérité. Quel est votre pronostic ?

— C'est trop tôt pour donner un quelconque avis… Mais si elle ne va pas mieux d'ici deux jours, son état s'aggravera… et là…

En même temps, des larmes surgirent des yeux des jumelles et, en même temps, elles les essuyèrent d'un revers de main.

— Viens, Lania, on va voir comment elle se sent…, lui dit Kéa.

Elles laissèrent Nils à sa moustache, à ses manies, à ses affaires, à son labo, à ses virus et à ses médicaments qui ne pouvaient rien !

Deux jours s'écoulèrent et pendant que l'*Athéna* avalait d'énormes distances dans l'espace, les craintes se muèrent en anxiété à l'intérieur du vaisseau. La mauvaise nouvelle de l'aggravation de la maladie d'Éva avait succédé à la bonne concernant Arthur : ce dernier avait pu sortir de sa cabine car il ne présentait aucun symptôme.

Lania et Kéa ne pouvaient se résoudre à ne rien faire. Elles allèrent quérir Roland et tous les trois se réfugièrent dans une salle privée et fermée à toute écoute. Mais cette fois-ci, elles ouvrirent la possibilité de discuter avec Cérès, l'IA de bord.

Lania avait dit à Kéa avant de venir :

— À quatre esprits, à quatre intelligences et j'allais dire à quatre consciences, mais rien n'est moins sûr, nous le savons, à ce sujet pour tout le monde, on va bien trouver une solution !

Elles déposèrent deux dossiers sur la petite table devant elles et s'assirent sur le canapé présent. Roland fit de même sur un des fauteuils qui lui faisait face. Quant à Cérès, sa voix chaude fut réconfortante :

— Je suis très touchée que vous m'ayez convoquée à cette réunion, dit-elle.

— Pas de problème, répondit Kéa, je pense que nous pouvons parler en toute liberté et évoquer tous les sujets et solutions possibles concernant l'état de notre mère sans aucune limite ni tabou dans les propositions.

— Je ne voudrais pas casser l'ambiance, commença à dire Roland, mais...

Kéa l'arrêta brusquement d'un geste de la main. Elle le fixa dans ses yeux bioniques et lui dit sèchement :

— Stop ! Si tu amènes ton pessimisme ici, tu peux sortir immédiatement !

— Tu as raison... Veuillez m'excuser, mon propos était plus que déplacé.

— En effet, ajouta Cérès.

Roland ne répliqua pas mais il n'en pensait pas moins : « Que cette IA reste aussi à sa place... »

Lania entama la discussion :

— Nous devons déterminer aux vues de tous les rapports ici présents qu'a rédigés notre médecin s'il y a un moyen quelconque d'enrayer la sale maladie dont souffre Maman et qui a été contractée sans aucun doute maintenant sur Astéria.

Cérès demanda :

— Pourquoi Nils n'est-il pas présent ainsi que votre père ?

— Moins il y a de monde, le plus productif nous serons ! dit Lania.

— Nils est inutile car il n'a pas le recul nécessaire et Papa est trop concerné, il n'aura pas de jugement distant et inhabituel, ajouta Kéa. Tout le monde a lu les rapports et conclusions de Nils sur cette maladie, qu'en pensez-vous ?

Silence.

Gène.

Exaspération.

Kéa reprit :

— Roland nous a rappelé ce qu'Einstein disait : « Le véritable signe de l'intelligence n'est pas la conscience mais bien l'imagination ». Cérès en tant qu'IA et Roland en tant que robot, vous êtes très intelligents avec un certain degré de conscience. Conscience pour une fois beaucoup moins développée que nous autres, êtres humains. Nous avons déjà évoqué ce sujet plusieurs fois, mais vous avez une imagination sans limite, non ?

Roland répondit :

— « *Nullus tenetur ad impossibile* », à l'impossible, nul n'est tenu - déjà cité… J'ai lu et étudié les rapports de Nils dans tous les sens. J'ai bien noté comment la maladie évolue et se propage chez Éva. J'ai examiné aussi la nature et les éléments de l'environnement dans lequel elle a évolué sur cette exoplanète. Il semble a priori que c'est par inhalation dans l'air ambiant par le nez au vu du mauvais état de sa cavité nasale qui saigne souvent et de ses bronches et ses poumons en mauvais état. Ceci bien qu'aucune autre personne descendue sur Astéria ne soit touchée. La conclusion est que Éva est plus fragile que vous autres, humains, mais nous le savions déjà et ça ne fait pas avancer le sujet. Je dirais comme Nils que nous faisons face à un virus extraterrestre inconnu et que, pour guérir, ça c'est mon idée, il faut peut-être retourner sur Astéria et demander aux autochtones de nous aider…

— C'est hors de question ! s'exclamèrent Lania et Kéa ensemble.

— C'est impossible ! rajouta Cérès. Nous avons eu une extrême difficulté pour sortir de cette galaxie, ce n'est pas pour y retourner.

— Tu ne sais pas comment y retourner ? demanda Roland d'un ton blessant.

— Non. Et c'est un non définitif. Je ne suis ni un devin ni un être omniscient ni un Dieu !

— Ça, c'est sûr !

— Vous avez fini tous les deux ? s'énerva Lania en haussant le ton.

Exaspération.

Gêne.

Silence.

— Vos réflexions ne donnent aucune solution ? demanda-t-elle.

Cérès dit :

— Nous n'avons pas évoqué la température qu'il faisait sur Astéria. A-t-elle pu jouer un rôle ?

— Je ne vois rien de particulier ni d'exceptionnel, froid la nuit, c'est tout, répondit Roland.

Le nez de Lania frétilla et son œil s'illumina.

— La température ! Mais oui ! Voilà la solution : pourquoi on ne la mettrait pas en cryogénie pendant un moment ?!

Kéa, voyant ce que sa sœur voulait dire, réagit à son idée :

— Ça pourrait marcher, oui ! Il faut poser la question à Nils et surtout à Ann et ses spécialistes ! En plus, on a toute la place qu'il faut : plus personne n'est en cryogénie depuis que nos colons ont été débarqués sur Arion.

Lania et Kéa sortirent à toute vitesse de la salle sans que Cérès ait pu dire quoi que ce soit.

Roland se disait que pourquoi pas mais restait dubitatif :

« Cela fait déjà plusieurs fois que je suis à côté de la plaque… Ça ne va pas du tout ! Je dois avoir des connexions grillées ! Allons voir mon ingénieur médical de ce pas… »

La première réaction de Nils soutenue par Arthur et Hadrien fut :

— Je ne vois pas ce que cela changerait…

— Cela stopperait la propagation du virus donc de sa maladie, dit Lania, et on pourrait lui injecter des calmants et des antibiotiques au fur et à mesure en surveillant constamment son état !

— C'est très risqué ! dit Arthur.

— Nous ne voyons pas d'autres solutions, ajouta Kéa, son état empire de jour en jour !

Hadrien appela Ann, la spécialiste « cryo » en chef de l'*Athéna*, la responsable à bord du bon fonctionnement des liquides et des appareils de cryogénie. Elle arriva très vite car elle s'ennuyait ferme depuis qu'elle n'avait plus rien à faire. C'était une petite femme d'une cinquantaine d'années avec des cheveux courts et gris, intelligentes en diable et d'un dynamisme communiquant.

Quand elle apprit la proposition des jumelles, elle n'hésita qu'un instant, trouva le principe judicieux et plutôt sans trop de risques pour Éva.

— Transportons-la dans un des bacs, je vais la bichonner avec l'aide de Nils !

Elle regarda Arthur puis Hadrien dans l'attente de son approbation et de son accord.

Hadrien acquiesça puis regarda Arthur :

— C'est toi qui vois…

— Euh… eh bien, essayons, dit-il d'une voix peu assurée.

Lorsque Éva vit arriver deux personnes habillées de haut en bas de combinaisons jetables blanches avec capuche, lunettes protectrices, double masque, tablier, gants et surchaussures, elle se douta que quelque chose n'allait pas.

Pourtant elle ne se sentait pas plus mal que quelques heures avant.

Quelqu'un s'avança vers elle et Éva reconnut son mari. En revanche, elle ne savait pas qui était avec lui et pourquoi on prenait tant de précautions pour son cas.

Arthur tenta de lui expliquer le plus calmement possible la solution proposée par ses filles qu'il avait approuvée lui-même. Il lui détailla le déroulement des opérations, mais, quand il prononça le mot cryogénie, elle eut un mouvement de recul et se recroquevilla sur elle-même affolée.

La seconde personne intervint et se présenta à Éva en tant qu'Ann, la responsable du projet. Elle lui toucha l'épaule et lui expliqua avec d'autres termes ce qu'elle allait faire en détail, que c'était la seule solution pour la sauver car il n'y en avait aucune autre valable et que seule la mise en cryogénie pouvait la guérir de ce virus exotique et inconnu des humains.

Quelques dizaines de secondes passèrent dans un silence total.

Assommée, Éva n'ayant plus beaucoup de force pour résister se résigna.

— Faites ce que vous voulez…

Un petit brancard arriva porté par deux personnes dans la même tenue. On porta et déposa Éva délicatement dessus. Arthur revint vers elle et lui dit :

— On veillera sur toi jour et nuit… Fais-nous confiance.

Ann lui fit une piqure pour l'endormir et Éva sombra bien vite. Elle fut ensuite recouverte de la tête aux pieds d'une enveloppe protectrice et acheminée à travers les couloirs et l'ascenseur avec les plus grandes précautions vers la salle de cryogénie qui se situait quelques étages plus bas dans le vaisseau. Sa chambre fut fermée à clé et scellée afin que personne n'y pénètre et ce, en attente de purification totale - autant que faire se peut…

Arrivés à destination, Ann demanda à Arthur de les laisser. Obligé d'obtempérer, il jeta un dernier coup d'œil à sa femme et se retira.

Avec ses deux adjoints, Ann déshabilla complètement Éva. Elle lui fit ensuite une autre piqure pour faire baisser sa fièvre, sa tension et sa température. Les deux autres personnes la saisirent, la plongèrent entièrement dans un liquide à très basse température que contenait le bac de deux mètres de long et cinquante centimètres de large. On fixa rapidement les tubes et les perfusions puis le couvercle fut refermé. Éva était maintenant sous contrôle total de la machine et d'Ann dans l'espoir de pouvoir la ramener à la vie, guérie et sans plus aucun virus.

Cela durerait… ce que cela durerait. En fait, personne ne savait. Mais sans cela et selon Ann, elle serait décédée dans les semaines suivantes. Si Joseph avait été là, il aurait prié pour elle. Mais il était sur Arion bien loin des soucis de l'*Athéna*.

Sur Arion, Chloé et Arès étaient enfin arrivés au camp de base non loin de la salle souterraine. Ils passèrent la nuit sous leur grande tente et le lendemain matin, les choses sérieuses pouvaient enfin commencer selon les dires d'Arès.

Albédo

En Argos, on apprit très vite qu'ils étaient partis et Théo devina tout de suite où ils allaient. Il les appela plusieurs fois, d'abord pour leur interdire d'aller là-bas et comme il comprit qu'il ne pouvait les dissuader, il leur conseilla de ne toucher à rien, leur rappelant ce qui était arrivé à Aurore.[15]

Mais Arès le savait bien et comptait sur tout autre chose. Il dévoila enfin son plan à Chloé lorsqu'elle lui demanda :

— On y va quand ?

— On n'y va pas.

— Quoi ??

— On va y aller mais pas dans la salle que tout le monde connaît.

— Pourrais-tu être plus clair ?

— Cela fait un moment que j'étudie les cartes et les nombreux documents qui ont été établis et j'ai tout prévu. Théo et les autres ont caché beaucoup de choses à tout le monde. Tu sais qu'il y a de nombreuses autres salles similaires sur Arion ?

— Oui, on en avait déjà parlé lorsque Hadrien et les siens étaient là.

— Alors il y a une autre salle très proche d'ici à cinq kilomètres. J'ai étudié la région et on peut s'y approcher avec notre véhicule et donc avec le matériel aussi… De plus, écoute-bien ! d'après les relevés, cette salle n'est pas enfouie comme les autres et se situerait au fond d'une grotte dans la forêt que tu vois là-bas…

— Ne me parle pas de grottes !

— Je sais à quoi tu penses, mais les oiseaux ne peuvent pas y aller à cause des arbres. On sera tranquilles de ce côté-là contrairement au premier site.

— Mais pourquoi tu n'as pas demandé à d'autres de venir avec nous ?

---

[15] Voir *Empyrée*.

— Jamais on n'aurait eu l'autorisation... Et comme cela, nous serons les premiers sur place et si nous découvrons quelque chose, tout le mérite me reviendra... nous reviendra !

Chloé reconnaissait bien là son compagnon. Cette nouvelle aventure commençait à l'exciter, elle aussi, mais elle redoutait quand même ce qu'ils allaient découvrir. Le danger n'avait jamais effrayé Arès mais, cette fois-ci, elle le trouvait bien téméraire car on ignorait tout de ces cerveaux et de leurs pouvoirs...

L'entropie a son opposé :

la néguentropie (évolution d'un système vers un degré croissant d'organisation)

Le principe anthropique a deux variantes :

celui qui est faible (l'Univers a évolué de telle façon pour que l'homme apparaisse)

celui qui est fort (l'Univers a été **conçu** *pour que nous y soyons)*

12. Arès et Chloé

Deux entités « flottaient » en ce moment dans des liquides différents mais assez voisins :

L'une, Éva, depuis peu en cryogénie forcée, l'autre, des cerveaux aliens depuis des millénaires et peut-être forcés, eux aussi, d'être là. Mais on n'en savait rien du tout.

Concernant Éva, au bout d'une semaine, la fièvre avait reculé et le virus semblait avoir été stabilisé. En tout cas, il ne progressait plus. Ann répétait à tout le monde qui sans cesse lui demandait des nouvelles qu'il était encore beaucoup trop tôt pour arrêter le processus. Il fallait prendre son mal en patience et attendre.

Quant à la nouvelle salle des cerveaux non encore explorée, Arès n'avait qu'une hâte, c'était de les voir et d'essayer quelque chose… Chloé trouvait toujours que c'était de la folie, mais comme elle était curieuse et qu'elle l'aimait, elle se disait qu'elle ferait tout pour l'empêcher de faire une connerie.

Pour l'instant, ils venaient de pénétrer dans une forêt plutôt dense avec de très hauts arbres feuillus. Pour une fois, la marche n'était pas trop difficile comparée à celle menant à la première salle dont les ruines, les pierres, les racines et la végétation au sol gênaient la progression.

Le temps était clément, chaud et humide. Ils savaient qu'à cet endroit ils ne craignaient pas d'être attaqués par les oiseaux. Tout semblait se passer pour le mieux au fur et à mesure de leur avancée.

— Tu entends ? demanda Chloé tout à coup.

Arès avait entendu lui aussi. Ils levèrent les yeux et virent que les oiseaux venaient d'arriver. Ils tournoyaient en nombre et en rond en piaillant mais restaient assez haut dans le ciel ; en tout cas, bien au-dessus de la cime protectrice des arbres.

— Ces saletés : ils sont toujours là ! s'exclama Arès.
— Ce sont quand même de sacrés gardiens ! ajouta Chloé.
— Drôles de connexions en tout cas.

Ils continuèrent leur chemin en essayant de ne plus y penser.

Le sol s'élevait petit à petit et devenait plus chaotique avec une succession de montées et de descentes. Puis tout d'un coup, alors qu'ils redescendaient, Arès dans sa précipitation glissa sur des feuilles et roula jusqu'en bas.

— Tu vas bien ?
— Ouais, ouais… Arrive ! La grotte est bien là devant moi juste où je pensais la trouver !

Effectivement, une cavité se nichait à flanc de roches un peu cachée par une végétation abondante mais pas suffisamment pour en apercevoir l'entrée.

Chloé le retrouva et ils entreprirent à deux de sectionner les branches et de débroussailler le plus possible afin de pouvoir pénétrer dans la grotte. Ils se casquèrent, allumèrent leur torche frontale et s'engagèrent, machette à la main. L'intérieur était frais, le couloir sinueux, la roche glissante, le sol légèrement en pente, la lueur de leur torche tremblante, l'adrénaline montante. Ils traversèrent une première salle vide puis une deuxième. Un ronflement se fit alors entendre. Arès et Chloé se regardèrent et comprirent qu'ils n'étaient pas loin de ce qu'ils cherchaient.

— Et si on est face à une porte ?
— On verra… Regarde là-bas !

Au loin une lueur.

Arès accéléra le pas, suivit le couloir qui tournait à droite et se retrouva devant une grande salle faiblement éclairée avec plusieurs dizaines de cuves reliées au sol par des câbles comme dans la salle qu'avaient découverte les jumelles et les autres.

Chloé arriva et fut encore une fois stupéfaite devant un tel mystère.

— Il n'y a aucune porte ici pour les protéger !

— Oui, c'est étrange. Pourquoi tant d'immenses précautions pour l'autre et rien pour ici ?

Il s'approcha d'une des cuves et constata aussi qu'un cerveau grisâtre s'y trouvait reposant dans un liquide légèrement frémissant. Il approcha la main au-dessus et ne ressentit ni sensation de chaleur ni de froid.

— C'est exactement comme dans l'autre salle !

— Oui, sauf que ces cerveaux ne bénéficient d'aucune protection. Je me demande bien pourquoi… N'importe quel animal pourrait venir ici !

— Ce qui me stupéfie, c'est cette énergie continuelle qui vient du sol et qui dure depuis des centaines d'années !

— Oui, ça vient du centre de la planète… Cette civilisation était très avancée.

Arès défit son sac à dos et le jeta à terre. Puis il se dirigea vers un des bacs avec sa machette à la main.

— Que veux-tu faire ? lui cria Chloé anticipant son geste.

— Recule-toi !

Il leva sa machette et l'abaissa avec force sur le câble d'une des cuves qu'il réussit à trancher d'un seul coup.

Il jeta un œil : le liquide et le cerveau avaient cessé de remuer.

Au même moment, une activité fébrile secoua les cerveaux dans les autres bacs dont certaines parties virèrent au rouge.

— Mais tu es fou ! Qu'est-ce que tu viens de faire ? À quoi ça rime ?

Arès attendit un moment puis ouvrit son sac à dos et en sortit une grande urne métallique transparente. Il mit ses gants et s'approcha au-dessus du bac afin d'en extraire le cerveau.

— Attention !

— T'inquiète...

Il prit l'espèce de petite masse molle dans ses mains, le glissa dans son récipient, le recouvrit le plus possible du liquide du bac et referma le couvercle soigneusement et hermétiquement.

— Et voilà ! Nous allons le ramener à Argos et dès que l'*Athéna* reviendra ils n'auront plus qu'à l'étudier.

Chloé était sidérée.

— Mais ton cerveau est mort sans son liquide et son énergie !

— Il a du liquide, on le branchera chez nous et on le maintiendra le plus possible !

— C'est n'importe quoi, et l'*Athéna* n'est pas près de revenir de sitôt !

— J'ai toujours rêvé d'avoir un cerveau alien chez moi !

— Tu as vu les autres cerveaux ? Ils sont tous en excitation !

— Ils vont se remettre. J'en ai pris un, c'est tout, et l'intégrité des autres n'est pas du tout compromise.... Bon ! On y va, on retourne au camp, on reprend le véhicule et on rentre !

Chloé fixait les bacs en se posant mille questions.

Puis haussant les épaules, elle rejoignit son compagnon qui avait déjà quitté la salle.

Au dehors, les oiseaux étaient toujours là et faisaient encore plus de bruits qu'avant. Ils se doutaient sans doute de ce qui s'était passé et n'étaient pas contents du tout.

Arès et Chloé sortirent de la forêt et rentrèrent précipitamment dans leur véhicule bien à l'abri, fenêtres toutes fermées, et repartirent sur les chapeaux de roues.

Albédo

Les oiseaux firent une figure menaçante à basse altitude et regagnèrent leur abri dans leurs grottes. Ils avaient eu chaud.

Quand Arès et Chloé revinrent en Argos, tout le monde les attendait.

Théo se trouvait devant chez eux quand Arès stoppa son véhicule.

Il en descendit, ne dit pas un mot et alla ouvrir le coffre pour y prendre l'urne contenant le cerveau.

— Montre ! lui ordonna Théo.

Il regarda la petite masse par transparence et dit :

— Vous n'aviez absolument pas le droit d'agir ainsi !

— Calme-toi. On en a pris un, c'est tout !

— Mais il est mort !

— Mais non ! Je ne sais pas, on verra. Mais on va le rebrancher comme dans sa cuve initiale. J'ai pris soin de prendre beaucoup de leur liquide et je pense que cela va marcher.

— Tu penses ?

— Oui ! Ça va ! Ce n'est pas besoin d'en faire un drame à l'avance. Quand un vaisseau reviendra, ils pourront l'examiner. Et je serai un héros à ce moment-là !

— C'est ça…

Arès rentra chez lui avec la précieuse urne et entreprit de la connecter à une source d'énergie après en avoir retiré le couvercle.

Chloé regarda Théo en haussant les épaules, rentra dans sa demeure et referma la porte d'entrée.

Théo hocha de la tête, jugea finalement le fait comme étant minime au regard de tout ce qu'il y avait encore à faire pour que cette petite ville se développe et indiqua à tout le monde de se disperser.

Quand Chloé arriva dans leur salon, Arés était déjà en train d'observer *son* cerveau dans *son* urne branchée à une source électrique.

Il avait tout prévu depuis le départ et semblait avoir réussi.

Chloé s'approcha. Elle sentit une tension très forte chez son compagnon qui restait immobile en fixant son urne dans l'attente de…

— Regarde ! dit-il avec une voix d'adolescent découvrant pour la première fois une chose extraordinaire.

Chloé regarda et elle vit. Elle vit le cerveau jusqu'alors grisâtre devenir rouge par endroits et pulser comme s'il vivait à nouveau.

— Fantastique ! cria Arès.
— Fascinant ! ajouta Chloé.

Le cerveau alien avait, semble-t-il, survécu. S'il était pensant, peut-être se demandait-il pourquoi il se retrouvait dans une maison inconnue appartenant à une drôle de race humaine…

Est-il ou n'est-il pas ? Là est la question.

L'*Athéna* poursuivait sa route vers la lointaine Terre mais, à l'heure où nous parlons, est-elle ou n'est-elle plus ? Là aussi est la question. En tout cas, le Commandant et son équipage étaient loin de se douter du terrible sort que notre bonne vieille Terre subirait.

Ainsi meurent les civilisations ?

Allons, un sursaut est toujours possible. Et si sursaut il n'y a pas, alors saut tout court il y aura…

En attendant, le vaisseau ayant passé sans incident un autre trou de ver, les passagers purent admirer « en route » les innombrables beautés de l'Univers. N'est-ce pas François Cheng[16] qui écrivait : « L'Univers aurait pu ne pas être beau et pourtant il est beau. »

Non seulement une beauté due à la lumière et aux compositions de la matière mais aussi à ses multiples chorégraphies spatiales : entre étoiles, entre planètes, entre étoiles et planètes, entre trou noir et trou noir…

---

[16] Écrivain et poète français d'origine chinoise du XXème siècle.

Albédo

À cet endroit, en ce moment par exemple une danse de trois corps, de trois étoiles formant un huit : une à chaque extrémité de boucle et la dernière au milieu. Tout ceci en une valse magnifique avec autour de l'étoile 1 quatre planètes, de la 2 trois planètes, de la 3 cinq planètes. Un vrai ballet cosmique ! Ce qui était magique, mais troublant, envoutant, et franchement inquiétant, c'étaient les trous noirs.

Arthur ne participait pas à cet émerveillement collectif. Lania et Kéa non plus car l'état de leur mère les préoccupait. À eux quatre avec Ann, ils se relayaient les uns les autres autour de son bac très mal nommé également « cercueil ».

Hadrien et Kirsten regardaient le spectacle qui leur apparaissait lors des quelques ralentissements nécessaires avant de pénétrer dans un nouveau trou de ver quand leurs regards furent attirés au loin par un point très lumineux.

Attiré par le phénomène et jugeant que cela ne leur ferait pas un grand détour, le Commandant décida de mettre le cap sur cette lumière.

S'approchant, Hadrien constata qu'il s'agissait d'un système planétaire particulier. Son étoile était une géante rouge de type S, ce qui n'avait rien d'extraordinaire. En revanche, une seule planète orbitait autour avec un diamètre de 60 000 kilomètres (soit environ 5 fois celui de la Terre) et une distance à son étoile de 400 millions de kilomètres (soit un peu moins de la distance de la ceinture d'astéroïdes - entre Mars et Jupiter - au Soleil). Mais cette planète réfléchissait de façon énorme la lumière qu'elle recevait de son étoile : son albédo était très fort car il avoisinait 0,91 ![17]

Néanmoins deux points étaient plus qu'étranges : le premier est qu'apparemment c'était une planète tellurique, ce qui contredisait la théorie sauf si cette planète n'était faite que de glace ce qui n'était pas

---

[17] Voir page 126

le cas ! Le deuxième déconcertant et troublant était que la planète réfléchissait de toute sa surface, alors que seule la face ensoleillée aurait dû le faire.

— Je n'ai encore jamais constaté un albédo aussi fort et surtout total... dit Kirsten.

— Oui, c'est tout à fait curieux et du jamais vu ! Outre l'albédo naturel, il y en aurait un autre artificiel ! ajouta Hadrien.

Alertées par le changement de cap, Lania et Kéa rejoignirent la salle de commandement à l'avant du vaisseau, vite rejointes par Diane, Roland et Rosalie, Arthur restant aux côtés d'Éva.

La voix chaude de l'IA de bord se fit alors entendre :

— Commandant ?

— Oui, Cérès, qu'y a-t-il ?

— Je détecte une activité importante sur cette planète.

Lania la coupa et déclara :

— Il faudrait la nommer, cela serait plus facile.

— Oui, dit Kéa, et je propose : *Aglaé*.

— Pourquoi Aglaé ?

— Aglaé fait partie des *Charites*, communément appelées « *les trois Grâces* » avec Euphrosyne et Thalie.

— Je ne vois pas le rapport ici, dit Diane.

— Si, parce que Aglaé est *la Charite* du rayonnement.

— Accepté, dit Hadrien, bien qu'ici le rayonnement d'Aglaé ne me paraisse pas du tout le même que celui de tes *Trois Grâces*... Mais revenons au sujet, Cérès, nous t'écoutons.

— Merci, Commandant...

Seul Roland détecta dans sa voix une sorte d'agacement... Elle continua :

— J'ai détecté de puissantes activités cérébrales mais occultées.

— Comment peux-tu déceler quelque chose à la fois de puissant et occulté ??

— Je sais, mais cela parait être le cas. Comme si cette activité était bien là mais cachée...

— Il faut en savoir plus, dit Kirsten, approchons-nous le plus possible.

— Je croyais qu'il fallait éviter ce genre de planètes, dit Diane.

— Trop tard et trop tentant. Mais attention, si on s'en approche trop, on sera ébloui par cette lumière et on ne pourra rien repérer.

— Ne vous inquiétez pas, Commandant, j'ai de puissantes... antennes, conclut Cérès.

L'*Athéna* se rapprocha d'*Aglaé*.

— « *Splendor et radius solaris* », dit Roland à Rosalie, splendeur et rayonnement solaire, chère Rosalie, nous sommes en pleine mythologie...

— Mito quoi ? demanda-t-elle.

— Euh... rien, je t'expliquerai un jour.

La lumière réfléchie par Aglaé était effectivement aveuglante. Le vaisseau resta à distance respectable et Cérès entreprit de sonder sa surface.

Au bout d'une minute - très vite pour nous, très lent pour elle - Cérès semblait intriguée :

— Je détecte des indices de présence d'entités extra-terrestres, mais... curieusement j'en ai repéré deux assez différentes.

— Comment ça deux ??

— Les éléments, les caractéristiques, les paramètres de chacune que je perçois sont très différentes !

— Pourrais-tu préciser ?

— Pas vraiment...

— Pardon ?

— Je suis parasité par une sorte de bouclier magnétique et thermique sans doute dû à l'albédo très fort de cette planète ! Voilà pourquoi je ne suis pas plus précis.

— Peux-tu nous donner néanmoins quelques précisions ?

— Ce n'est pas vraiment vivant, mais l'une parait plus... forte que l'autre.

— C'est tout ?

— Oui. Je ne peux pas communiquer. Impossible.

Lania prit la parole :

— Voyons si on peut descendre plus bas.

Kéa ajouta :

— C'est la seule façon d'y voir plus clair.

Hadrien ordonna à Cérès et aux pilotes d'entamer en douceur la descente vers cette exoplanète.

À environ 700 000 kilomètres, la lumière était aveuglante.

À 500 000 kilomètres le vaisseau ne put aller plus loin.

— Qu'est-ce qui se passe ?

— C'est un bouclier déflecteur énergétique et magnétique, un champ de force. Impossible de passer.

Une lassitude certaine envahit la pièce, voire un découragement. Puis un énervement.

« Marre de ces extra-terrestres à la noix ! » pensa Roland – comme tous les autres sans doute !

Alors le Commandant prit la seule décision possible :

— Enregistrons les coordonnées de cette sacrée planète et faisons route vers la Terre, on a assez perdu de temps !

Résolution approuvée à l'unanimité.

L'*Athéna* quitta le curieux système de la géante rouge et reprit sa course.

Le temps passa et, quelques mois plus tard, ils arrivèrent en banlieue du système solaire, c'est-à-dire à la périphérie du nuage d'Oort.

À ce moment-là, des dizaines de messages arrivèrent à bord du vaisseau. La plupart provenant de Mars et quelques-uns de la Lune et de la Terre.

Hadrien établit tout de suite le contact avec Erika Copper qui l'attendait sur Mars.

Quand elle lui apprit tout ce qui s'était passé pendant leur absence, il comprit pourquoi elle et les autres se trouvaient là. Et tout l'équipage accusa le coup, atterré par ces terribles informations.

Le choc de cette nouvelle passé, son poids se fit sentir : ils ne reverraient pas la Terre de sitôt si tant est qu'il la revoie un jour.

L'*Athéna* se posa sur Mars : une planète connue et stable mais une vie sous cloche est-elle envisageable et acceptable ?

Pour l'instant, tout l'équipage n'avait qu'un désir : changer de décor et quitter le vaisseau pour se défouler, faire autre chose, voir d'autres personnes.

Arthur, même s'il sortit du vaisseau pour saluer Erika et les autres, se retrouva bien vite à l'intérieur au chevet d'Éva avec Ann.

Hadrien questionna longuement Erika sur la situation de la Terre, mais cette dernière ne lui laissa aucun espoir. La Terre, notre Terre, était aux mains de milices et de groupes armés, tous plongés dans le chaos. Les incendies s'étaient propagés partout et les épaisses fumées recouvraient une grande partie du ciel. Un malheur n'arrivant jamais seul, les multiples et colossales explosions – dont certaines nucléaires - avaient détérioré le manteau terrestre et l'activité volcanique avait décuplé engendrant une couverture opaque de presque toutes les couches de l'atmosphère.

Le Soleil était de plus en plus absent de la surface et d'ici quelques années, les incendies éteints, la température finiraient drastiquement par baisser.

Si Hadrien et les autres de l'*Athéna* avaient été abasourdis par ces informations, Erika ne l'avait pas été moins lorsqu'elle apprit la perte de l'*Héra* et de tous ses occupants.

Lania et Kéa enrageaient de ne rien pouvoir faire, mais leurs cerveaux intelligents et féconds se mettaient déjà en marche pour réfléchir à l'avenir.

Quelques jours après leur arrivée, et après avoir arpenté et visité avec intérêt les différentes bulles martiennes où vivaient dans chacune des centaines de personnes, elles allèrent trouver Erika pour lui demander ce qu'elle pensait de leur découverte d'Aglaé et de son curieux albédo.

« *Ce qui augmente l'entropie de l'Univers, c'est la création de nouvelles particules de lumière.* » (David Elbaz, astrophysicien français)

« *Nous sommes nés dans l'écume des vagues de la galaxie et notre mouvement à son tour participe à la naissance de nouvelles étoiles.* » (David Elbaz)

13. Retour sur Arion

— L'albédo, outre sa force plus ou moins grande, expliqua Erika Copper, symbolise la blancheur. Cela vient du latin a*lbus* qui veut dire *blanc*. Roland ne s'est pas précipité pour vous le faire remarquer ?
— Non, il est un peu fatigué en ce moment, répondit Kéa.
— Et le blanc signifie aussi, au contraire du noir qui représente la mort, la lumière, la vie, la résurrection.
— Ok… dit Lania, où voulez-vous en venir ?
— Vous dites que Cérès a détecté des entités extraterrestres sur Aglaé et que ces dernières, je suppose, ont empêché que vous vous posiez sur sa surface ?

Les jumelles acquiescèrent.

— Vos incursions dans une autre galaxie vous ont fait connaitre d'autres formes de vies extraterrestres et…

Lania la coupa :

— « Connaitre », c'est un bien grand mot !
— Oui, je sais. Mais je voulais rajouter : sans aucune réponse particulière sur ce qui nous préoccupe… d'après ce que j'ai compris dans tout ce que le Commandant Hadrien m'a dit.
— Vous voulez dire aucune réponse sur les cerveaux qui se trouvent sur Arion ?

Erika semblait excitée par tout cela et continua de façon enflammée :

— Mais oui !... En fait, je tire deux conclusions de toutes vos aventures : la première, générale et évidente, est que la vie et même beaucoup de civilisations extra-terrestres sont présentes dans l'Univers. Nous sommes loin d'être les seuls !... La seconde, particulière et énigmatique, est que nous devons chercher une explication et trouver une solution au mystère de ces cerveaux qui pour moi, qui ne les ai même pas vus, est primordiale et pourrait peut-être nous renseigner sur ce qui se passe dans ces cerveaux et nous éclairer sur leur état de conscience ou non. Que des cerveaux survivent aussi longtemps dans ces cuves excite mes neurones ! On ne les a pas laissés là sans raisons !

Lania fit un clin d'œil à Kéa et dit :

— Intéressant !

— Cela relève de connaissances poussées en neurosciences, ajouta Kéa.

— Oui. La conscience est aux neurosciences ce que l'énergie noire est à l'astrophysique, voyez-vous, c'est un graal !... Je connaissais un spécialiste mais malheureusement il est resté sur Terre... Mais vous deux, avec Hadrien et les autres, êtes capables de résoudre cet obscur objet de recherches, non ?

Sachant qu'elles y avaient déjà réfléchi ensemble pendant la fin du voyage, Lania regarda longuement Kéa qui finit par hocher de la tête et dit :

— En prolongement parfait de ce que vous venez de dire, nous pensons que l'exoplanète Aglaé peut faire partie de la solution. Pour nous, cet albédo est trop fort pour ne pas dissimuler quelque chose. Nous pensons qu'il faut y retourner et essayer de contourner ce bouclier !

— Si c'est ça, je viens avec vous ! J'en ai marre de rester sur place et ne rien voir de notre galaxie ! Je suis restée trop longtemps dans un bureau sur Terre et ici sur Mars la vie est plus que limitée...

— Avec joie ! Le Commandant ne pourra qu'être d'accord. Nous aussi nous préférons l'Espace...

— J'ai cru comprendre cela de nombreuses fois... ajouta-t-elle en souriant. Mais au fait, comment va votre mère ?

Albédo

— Elle est stable depuis de nombreux mois maintenant… Ann, que vous connaissez de réputation, je crois, devrait bientôt nous donner un nouveau diagnostic.

Hadrien fut enchanté qu'Erika monte enfin à bord. Quand elle et les jumelles lui parlèrent de leur projet de retourner vers Aglaé, il fut tout de suite partant car il avait déjà réfléchi à la situation. Il exposa en conférence à tous les citoyens de Mars, anciens ou nouveaux, son idée :
— Nous allons bientôt repartir avec l'*Athéna*, juste le temps de refaire le plein de provisions de toutes sortes. J'ai parlé avec Jason du problème de surpopulation qui existe ici sur Mars depuis que des Terriens y sont venus en masse. La solution pour moi est évidente : nous allons emmener tous ceux qui le veulent et nous les déposerons sur Arion. Cela arrangera tout le monde et Théo ne pourra qu'en être ravi. Ensuite, nous retournerons sur Aglaé. Pendant tout le voyage, nous aurons le temps de discuter de la façon d'appréhender les problèmes.

Diane demanda :
— Arion avant Aglaé ?
— Oui, priorité aux nouveaux colons, et qui sait, nous en apprendrons éventuellement plus sur ces cerveaux… Il s'est peut-être passé quelque chose, on ne sait jamais.

Hadrien était bien sûr loin d'imaginer ce qu'Arès avait fait sur Arion. Quand il demanda par vote à tous les habitants des bulles de Mars s'ils voulaient rester ou partir, plus de deux mille personnes se déclarèrent immédiatement volontaires ! C'était beaucoup plus que prévu mais cela ne représentait que 40% du total. Certains désiraient rester car ils n'aimaient pas l'inconnu et beaucoup d'autres caressaient toujours l'idée d'un retour sur Terre.

Il aurait fallu y aller à deux vaisseaux avec l'*Athéna* et l'*Artémis*. Mais Erika voulait qu'un vaisseau de taille importante reste sur Mars au cas où... Ils décidèrent d'emmener dans un premier temps 350 personnes, hommes, femmes et enfants à bord de l'*Athéna*. Les autres attendraient de prochains voyages. On sélectionna particulièrement les moins de quarante ans et les couples déjà existants ayant exprimé le désir d'avoir des enfants. La jeunesse était primordiale pour un bon développement d'Arion dont la petite capitale Argos allait pouvoir grossir plus rapidement désormais.

Les préparatifs furent expédiés avec rapidité et efficacité et dix jours après leur arrivée sur Mars, l'*Athéna* repartit, gonflé d'espoirs à tout point de vue.

Là-dessus, une bonne nouvelle arriva : Éva allait enfin mieux, beaucoup mieux. Tant est si bien qu'Ann avait décidé en accord avec Arthur qu'il était temps de la sortir de son cocon cryogénique. Cela devait se faire lentement et en douceur afin que toutes les fonctionnalités des organes reprennent vie petit à petit. Mais Ann et ses adjoints connaissaient les procédures par cœur. En revanche, elle n'autorisa pas Arthur et les jumelles à venir dans la pièce où se trouvait le « cercueil » mal nommé. Elle lui fit ses premiers examens et elle en fut ravie. Le virus avait été vaincu et plus aucune trace ne subsistait dans son organisme. Cela prit comme d'habitude de nombreuses heures pour que le corps d'Éva revienne à la température acceptable du corps humain, soit un peu moins de 37°C. Lorsqu'elle reprit pleinement connaissance, ses premières paroles furent :

— Suis-je enfin revenue dans mon chalet d'Ouréa ?

Ann lui expliqua calmement qu'elle se trouvait à bord de l'*Athéna*, que son séjour forcé en cryogénie l'avait sauvée, qu'ils faisaient route vers Arion et que son mari lui expliquerait ce qui s'était passé sur Terre...

Albédo

Éva fut ensuite portée dans sa cabine toute propre où l'attendaient avec impatience mari et filles. Elle se rappela alors tout ce qui s'était passé et faillit tomber par terre. Arthur la soutint et l'aida à s'asseoir.

Les retrouvailles furent intenses. Tout le monde était enfin rassuré qu'Éva ait pu sortir indemne de tout ça.

Lania et Kéa, l'esprit totalement libre maintenant, pouvaient réfléchir aux deux problèmes qui se posaient à la communauté humaine : que diable ses cerveaux en suspension faisaient-ils dans cette galère et quel secret couvrait le bouclier magnétique d'Aglaé ?

Il leur manquait deux inconnues à l'équation :

Arion apporterait-elle du nouveau depuis leur dernier passage ?

L'Espace encore à traverser apporterait-il une dose de danger et de problèmes supplémentaires ?

Cette deuxième assertion prit tout son sens lorsque, six mois après leur départ et au sortir d'un trou de ver, ils aperçurent au loin un objet volant non identifié.

Ils pensèrent d'abord être tombés par hasard sur l'*Hermès*, ou peut-être s'agissait-il du vaisseau alien qu'ils avaient croisé autrefois, mais non. En fait, ils n'étaient pas si loin de la « zone d'influence » d'Aglaé.

En se rapprochant, ils virent que c'était une capsule de petite taille qui avait été repérée grâce à sa couleur blanche qui reflétait la lumière de l'étoile voisine. Encore un albédo fort ?

Décidemment, l'espace réservait toujours des surprises. Qui a dit qu'il était vide ?

L'*Athéna* se rapprocha à vitesse très lente de ce ... de cette navette et...

— Il y en a une autre ! s'écria Lee.

En effet, un peu plus loin, disons quelques kilomètres derrière la première, il y en avait une autre assez identique, de la même taille et de la même blancheur, qui tournait aussi en orbite autour d'Aglaé.

Hadrien demanda à Kirsten de prendre une navette et de l'équiper afin de récupérer cet objet à bord, ce qui fut fait correctement et assez rapidement.

Une fois récupérée, tractée et déposée dans une des soutes, la « capsule » ne faisait en fait que vingt mètres de long sur cinq en largeur et en épaisseur.

Cinq signes cabalistiques inconnus figuraient sur sa coque et une seule « porte » était visible.

Kirsten garda combinaison et casque lorsqu'elle sortit de la navette et demanda à deux robots d'essayer d'ouvrir cette capsule.

Toutes les précautions devaient être prises car on ignorait tout de ce qui pouvait se trouver à l'intérieur.

La porte fut attaquée au chalumeau et bientôt ils réussirent à l'ouvrir. Un bruit de souffle retentit, sans doute la dépressurisation de l'air intérieur. Un des robots y pénétra en disant :

— Atmosphère inconnue en cours d'évaluation – irrespirable pour un humain.

Un moment passa.

— La capsule est vide.

— Comment ça, vide ? Il n'y a aucune entité à l'intérieur ? questionna Kirsten.

— Oui, vide... sauf... Ah ! Une sorte de tablette écran ou quelque chose comme ça... Je sors, il n'y a rien d'autre !

Le robot ressortit et vint vers Kirsten en lui tendant l'objet qui devait faire vingt centimètres sur dix. Elle prit cette « tablette » dans ses gants, l'inspecta, essaya d'y trouver un bouton ou quelque chose, puis appuya en divers endroits mais rien ne se produisit.

— Je rentre, dit-elle à Hadrien. Je la désinfecte et je vous rejoins avec.

En sortant de la soute, elle recommanda aux robots de stériliser et de purifier la capsule.

Tout le monde se retrouva dans la cabine du Commandant pour examiner cet écran. Elle circula de main en main sans savoir comment « l'allumer », si elle s'allumait.

Lania proposa une théorie :

— Nous raisonnons en être humain. Cet objet, bien que ressemblant, vient a priori d'une autre « race ». Il faut donc penser autrement... Enfin, je suppose.

« *Le véritable signe d'intelligence n'est pas la connaissance mais bien l'imagination* » pensa à nouveau Kéa.

« *Et suppositio nil ponit in esse* »[18] allait rajouter Roland, mais il se retint jugeant le propos assez déplacé ici. « Je faiblis vraiment depuis quelque temps, il faut vraiment qu'on me rebooste. » Et il quitta la pièce.

Effectivement, Roland avait tort et les jumelles raison. Restait à découvrir comment « lire » ce qu'il y avait sur cette tablette s'il y avait bien quelque chose à lire.

Kirsten, consciencieuse comme toujours, alla récupérer la deuxième capsule et, comme la première, elle contenait aussi la même sorte de petit écran impossible à déchiffrer.

On laissa donc le problème se reposer et l'*Athéna* fila vers Arion.

Quand Hadrien annonça à Théo que l'*Athéna* arriverait bientôt en Arion, toute la communauté d'Argos sauta de joie. Et lorsqu'il lui apprit que trois-cent-cinquante nouveaux colons allaient débarquer, il fut aux anges. Cela allait demander du travail pour les installer mais on s'arrangerait. Enfin, Argos était maintenant sûr de pouvoir se

---

[18] Supposer une chose ne lui confère pas l'existence.

développer durablement et sereinement : la « capitale » compterait en effet plus de 600 habitants.

L'*Athéna* se mit en orbite et on assista à un ballet incessant de navettes qui faisaient les allers-retours afin de déposer le matériel et les personnes.

Ce fut un grand soulagement pour tout l'équipage du vaisseau de pouvoir enfin respirer un air pur et apprécier le Soleil, les nuages, le vent, la pluie, bref tout ce qui rend une vie normale sur une planète vivable. Pour la plupart des endroits, on se croyait comme sur la Terre.

Ce fut un immense plaisir pour les quelques habitants d'Argos de recevoir encore de nouvelles personnes pour étoffer la petite ville. Plaisir augmenté de surcroit lorsqu'ils apprirent qu'il y avait encore beaucoup de colons en attente sur Mars.

Lorsque les jumelles débarquèrent à proximité d'Argos, elles filèrent tout de suite vers l'église du Dauphin afin de venir embrasser le père Joseph qu'elles n'avaient pas vu depuis bien longtemps. Ce dernier fut ravi et enchanté que ce soit lui qui soit la première attention de la part de ses préférées, « à part Aurore et Julie bien sûr » laissa-t-il échapper en pensée.

Les accolades n'en finissaient plus.

— Tu t'es fait pousser la barbe ? constata Lania.
— Tu fais plus âgé, ajouta Kéa.
— Vous êtes de plus en plus belles ! conclut Joseph.

Il est vrai que les sœurs jumelles resplendissaient malgré leur tenue particulièrement fripée sortant tout juste du vaisseau. Elles portaient un tee-shirt blanc taché sur un pantalon noir sans formes, mais leurs visages respiraient la gaité et une détermination certaine. Joseph constata aussi tout de suite la connexion - les connexions qui les liaient entre elles. Leur cheveux courts et noirs, même s'ils n'étaient pas si

Albédo

propres que ça, accentuaient leur ressemblance indéniable avec bien sûr le grain de beauté de Kéa sur la joue gauche qui permettait de les différencier un peu.

Quant à Joseph, effectivement, la barbe le vieillissait mais il avait aussi pris de l'embonpoint depuis leur dernière venue.

Il se tenait alors devant son parvis en pierre tout neuf et ne put se retenir de leur annoncer ce qui faisait jaser la communauté d'Argos :

— Vous ne devinerez jamais ce que Arès et Chloé ont fait et ce qu'ils ont rapporté !

Un déclic passa dans le cerveau des jumelles : ce qu'ils ont fait, impossible à savoir. En revanche, le fait de savoir qu'ils avaient rapporté quelque chose attisa leur curiosité :

— Connaissant les deux zozos, ne seraient-ils pas allés du côté de la salle des cerveaux ?

Joseph pesta :

— On ne peut rien vous cacher, mais ce que vous ne savez pas, c'est qu'Arès a rapporté un cerveau dans son liquide !

Stupéfaction des jumelles.

— Il est encore vivant ? demanda Kéa tout excitée.

— En parfaite conservation a priori.

— Dommage que Dimitri ne soit plus de ce monde, il aurait adoré…

— Paix à son âme et à tous ceux qui disparurent avec l'*Héra*, pria Joseph.

— J'ai hâte d'aller voir ça, dit Lania, tu nous indiques où il habite ?

— Suivez-moi…

Pas vraiment difficile à trouver vu le peu de maisons construites jusqu'à présent. Quelques minutes après, ils arrivèrent sur les lieux.

— Je vous laisse, dit Joseph, rien que le spectacle de ce... de cette chose me perturbe infiniment. Cela dépasse l'entendement et détraque mon pauvre cerveau à moi ! À tout à l'heure...

Il se retira prestement.

Chloé les avait entendus et les accueillit chaleureusement.

— Entrez, quel bonheur de vous revoir et de voir enfin d'autres têtes ! Arès n'est pas là pour le moment, il aide d'autres colons à construire leur maison et, d'après ce que j'ai entendu, il va y avoir de plus en plus de travail, ce qui va mettre beaucoup d'animation ! J'ai hâte de faire la connaissance des nouveaux arrivés...

— Ce dont nous avons hâte, nous, dit Lania, c'est de voir votre capture.

— « Il » est là... dit-elle en désignant un coin de la pièce.

Elles s'approchèrent et constatèrent que le cerveau dans la cuve avait l'air « en forme ».

Chloé leur raconta comment Arès l'avait subtilisé de la salle souterraine.

— Et il a survécu ? questionna Kéa.

— Apparemment oui.

Elles discutèrent quelques minutes encore, puis les jumelles sortirent rejoindre leurs parents.

Éva commençait à revivre pleinement depuis qu'elle avait retrouvé l'air libre.

Le soir arrivant et comme le temps idéal s'y prêtait - un léger vent avec 25°C - tout le monde fut invité à un gigantesque banquet afin que les nouveaux puissent faire connaissance avec les anciens.

C'était une idée de Théo qui ajouta : « Il ne manque plus que quelques sangliers au menu et un barde pour la musique et cela aurait été comme autrefois, il y a bien longtemps ! »

Personne ne comprit l'allusion sauf Roland qui avait une mémoire historique colossale. Et l'atmosphère chaleureuse et joyeuse empêcha nombre de personnes de s'enquérir de cette curieuse remarque. De plus, le vin rouge aidant, tous furent rapidement bien gais.

C'était la cuvée spéciale de Théo qui avait réussi à faire pousser quelques plants de vignes sur la colline voisine face au Soleil. C'était, cette année, sa toute première récolte. Un peu âpre mais bon… Arthur lui demanda :

— Comment vas-tu appeler ton vin ?

— J'avais pensé à *Débris Cosmiques*[19]… mon vin est fait de bric et de broc, je veux le dédier au Cosmos et il est… acceptable, non ?

— Ouais…

La soirée dura longtemps et tard dans la nuit étoilée tout le monde avait fini par s'endormir, qui dans sa maison pouvant accueillir quelques personnes de plus, qui dans les tentes que l'on avait installées dehors à la hâte, qui dans les deux navettes restées au sol, qui encore pour ceux qui étaient remontés au vaisseau. On aurait l'esprit plus clair au matin.

Il fallait qu'il soit clair, en effet.

Arthur montra l'écran alien à Théo, à Arès, à Joseph et à beaucoup d'autres. Rien n'y fit.

Entière l'énigme restait et la question suivante se posait : si une entité quelconque prit soin d'envoyer un tel objet dans plusieurs minuscules capsules, c'était qu'il y avait une raison.

— Comme une bouteille à la mer ? suggéra Joseph.

— Nous pensons que oui.

— C'est donc un message d'appel au secours, dit Lania.

---

[19] Pour celles et ceux que cela intéresse, « Cosmic Débris » était le nom d'un vin rouge du département de l'Aude.

— Il faut trouver la clé pour débloquer ce truc, ajouta Kéa.
— Mais on a déjà tout essayé !

Ils se trouvait comme d'habitude dans le seul endroit stratégique à tout point de vue d'Argos : l'église du Dauphin de Joseph. Les bancs avaient été posés en demi-cercle devant l'hôtel sur plusieurs rangs.

Lania se retourna et vit Aurore et Julie, les amies inséparables, assises un peu plus loin parlant certainement de quelques sujets concernant les nouveaux colons. Elles semblaient concentrées mais souriantes.

Lania regarda Kéa et lui fit signe de les observer. Ce qu'elle fit.

Elles sourirent et Lania dit :

— Non, je ne crois pas qu'on ait tout essayé... Aurore et Julie, vous pouvez vous approcher s'il vous plait ? Nous voudrions vous montrer quelque chose qui nous préoccupe.

Les deux jeunes filles s'avancèrent. Lania leur montra l'écran en leur demandant :

— Nous n'arrivons pas à faire marcher cet écran. Sauriez-vous y arriver ?

Aurore était timide de nature alors Julie prit en main l'objet et elles le décortiquèrent ensemble.

Puis Aurore dit :

— Attends, donne-la-moi.

Quand elle la prit dans ses mains, elle sursauta légèrement et se rappela, ne sachant pas pourquoi, la décharge électrique qu'elle avait reçue la dernière fois[20] en plongeant la main dans un des bacs de la salle des cerveaux.

— Cet écran a un rapport avec les cerveaux ? demanda-t-elle.
— Nous ne savons pas. Pourquoi dis-tu ça ?
— Une sensation bizarre ... Allons voir celui qui est chez Arès.

---

[20] Voir *Empyrée*.

Sur ces paroles, elle partit directement, laissant tout le monde pantois.

— Suivons-là, dit Kéa, je pense qu'elle vient d'avoir une idée...

Dans le laps de temps qu'il fallait pour aller de l'église au domicile d'Arès et Chloé, Lania et Kéa se demandaient ce qu'il arrivait à Aurore :

— Tu crois qu'il y aurait un rapport entre ces cerveaux sur Arion et cette exoplanète qu'on a nommée Aglaé ?

— Je ne vois rien qui puisse confirmer cela...

L'évolution est essentielle à la formation des structures. Et l'entropie a bel et bien tendance à les détruire. Mais cela ne signifie pas que l'entropie et l'évolution s'opposent. (Brian Greene, professeur de maths et de physique américain)

Dans un sens, le principe anthropique dit que nous observons l'Univers tel qu'il est parce que nous y sommes. (Thomas Hertog, cosmologiste belge)

14. Les fleurs du mal

Lorsque Aurore arriva devant le bac où était plongé le cerveau dans la petite maison d'Arès et Chloé, elle s'immobilisa et se mit à trembler si fort qu'elle lâcha la tablette qui tomba au sol.

Lania la ramassa et constata que l'écran s'était brisé.

— Je … Je suis désolée, s'excusa Aurore, je ne sais pas ce que j'ai eu … J'avais l'objet en main et quand je me suis approchée du bac, j'ai eu l'impression qu'elle avait bougée et je me suis mise à trembler, et… je sais plus…

— Assieds-toi et reprends tes esprits, dit alors Arthur, je vais demander à Hadrien de nous envoyer la deuxième tablette, car je pense que celle-ci est inopérante.

En attendant que l'autre écran arrive et que cette fois-ci il reste intact, tout le monde sortit.

Dehors, le ciel s'était couvert et les nuages masquaient le Soleil qui brillait, une heure auparavant. La luminosité avait faibli mais il faisait encore chaud.

Lania et Kéa allèrent se promener dans les quelques rues d'Argos, tournèrent en rond pendant un moment réfléchissant à ce qui était arrivé et retournèrent finalement dans l'église du Dauphin.

Ce qui venait de se passer n'était pas anodin et torturait leur cerveau. Elles s'assirent dans un coin. L'église était vide à cette heure et elles purent parler tranquillement.

— Pour comprendre correctement la réalité, commença Lania, il faut reprendre les choses dans l'ordre sans oublier les détails.

— Allons-y, acquiesça Kéa, listons les faits et les énigmes en présence.

— Dans la salle souterraine d'Arion, qui est loin d'être la seule comme nous le savons, subsiste une grande quantité de cerveaux qui survivent grâce à un liquide inconnu et à une énergie passant par des câbles certainement reliés jusqu'au noyau de cette planète.

— Cerveaux qui sont là depuis des centaines d'années, voire des milliers. Sont-ils conscients ou non ? Telle est la question.

— Les tentatives de prélèvement ont toutes échoué et Aurore s'est même fait électrocuter, ce qui est apparu comme un signe de défense.

— Les oiseaux réagissent à chaque fois qu'on s'approche de cette salle. Ils sont comme des gardiens et sont parfois particulièrement agressifs.

— Il existe des connexions étranges entre les oiseaux et ces cerveaux.

— Sans oublier notre Cérès qui à chaque fois les ressent aussi.

— Ensuite on a l'exoplanète mystérieuse qui se protège grâce à un albédo très fort et à un bouclier magnétique.

— Qui tire les ficelles à sa surface ? Pourquoi avoir envoyé deux petites sondes avec certainement un message à l'intérieur comme si on avait jeté une bouteille à la mer pour demander du secours ?

— Ces... êtres seraient donc prisonniers ?

— Rien n'indique cela.

— Enfin, on a Aurore qui a eu un « contact » autrefois et qui réagit de façon insolite en présence de l'écran alien et d'un cerveau alien.

— En fait, Aglaé, comme les cerveaux, se défend. Pourquoi ?

— On a une autre interrogation : y-a-t-il un rapport entre Aglaé et les cerveaux ?

— Quel lien pourrait-il y avoir ?

Albédo

— Un commencement de réponse se trouve sûrement dans cette tablette.

Elles auraient voulu aller plus loin dans leurs raisonnements, mais Arthur et Roland arrivaient avec Julie et Aurore. Cette dernière était toute pâle et tremblait encore par moments. Elle s'assit sur un banc et se mit sur *sa* tablette en cherchant frénétiquement quelque chose. Arthur annonça que le deuxième artefact alien n'arriverait que le lendemain matin par navette.

— Tu cherches quelque chose ? lui demanda Julie.

— Oui, j'en ai besoin. L'autre jour, je suis tombée sur un magnifique quatrain de Charles Baudelaire qui vivait, il y a bien longtemps, au XIX-ème siècle. C'est tiré d'un recueil de poèmes appelé *Les Fleurs du mal* mais je vais l'adapter aux circonstances actuelles tout en respectant le nombre habituel de douze syllabes bien sûr.

— Tu vas faire ça tout de suite comme ça ?

— J'ai l'habitude. Et ce poème est idéal pour ce que nous vivons sous terre, sur terre, et … sous ce ciel menaçant, dit-elle en levant la tête.

Deux minutes plus tard, elle avait fini.

— Voilà le résultat, dit-elle enfin souriante.

Avec sa voix enchanteresse, elle énonça doucement :

Quand le ciel bas et lourd pèse comme un couvercle
Sur le cerveau plaintif en proie aux longs ennuis,
Et que de sous la terre les bacs nous déconcertent
Il nous verse un jour noir plus triste que les nuits.

— C'est très beau, dit Arthur. Bravo, Aurore.
— Surtout, très belle adaptation, dit Roland.
— Je n'ai eu qu'à changer les deux vers du milieu, en fait.

Albédo

— J'avais remarqué, lui répondit-il.

En tant qu'encyclopédie vivante, Roland s'y connaissait.

Mais Lania persista :

— Il est hors de question de se résoudre à la tristesse et de broyer du noir !

— La solution viendra tôt au tard, surenchérit Kéa.

— Aurore, tu es incontestablement douée, mais il faudra que tu nous trouves quelque chose de plus positif et de plus optimiste, lui dit-elle en souriant. Maintenant, j'espère qu'avec l'autre écran nous trouverons un début de solution…

Tout le monde s'éclipsa et les jumelles restèrent seules.

Kéa pensa :

— Connexion, intrication…

Lania rajouta :

— … Là est la solution.

Elles étaient en phase.

Le lendemain, le deuxième précieux petit écran arriva.

Lania et Kéa avait persuadé leur père de recommencer l'expérience en petit comité, à savoir : Aurore, Arthur et elles, c'est tout. Hadrien d'une part et Théo d'autre part avaient donné leur accord. Mais la jeune fille insista pour que Julie soit présente à ses côtés.

— C'est une condition sine qua non, dit-elle avec autorité ce qui était rare chez elle.

Ce fut par conséquent accordé et tous les cinq se retrouvèrent chez Arès et Chloé qui avaient été priés d'aller ailleurs.

Autour de la cuve se trouvaient donc Aurore entourée de Lania et Kéa avec Arthur et Julie se tenant juste derrière.

Lania appela alors Cérès l'IA de bord de l'*Athéna* qui se situait en orbite basse d'Arion.

— Cérès, tu nous reçois ?

— Cinq sur cinq.

Aurore approcha la tablette au-dessus du bac en la tenant fermement.

Le cerveau commença à bouger un peu et prit quelques couleurs rouges dans certaines de ses parties. Cette réaction était bon signe.

Les ondes virevoltèrent et se croisèrent : ondes venant du vaisseau, venant des cerveaux des jumelles associés à l'IA, venant d'Aurore qui commença à frissonner, venant du cerveau en suspension.

Et tout à coup, l'écran s'alluma.

Lania aurait juré qu'elle avait vu un trait de lumière entre le cerveau et la tablette. Mais ce fut tellement furtif qu'elle douta. Un peu plus tard, Kéa lui avoua qu'elle avait entrevu la même chose.

Une succession de signes cabalistiques inconnus défila sur l'écran à toute vitesse comme une suite infinie de quelques *mots (?)* étrangers.

Puis au hasard des signes quatre lettres apparurent : *H E L P*.

Et la liste s'arrêta. Ces quatre lettres se trouvaient presque à la fin de tous les caractères qui étaient apparus.

— Nous voilà bien avancés ! dit Arthur en rompant le silence.

— Pour moi, c'est clair : quelqu'un, quelque chose appelle au secours sur Aglaé. On doit y retourner ! On trouvera bien une idée pour se poser sur cette planète.

— En tout cas, ajouta Kéa, cela veut dire qu'il y a une relation évidente entre les cerveaux d'Arion et ce quelque chose sur Aglaé !

— Laquelle ? Là est le mystère… Donne-moi cet écran, dit Arthur à Aurore car il venait de constater qu'elle commençait à flancher et, quand il la regarda, il remarqua qu'elle était toute pâle. Aurore la lui tendit. Julie s'approcha, la soutint et l'incita à s'asseoir.

Un peu plus tard, quand tout le monde eut fini de discuter de ce qui s'était passé et de ce que pouvait signifier ces suites de signes incompréhensibles, l'interprétation qu'en fit Hadrien était sans doute la bonne :

— Nous sommes en présence d'entités extraterrestres inconnues dont la langue parlée ou écrite ne peut être que très différente de la nôtre. Je pense donc, partant du principe que nous avons affaire à une ancienne civilisation technologiquement très avancée et très supérieure à nous, qu'ils ont *écrit* ce message à l'attention de tout autre civilisation existante et dans une série impressionnante de langues différentes ! Cela suppose qu'ils aient eu connaissance de la nôtre dans leur présent lointain, ce qui n'est pas vraisemblable, mais plutôt dans leur futur…

— Des êtres de cette civilisation existeraient donc toujours ? demanda Kirsten.

— Je ne vois pas d'autres explications.

— Je suis dans le flou, dit Roland, j'en perds mon latin…

Les discussions reprirent de plus belle et furent particulièrement animées mais sans aucune avancée notoire.

Le Commandant Hadrien décida donc de revenir à bord du vaisseau et de faire route vers Aglaé afin de percer ce mystère.

L'*Athéna* repartit dans l'espace le lendemain dans la journée emmenant avec lui l'équipage habituel. Seule Éva avait souhaité rester sur Arion en attendant leur retour.

Dans la nuit précédant le départ, Arthur essaya de la convaincre de venir avec lui. Rien n'y fit. Elle en avait assez de voyager enfermée tout le temps, préférait se reposer et rester au grand air sur Arion qu'elle aimait beaucoup. En revanche, elle lui demanda s'il ne pouvait pas rester, lui ? Rien n'y fit. Il ne pouvait pas ne pas être présent dans cette aventure. Alors il rajouta :

— De plus, cela me permettra d'être à coté de nos filles…

— Cela fait bien longtemps qu'elles sont indépendantes et qu'elles ne font que ce qu'elles veulent…, lui retorqua Éva.

Albédo

Puis ils sombrèrent dans le sommeil.

Le lendemain matin, Arthur demanda à Erika si elle pouvait rester avec sa femme. Cette dernière, en fait, n'attendait que cela et accepta bien volontiers car les mois passés dans le vaisseau l'avaient finalement rendue nauséeuse. Manque d'habitude certainement.

Arrivés six mois plus tard à proximité de l'exoplanète Aglaé, ils furent surpris de constater que son albédo semblait un peu plus fort qu'avant, ce qui les éblouissait énormément.

— Si le bouclier érigé est encore plus fort que la dernière fois, dit Hadrien, je ne vois pas comment on va arriver sur sa surface.

— Nous avons une idée, dit Lania, cela vaut ce que cela vaut, mais si on n'essaie rien…

— Essayons d'y aller avec la tablette dans la navette, dit Kéa. Peut-être cela débloquera-t-il un mécanisme quelconque ?

— On peut le tenter, mais il faudra prendre la navette la plus puissante car ici nous sommes beaucoup plus éloignés du sol que d'habitude. Notre orbite est très haute à cause de cet albédo. Je suppose que vous voulez toujours y aller ?

— Bien sûr ! dit Lania.

— On va donc tenter l'opération. Lania et Kéa vous descendrez avec Kirsten. Vous serez sous ses ordres et quatre robots viendront avec vous. Si vous passez et atterrissez, qui sait sur quoi vous allez tomber…

— Et surtout, rajouta Arthur, rendez compte au fur et à mesure !

— Reçu !

La navette fut préparée et remplie de tous les équipements nécessaires pour une survie de cinq jours au sol. Quand elle sortit du ventre du vaisseau, elle commença sa longue approche de cette exoplanète bien mystérieuse.

Kirsten était concentrée sur sa tâche et les jumelles tendues, nerveuses mais in fine excitées.

— Cérès, tu es avec nous ? demanda Lania.

— Oui.

Kéa avait la tablette en main. La navette plongea vers Aglaé. Le bouclier se fit vite sentir.

Mais au moment où ce dernier aurait dû faire office de barrage infranchissable, l'écran s'alluma. Aucune indication n'y apparut.

En revanche, la navette continua sa lente descente.

— Nous sommes passées ! s'exclama Lania.

— Incroyable, dit Hadrien.

— Inconcevable, surenchérit Arthur.

— Génial, ajouta Kirsten.

« Nous l'avions supposé… Il y a bien un lien. » pensèrent en même temps les jumelles.

À mesure que l'exoplanète commençait à se dévoiler, l'excitation grandissait.

Surtout en constatant les faits suivants :

À mille-cinq-cents kilomètres de la surface, on ne voyait toujours rien : le pouvoir réfléchissant de la planète les aveuglait toujours.

À cinq-cents kilomètres, Aglaé se dévoila.

L'albédo fort avait disparu. Il était donc bien artificiel tout comme le bouclier un peu plus haut. La surprise fut totale.

Kirsten appela l'*Athéna* :

— Commandant, vous nous recevez ?

— Cinq sur cinq. Que se passe-t-il ?

— Vous découvrez Aglaé comme nous ?

— Non. On ne reçoit rien, aucune image. En revanche, on vous entend parfaitement. Qu'est-ce que vous voyez ?…

Avant que l'*Athéna* ne parte vers Aglaé, Hadrien avait demandé à Théo d'assurer une veille assidue des cerveaux. Ce dernier chargea Arès et Chloé de cette tâche maintenant tout à fait officielle avec deux consignes : un, surveiller la grande salle souterraine (celle découverte la première fois) c'est-à-dire vérifier trois ou quatre fois par jour toutes réactions éventuelles de la part des cerveaux et deux, surtout ne toucher à rien.

« Pas de prélèvement ou quoi que ce soit d'autre et aucune prise d'initiative sans mon accord, avait dit Théo, et tenez-nous au courant régulièrement ! »

Accompagnés de trois robots qui avaient reçu pour ordre de les escorter, de les protéger, mais aussi de les surveiller, ils repartirent donc vers le camp de base situé juste à côté de la célèbre salle.

Cela dura des jours et des jours et des mois. Une routine ennuyeuse, sans intérêt aucun.

Tant et si bien qu'au fur et à mesure les allées et venues dans la salle s'espacèrent nettement. Ils n'y descendaient plus qu'une fois par jour et à tour de rôle.

Le ciel était clément et les oiseaux ne se montraient pas.

Au fil du temps, c'était devenu pour eux comme des vacances. Ils n'avaient pas à participer aux corvées du village, ils se prélassaient au Soleil, allaient se baigner dans la rivière qui coulait un peu plus loin où ils pouvaient pêcher du poisson, avaient aménagé un potager et posé quelques pièges bien disséminés pour prendre du petit gibier. Sinon ils faisaient l'amour souvent que ce soit sous la tente le soir ou en pleine journée dans l'herbe voire n'importe où.

Lorsqu'ils reçurent un matin un message de la part de Théo les informant qu'enfin une navette de l'*Athéna* descendait sur Aglaé, un petit sentiment d'angoisse commença à poindre chez Chloé.

Arès, quant à lui, fut tout excité :

— Enfin ! Il va y avoir de l'action ! s'exclama-t-il.

Ils s'équipèrent et se dirigèrent avec un des trois robots vers la salle souterraine.

Arrivés à l'intérieur, une certaine activité régnait dans les bacs.

— Incroyable, dit Chloé en voyant les cerveaux rougir par endroits en frémissant dans leur liquide.

— Je reste sidéré par ces trucs, dit-il en pointant son menton vers les bacs. Comment peuvent-ils vivre là-dedans ? Sont-ils conscients ? Et si oui, qu'espèrent-ils ? Ça me dépasse !

— Je n'en sais pas plus que toi.

— Et pourquoi ils réagissent comme ça ? À cause de quoi ?

Nos deux amis regardaient avec fascination ces substances grisâtres trembloter dans leur jus.

Le robot présent, qui avait reçu comme nom Romy, semblait troublé lui aussi.

— Et si j'arrivais à en toucher un avec un bâton ? s'enquit Arès.

— Non ! Hors de question, on ne touche à rien ! Tu veux y rester ?

— Ok, ok…

En entendant un curieux bruit venant du ciel, les deux robots restés au camp levèrent les yeux et virent des centaines d'oiseaux tourbillonner au-dessus de la salle où se trouvaient Arès et Chloé.

— Pour qu'il se passe quelque chose là-haut, dit l'un deux, il faut qu'il se passe quelque chose là-bas en bas…

— On va quand même voir ?

— Inutile, l'un des nôtres est avec eux. Je préfère prévenir Théo.

— Attends, le revoilà…

En effet, Romy qui venait d'arriver en courant les informa que les cerveaux bougeaient dans leurs cuves de manière anormale.

— Tu as vu les oiseaux aussi ?

Albédo

Il leva la tête, fit une moue toute robotique et indescriptible, prit sa radio et informa le maire d'Argos qu'il se passait quelque chose dans les airs et sous la terre.

Après avoir reçu cette information, Théo alla vite rejoindre Joseph en son église qui se trouvait en grande conversation avec Erika et Éva.

Joseph était ravi de voir de nouvelles « anciennes » têtes avec lesquelles il pouvait discuter.

— Désolé de vous interrompre, dit Théo, mais a priori les cerveaux bougent et les oiseaux sont sortis.

— Pourquoi tout à coup ? demanda Joseph.

— Arès et Chloé ont fait une connerie ? interrogea Éva.

— Non, Romy a été clair à ce sujet.

— Alors cela veut dire qu'il s'est passé quelque chose du côté d'Aglaé, répondit Erika, j'en suis presque sûre. J'espère sincèrement qu'il ne leur est rien arrivé de grave...

Joseph leva les yeux au ciel comme pour supplier quelques réponses divines, puis les rebaissa, regarda Erika dans les yeux et lui dit :

— Je me suis toujours demandé si ces cerveaux pouvaient être considérés comme des... êtres vivants séparés de leur corps ?

— Vous vous avancez sur un drôle de chemin pour un homme d'église, Joseph...

— Je me rappelle avoir lu autrefois quelques romans de science-fiction, d'ailleurs j'en avais discuté avec Arthur qui adore ce genre de littérature, qui traitaient de ce sujet. Ces êtres s'étaient débarrassés de leur enveloppe corporelle biologique afin que leur esprit puisse *flotter* librement dans l'espace pour errer sans aucune difficulté dans les confins de l'Univers. C'était renversant. Ils circulaient sous forme d'énergie pure et duraient éternellement...

— Je trouve cela très ennuyeux, dit Éva.

— Je ne suis pas d'accord, répondit Erika, imaginez toutes les beautés du Cosmos autour de vous et tout ce que vous pourrez découvrir, cela doit être fabuleux !

— Jusqu'à l'éternité ? Non, merci. J'ai *mon* esprit dans *mon* cerveau avec *mon* corps et j'en suis bien contente comme ça !

Erika reprit :

— Ma chère Éva, imaginez un peu votre conscience cérébrale voyageant dans l'espace ! Mieux, imaginez votre connectome placé sur un faisceau laser qui vous permettrait de chevaucher à travers les systèmes planétaires ! Cela nous dégagerait totalement de nos trop longs voyages interstellaires qui sont notre quotidien en ce XXIII-ème siècle !

— Ce n'est certainement pas pour tout de suite !

— Le siècle prochain ?

— Moi ça me plairait, intervint Joseph, je suis déjà tous les jours dans les cieux.

Théo ramena le débat sur Terre (ou plutôt sur Arion) :

— Je ne voudrais pas casser cette envolée céleste, mais je vous signale que ces cerveaux ne flottent pas libres dans l'espace mais sont confinés dans des cuves dont ils ne peuvent sortir !

— C'est malheureusement vrai…

Bon ! Mais enfin qu'est-ce que l'entropie ?
— C'est toujours la même question, mais jamais la même réponse.
Le principe anthropique, quant à lui, c'est la connaissance des moyens par la connaissance de la fin.

15. Crépuscules

Dans la navette qui approchait doucement de la surface d'Aglaé, ce fut avec un immense étonnement qu'elles découvrirent la nature de ce qu'elles contemplaient. Kirsten, Lania et Kéa en étaient subjuguées. Hadrien commençait à s'énerver :

— Je répète : vous voyez quoi ??

Kirsten répondit :

— Vous n'en croiriez pas vos yeux !

— Mais encore…

— Cette planète ressemble trait pour trait à la planète Simbad[21] ! On dirait la même !

— Ce qui est impossible car la planète des Simbadiens ne se situe pas du tout ici.

— Nous savons. Mais ce sont les mêmes paysages désertiques mais avec un blanc dominant sans quasiment aucune couleur ni arbres ni…

— Est-ce qu'il y a un lac blanc ?

— Oui, plusieurs.

— Je n'y crois pas, c'est inconcevable !

Hadrien reprit :

— Je vous rappelle que cette planète est forcément habitée puisqu'elle émet un puissant bouclier magnétique doublé d'un albédo particulièrement inhabituel. Nous devons nous méfier de tout ce qui peut surgir. Voyez-vous une certaine activité ou d'autres signes suggérant une présence extraterrestre ?

---

[21] Voir *Agon*

— Non, on ne voit rien pour le moment.

Si, à bord de la navette, c'était l'excitation qui dominait, à bord de l'*Athéna,* c'était l'inquiétude.

Arthur dit à Hadrien :

— Il ne faut pas les laisser seules sur Aglaé, c'est trop dangereux ! On ne sait pas sur qui ou quoi on peut tomber…

— Tu as raison. Nous allons envoyer une autre navette et tu vas descendre avec Diane et quatre autres robots ainsi que Roland bien sûr. Préparez-vous tout de suite !

Arthur était ravi de descendre avec Diane, d'une part, et d'avoir le soutien important de Roland, d'autre part car, lui aussi, il avait eu affaire à ce peuple qui les avait bien roulés dans le passé.

Roland s'exprima et cette fois-ci à voix haute :

— *Et suppositio nil ponit in esse…*

— Qu'est-ce que tu dis ? lui demanda Diane.

— *Supposer une chose ne lui confère pas l'existence…* Je veux dire par là que les signes sont trompeurs et que, s'il y a ressemblance, il n'y a certainement pas coïncidence et encore moins correspondance. Les Simbadiens ne sont pas ici. Il y a autre chose là-dessous et peut-être beaucoup plus dangereux.

— Nous voilà bien prévenus en tout cas.

Hadrien appela Kirsten et l'informa de l'envoi d'une autre navette avec Arthur, Diane, Roland et quatre robots en renfort avec la consigne de les attendre avant de commencer l'exploration.

— Bien reçu, répondit Kirsten, nous allons faire quelques reconnaissances en survolant…

— Non, le coupa Hadrien, même si notre présence est peut-être déjà détectée, posez-vous dans un endroit désert et plutôt à l'abri et attendez-les. Terminé.

Kirsten maugréa :

— À l'abri. À l'abri de quoi ? Il en a de bonnes…
— Pose-toi là-bas, l'endroit a l'air calme, lui indiqua Kéa en lui désignant une sorte de cirque entouré de petites montagnes.
— Cette ressemblance est quand même inquiétante, rajouta Lania.

Ils se posèrent sur le sol blanchâtre d'Aglaé et restèrent à bord en attendant l'autre navette. Kirsten envoya à Arthur leur position exacte, puis elle effectua toutes les analyses et mesures indispensables dans le but de déterminer la composition de l'atmosphère présente et d'établir si l'air était respirable ou pas. Ce que personne n'avait pensé à faire jusque-là.

À bord de l'*Athéna*, Hadrien, qui venait d'assister au départ de ses meilleurs éléments, était préoccupé et nerveux. Il aurait bien voulu descendre lui-aussi, mais il se devait de rester aux commandes du vaisseau en orbite haute. Et Lee et les nombreux ingénieurs et techniciens composant l'équipage le secondaient parfaitement sans oublier les dizaines de robots toujours disponibles. Quant à Ann et Nils, ils préféraient tous deux leur spécialité et les explorations d'exoplanètes ne les tentaient pas du tout.

Sur Aglaé et dans la deuxième navette, l'heure était à la franche et sombre inquiétude : aucune personne ne se trouvait confiante dans l'exploration de cette nouvelle exoplanète. Arthur, Diane et Roland n'avaient que de mauvais souvenirs de ce genre de terrain et Kirsten, Lania et Kéa redoutaient l'inconnu de ce même terrain beaucoup trop similaire à ce qu'elles avaient déjà affronté dans le passé. Le point positif fut que la deuxième navette passa le bouclier sans problème : peut-être un passage avait-il été ouvert ?

Avant que la numéro 2 ne se pose sans encombre à une centaine de mètres de la première, le verdict de l'atmosphère d'Aglaé était tombé :

92% de dioxyde de carbone, le reste en azote, méthane, carbone, souffre et autres gaz… Irrespirable donc. Il devait y avoir de l'eau, mais ils n'avaient aperçu que ces lacs blanchâtres en plusieurs endroits. La température extérieure actuelle était de 45°C, la gravité légèrement plus forte que celle sur Terre et le vent nul pour le moment. Casques et combinaisons protectrices s'imposaient pour tous. Lorsque Kirsten sut que la navette d'Arthur allait bientôt arriver, elle l'informa des conditions régnant sur cette planète.

— Ok, bien reçu, nous nous posons à coté de vous dans dix minutes.

— Bienvenue sur Aglaé !

La navette se posa comme prévu avec un énorme nuage de poussières qui masqua un moment son arrivée. Mais bientôt le calme revint et ils communiquèrent alors entre eux avant de sortir. Kirsten donna ses ordres :

— Je vais rester dans la navette 1 avec deux robots. Diane, tu feras de même dans la tienne. Lania et Kéa, vous sortirez avec deux robots et vous, Arthur et Roland, avec les deux vôtres. Tout le monde est d'accord avec ça ?

Une rafale de « OK » retentit. Aucune objection ne pointa et Kirsten rajouta :

— Diane, je viendrai te rejoindre quand ils seront partis.

Cette dernière fut rassurée et particulièrement contente que son amie la rejoigne.

Les deux équipages désignés commencèrent à se préparer pour leur première sortie en *terra incognita*.

Arthur, Lania, Kéa et Roland, le père, les filles et l'ami robot sapiens de toujours, se retrouvèrent sur le sol grisâtre d'une nouvelle exoplanète comme au bon vieux temps. Ils avaient vécu ensemble tant d'aventures mouvementées et constellées de contrariétés, de soucis, de catastrophes diverses et de morts. Trop de morts d'ailleurs. Mais explorer le Cosmos et ses dangers n'avait jamais été un long fleuve tranquille. Ils étaient tous aguerris mais Aglaé les laissait pantois. Un détail n'échappa pas aux jumelles lorsqu'elles virent arriver Roland muni d'un casque et d'une combinaison comme Arthur.

— Pourquoi as-tu mis cet accoutrement ? Tu n'en as pas besoin !
Roland lui répondit :
— Cette planète est hostile, j'en suis sûr. Donc je préfère avoir l'air d'un humain au cas où il y aurait du grabuge.
Puis il rajouta :
— Ce sont toujours les robots qui trinquent en premier j'ai remarqué.

Équipés lourdement pour tenir deux jours, les humains laissèrent leurs armes (fusils laser et couteaux) aux robots. L'exploration put donc commencer. Deux robots devant puis Lania et Kéa suivies par Arthur et Roland, les deux derniers robots fermant la marche.

Ils commencèrent par se diriger vers le lac blanc qu'ils longèrent puis le dépassèrent. Ce n'était pas le moment d'aller plonger dedans pour l'examiner et analyser ce qu'était cette substance blanche pour la raison évidente que, sur Aglaé, ils étaient obligés de porter casques et combinaisons alors que, sur Simbad, ils pouvaient respirer normalement. Lania et Kéa se rappelèrent leur baignade et des qualités nutritives et régénératives de ce genre de lac qu'elles avaient constatées alors. Mais rien n'indiquait qu'à cet endroit il avait les mêmes propriétés. Le Soleil présent brillait fort et, malgré leurs combinaisons renforcées, ils ressentaient la chaleur extérieure. Le paysage ressemblait à celui de Mars à l'exception de la couleur bien sûr. Ils progressèrent en direction de petites montagnes qui leur faisaient face et aperçurent qu'il y nichait de nombreuses grottes.

— Encore et toujours ! murmura Roland qui gardait un bien mauvais souvenir de Simbad, de ses habitants et de ses grottes.

Lania et Kéa avançaient vite et passèrent en tête devant les robots. Elles avaient hâte de découvrir ce qui se cachait sur ou sous cette surface. Arthur déclara à Roland :

— Cette planète est vraiment désertique.

— Désertique ne veut pas dire inhabitée, répondit sagement Roland.

Et il rajouta pour lui : « On va sans doute le savoir bientôt »

Pendant ce temps, Kirsten avait rejoint Diane dans sa navette. Elle s'adressa aux robots :

— Sortez au dehors pour surveiller s'il se passe quelque chose et ne rentrez que si vous y êtes autorisés, merci !

Ils sortirent rapidement et laissèrent les deux femmes en tête-à-tête.

— Enfin seules ! dit Kirsten qui se débarrassa de sa combinaison.

— Viens par-là, ça fait trop longtemps !

Diane la prit par la main et l'emmena à l'arrière où il y avait plusieurs couchettes. Elles se jetèrent ensemble l'une sur l'autre et commencèrent à se déshabiller mutuellement, doucement, en prenant leur temps pour apprécier le plus possible ce moment d'intimité. Lorsqu'elles furent totalement nues toutes les deux, commença alors un long et puissant acte d'amour plein de désirs inassouvis. Les gestes s'accélérèrent et les corps se mêlèrent en une folle chorégraphie érotique où chacune donnait un plaisir intense à l'autre. De forts et longs gémissements suivirent lorsque les jouissances arrivèrent à leur paroxysme. Elles restèrent collées l'une à l'autre, les corps luisants de sueurs ce qui les sublimaient remarquablement. Pas une parole ne fut échangée : leurs yeux et leurs corps avaient parlé pour elles.

Bien loin des navettes, la petite troupe était arrivée dans une sorte de cirque entouré par de petites montagnes sur trois côtés.

— Si jamais nous étions attendus, ce n'est pas vraiment le genre d'endroit où il faudrait se trouver, dit Roland d'une voix non assurée.

— Tu as raison, montons vite vers cette grotte là-haut, dit Lania en désignant un endroit où plusieurs ouvertures semblaient se dessiner sur un des flancs.

Mais trop tard.

Une série de coups de feu retentirent soudain et quatre robots éclatèrent tant la force des balles était puissante. Ils tombèrent sur le sol. Tout le monde fut saisi de peur et s'immobilisa aussitôt. Ils regardèrent autour d'eux mais ne virent rien.

Soudain, sortant d'on ne sait où - de sous terre probablement, se dit Arthur – une dizaine de robots mécaniques les entourèrent.

— Des robots ? Ici ? demanda Kéa.

Mais ce n'était pas franchement les mêmes : ceux-là étaient deux fois plus gros et grands que les leurs et n'avaient aucune apparence humanoïde, juste des machines et très hostiles vu leur allure. L'un fit un geste en levant ce qui semblait être un énorme fusil, les enjoignant de jeter à terre leurs bardas et de se coucher au sol. Arthur, Roland et les jumelles obtempérèrent sans broncher. Lania regarda Kéa, mais aucune idée ne leur vint. Les machines aliens tirèrent les robots un peu plus loin et les détruisirent complètement.

Roland eut alors très peur pour sa vie. Il n'avait pas du tout envie de la finir à cet endroit sur cette espèce de planète hostile si loin de la Terre ou d'Arion. Mais curieusement et comme il l'avait prévu, les aliens s'en désintéressèrent, sans doute à cause du fait qu'on ne le distinguait pas vraiment au premier coup d'œil d'un être humain.

Puis, celui qui semblait être le chef s'approcha de Lania, lui toucha le corps du bout de son arme et poussa des sortes de borborygmes en se tournant vers ses congénères. Ceux-ci se chargèrent alors de ligoter les quatre humains restants. Ils furent redressés sans ménagement et emmenés vers la grotte que Lania avait repérée plus tôt. Aucun d'entre eux n'avait eu le temps de prendre sa radio pour avertir Kirsten, et bizarrement les robots semblaient n'avoir eu aucune réaction. En tout cas, leurs « dépouilles » furent ramassées et emmenées, elles aussi.

Du coté des navettes au sol, il se passa quelque chose : un des robots dehors demanda à Kirsten de lui parler de toute urgence.

— La récréation est terminée, soupira Diane qui s'étira devant Kirsten.

Cette dernière la contempla et eut furieusement encore envie d'elle. « Dommage... »

— Habillons-nous et allons voir ce qu'il veut.

Une fois leurs tenues remises, Kirsten fit entrer le robot.

— Que se passe-t-il ?

— Les quatre robots qui sont partis ne répondent plus du tout. Et la communication a été brutalement interrompue. J'ai réessayé plusieurs fois et personne ne répond.

Kirsten se dirigea vers la cabine de pilotage et tenta d'appeler ses amis et les robots avec sa radio mais rien n'y fit. Plus aucune communication possible.

— S'ils sont dans une grotte, dit Diane, ils ne captent peut-être pas.

— Oui, mais ils auraient certainement laissé un robot ou deux dehors. Or on n'a plus rien.

Kirsten se retourna vers Diane et lui dit :

— On ne peut rien faire pour le moment, mais ce n'est peut-être rien du tout. Attendons demain et si nous n'avons aucune nouvelle, on partira à leur recherche.

La récréation était effectivement finie.

Albédo

Kirsten prévint Hadrien par radio mais l'*Athéna* ne pouvait rien faire de plus, le vaisseau n'étant pas sourd mais aveugle. Sur le sol d'Aglaé comme en orbite, un obscur adjectif nommé angoisse réapparut dans la partie.

Et la nuit arriva.

Par un drôle et sans précédent hasard - encore faudrait-il qu'il y ait quelqu'un pour le constater ce qui est rigoureusement et totalement impossible - il se trouve qu'à ce moment-là c'était en ce qui les concerne le crépuscule un peu partout :

Crépuscule noir et ténébreux sur Terre. Ciel encombré de fumées et d'épais nuages de suie.

Crépuscule bleuté sur Mars la Rouge dû à son atmosphère. Ciel nuageux partiellement.

Crépuscule rose orangé sur Arion. Ciel dégagé et sans nuages.

Crépuscule blanchâtre sur Aglaé. Ciel sombre, poivre et sel.

Devrait-on assister au crépuscule de l'Humanité ?

Même détenues prisonnières sous la surface d'Aglaé, les jumelles Lania et Kéa gardaient espoir.

Ce qu'elles découvrirent lorsque les machines robots les emmenèrent dans les bas fond d'une espèce de vieille cité métallique dépassait l'entendement.

Le lendemain, Kirsten et Diane s'équipèrent et sortirent de leur navette laissant les robots en charge de garder les deux. Puis elles partirent et essayèrent de suivre les traces de leurs prédécesseurs.

En Arion, les oiseaux virevoltaient sans cesse dans le ciel juste au-dessus du site.

— C'est curieux, dit Chloé, quand ils ont fini de tournoyer là-haut ils rentrent dans leur logis et, quelques secondes après, ils en ressortent.
— Qui te dit que ce sont les mêmes ?
— Ils feraient des tours de garde les uns après les autres ?
— J'en suis sûr ! Ces étonnants oiseaux sont de plus en plus déconcertants.
— Étonnants et dangereux.
Pour l'instant, ils restaient en l'air et cela leur allait parfaitement.

Sans aucun ménagement, Arthur, Roland et les jumelles furent entraînés à travers de larges couloirs dont la partie droite était, semble-t-il, vitrée et qui donnait sur une immense salle dans laquelle ils purent apercevoir pendant quelques secondes des alignements de ce qui ressemblait à des cercueils.

Les robots machines les bousculèrent. Ils faillirent tomber et ne purent en voir plus.

Une porte blindée se dressa devant eux. Elle s'ouvrit avec bruit. Ils entrèrent alors dans une sorte de sas, puis passèrent la deuxième porte, une fois la première fermée.

Ils furent conduits dans une sorte de cellule, plutôt grande et munie de bancs de pierre sur les côtés.

Soudain, on les plaqua contre les murs, les empêchant de faire le moindre geste.

Celui qui s'était occupé de Lania commença à dévisser son casque pour le lui enlever.

— Non ! Ne faites pas ça ! hurla Arthur.

Mais le robot n'en avait que faire et le casque fut vite retiré.

La tête de Lania se retrouva à l'air libre. Elle crut immédiatement qu'elle allait mourir d'étouffement dans d'atroces souffrances et tomba à terre. Arthur continua d'essayer de se débattre mais il ne pouvait rien faire. Mais rien ne se passa et Lania fut surprise de pouvoir respirer normalement.

Elle regarda les autres :

— C'est… incroyable, on respire ici.

Tout aussi soudainement les robots lâchèrent les autres, sortirent et fermèrent la lourde porte derrière eux.

— L'air est normal ? demanda son père.

— A priori oui.

Ils retirèrent à leur tour leur casque et constatèrent qu'ils respiraient normalement.

— Bon, dit Roland, on respire mais on fait quoi ?

Ils se retrouvaient enfermés dans une cellule sous terre sans aucun moyen apparent d'en sortir.

Prisonniers par des geôliers mécaniques beaucoup plus forts qu'eux, sans aucune communication possible avec l'extérieur et sur une lointaine planète inconnue.

De leur côté, Kirsten et Diane avaient suivi leurs traces, ce qui les avait amenées au pied de la même montagne. Lorsqu'elles virent plus haut plusieurs cavités, elles commencèrent à gravir le flanc de la roche qui montait en pente douce.

Arrivées devant ce qui semblait être une grotte, elles furent surprises de constater qu'elles étaient toutes obstruées.

Elles regardèrent partout mais durent vite se rendre à l'évidence.

— On ne peut rien faire, toutes les cavités sont bouchées, dit Diane.

— Et bouchées par des entités extraterrestres, dit Kirsten, regarde ces murs de pierre, je suis sûre qu'ils s'ouvrent !... Et regarde ici, on voit plein de pas sur ce sol poussiéreux… Ils sont rentrés là-dedans, c'est certain !

— Oui… Mais je ne vois pas ce qu'on peut faire.

La mort dans l'âme, elles redescendirent par un autre itinéraire plus abrupt qu'à l'aller.

En chemin, elles trouvèrent par terre de petites parties métalliques et de silicones appartenant aux robots et par endroits le sol poussiéreux était complètement noirci.

— Il s'est passé quelque chose ici, dit Kirsten, ça ne sent pas bon du tout !

— Tu penses qu'ils sont tombés sur des extraterrestres ?

— Aucune idée… Sans doute. En tout cas, ça m'inquiète.

Kirsten décida de revenir aux navettes.

— Rentrons, on discutera avec Hadrien de ce qu'on pourra élaborer comme plan.

Le retour fut pénible, chacune se demandant comment elles allaient pouvoir sortir de cette inextricable situation.

Par habitude, Diane voulut essuyer quelques larmes qui coulaient. Mais sous un casque, c'était mission impossible. Elle attendrait d'être de retour dans la navette.

L'angoisse était montée d'un cran.

Voici deux nouveaux concepts inverses :
  - La néguentropie (entropie négative) s'oppose à l'entropie.
  - Le principe de médiocrité s'oppose au principe anthropique.

16. Réflexions

Fidèles à leur mission, Arès et Chloé se rendirent une nouvelle fois dans la salle des cerveaux et constatèrent que ces derniers continuaient à bouger dans un liquide lui-même en excitation.

Ils ressortirent bien vite et rentrèrent au camp. Arès appela Théo :

— Ça bouge toujours là-dessous, ils ne sont pas du tout calmes !

Théo avait alors deux raisons pour solliciter une réunion afin de parler des problèmes en cours à la suite du message qu'il venait de recevoir de l'*Athéna*. Il convia alors Erika et Éva ainsi que Joseph ; Julie et Aurore les rejoignirent aussi car ils estimaient que la jeunesse de leurs esprits maintenant bien éprouvés pouvait toujours surprendre lors de discussions difficiles. Cela se passa dans une des salles du premier étage de la petite mairie d'Argos. En les attendant, Théo regarda à travers la grande baie vitrée qui surplombait la place principale. Il y régnait une activité fébrile liée aux constructions en cours dans toute la petite ville à la suite de l'arrivée massive des nouveaux colons. Il adorait voir cela : les personnes allaient et venaient dans tous les sens transportant des matériaux de toutes sortes et s'entraidant systématiquement. « Si cela pouvait durer... » pensa-t-il.

Quelques minutes après, tout le monde était là. Il les salua, les invita à s'asseoir autour de la grande table et déclara :

— Je viens de recevoir un message du Commandant Hadrien et les nouvelles ne sont pas bonnes...

Éva tressaillit. Il continua en leur faisant un résumé des faits :

— La planète Aglaé semble hostile pour deux raisons : d'abord pour son champ magnétique et pour son albédo, tous deux particulièrement élevés. Mais curieusement, grâce à la tablette, ils ont pu atterrir et commencer à l'explorer. C'est là que les soucis ont commencé. D'après ce que Kirsten au sol a appris à Hadrien en orbite, c'est que… Arthur, les jumelles et Roland ainsi que les robots les accompagnant auraient disparu…

Passé la sidération, les esprits s'échauffèrent.

— Attendez, attendez, s'écria Erika en levant la paume de sa main voyant qu'Éva allait s'emporter, procédons par ordre. D'abord, s'ils ont réussi à passer, c'est que cette tablette est en relation directe avec les cerveaux retenus ici sous terre et avec quelque chose sur Aglaé !

— J'en suis persuadé.

— On y reviendra tout à l'heure. Ensuite, si aucun de nos amis humains ou robots n'a donné de signes de vie depuis plus d'une journée, je pense qu'ils ont dû tomber dans une embuscade. Par qui par quoi, nous l'ignorons, mais je ne vois pas d'autres raisons à leur silence.

— Cela voudrait dire qu'ils seraient… prisonniers ?

— Au mieux, oui.

C'était la phrase de trop pour Éva. Elle tapa du poing sur la table et hurla :

— Ça ne finira donc jamais !

Et tout aussi soudainement, elle se renferma sur elle-même et se tourna vers les autres avec un regard aussi vide que l'espace intersidéral. (*Quoique l'espace intersidéral n'est pas du tout vide. S'il faut vraiment trouver un vide il faut aller entre le noyau de l'atome et les électrons…*)

En tout cas, Éva ne dit plus un mot pendant toute la conversation qui suivit.

Joseph demanda à Théo :

— Qui est au sol exactement ?

— Kirsten, Diane et des robots avec deux navettes.

— Pourquoi l'*Athéna* ne peut pas venir les aider ?

— Ils ne peuvent pas passer et, en plus, ils ne voient rien de la surface. Juste émettre et recevoir des messages.

— Ont-elles déjà survolé Aglaé à basse altitude afin de chercher des indices ?

— Elles sont en train de le faire, je pense.

Aurore prit la parole :

— Cela me parait inutile de parler entre nous de ce qui se passe là-bas. Hadrien et Kirsten savent ce qu'il faut faire. En revanche, je m'interroge toujours sur ces cerveaux, sur leur survie dans ces bacs, des liens qu'ils ont ou pas avec les oiseaux, des éventuelles connexions qu'ils peuvent avoir avec la tablette et avec cette planète de malheur qu'est Aglaé...

Le bon sens et la voix de la raison venaient de s'exprimer.

— Sage réflexion, Aurore, dit Erika. Concentrons-nous là-dessus.

— Ces cerveaux bougent quand il se passe quelque chose *quelque part*, dit Julie, on ne sait pas bien où d'ailleurs... Mais je suppose que s'ils bougent c'est qu'ils sont stressés.

Théo et Erika se regardèrent : ils avaient bien fait de demander que ces deux jeunes filles soient présentes.

— S'ils stressent, ajouta Joseph, c'est qu'ils ont... une conscience ? Une certaine intelligence ? Ou est-ce un simple réflexe ?

— Je ne crois pas à un simple réflexe, dit Théo.

— Moi non plus, ajouta Erika, mais, pour moi, il n'y a pas de pensée sans corps qui pense. Cela limite les choses... Ont-ils une certaine conscience ? Si oui, je les plains.

— Moi aussi, ponctua Joseph. Il serait intéressant d'avoir l'avis des jumelles là-dessus. Je suis persuadé qu'elles auraient une opinion pointue sur la question.

— Oui, mais je me demande bien où elles sont en ce moment et si elles sont bien vivantes.

— J'en suis sûre, dit Aurore, elles sont vivantes.

Elle avait dit cela avec tellement d'aplomb et de sérieux que personne n'osa en douter.

À bord de l'*Athéna*, l'équipage était inquiet et, ce qui enrageait le Commandant, c'était qu'il ne pouvait pas faire grand-chose. Curieusement l'albédo de la planète avait augmenté ainsi que la force du bouclier magnétique. Ces deux facteurs eurent pour conséquences de repousser le vaisseau un peu plus loin dans l'espace qu'il ne l'était et les communications avec le sol étaient devenues plus longues et beaucoup moins claires.

Hadrien et Lee avaient demandé à Ann et Nils de se joindre à eux afin de parler de tout ce qui venait d'arriver. Bien sûr, Cérès était aussi à l'écoute.

Ann, en tant que cryogéniste et donc spécialiste du froid et des liquides dans lesquels elle plongeait les humains, orienta d'emblée la conversation sur les sujets que tous ici voulaient approfondir :

— Avant de revenir sur ce qui se passe sur Aglaé, événements sur lesquels pour le moment on ne peut absolument rien faire, je pense qu'il faudrait enfin se poser et réfléchir à ce que nous savons. Peut-être cela pourra aider Kirsten et Diane sur le terrain.

Hadrien acquiesça et Ann continua :

— Pour moi, les cerveaux découverts sur Arion ont une grande importance. Ils sont là depuis tellement longtemps qu'on doit se demander non pas comment ils interagissent ou pas avec l'extérieur car on n'en sait rien du tout, mais pourquoi et dans quel but ont-ils été mis en pareille situation ? Ces cerveaux ont dû avoir une enveloppe charnelle ou tout autre organisme possible quand ces entités - ces êtres

- vivaient autrefois… Séparés de leur corps et de leurs organes quels qu'ils soient ou quelles qu'elles soient, privés de tous leurs moyens et plongés dans des cuves afin de survivre, tout cela pose tout un tas de questions plus que perturbantes.

— C'est le moins que l'on puisse dire, dit Hadrien.

Nils emboita le pas à Ann :

— Que perçoivent-ils dans leur cuve ? Si tant est qu'ils perçoivent quelque chose… Ont-ils des émotions ? J'en doute… Mais quid de la conscience ? En ont-ils encore une ? Pour moi, je ne pense pas.

— Pour qu'un état de conscience émerge, intervint Hadrien, il faut que l'information circule et voyage dans le cerveau sur de longues distances.

— Et le cerveau humain, ajouta Lee, contient plus de cent milliards de neurones, ce qui au passage correspond approximativement au nombre d'étoiles qu'il y a dans la Voie Lactée.

— *Humains…* Mais le sont-ils ?

— En tout cas, ils ressemblent aux nôtres.

— Et comme les prélèvements ont échoué, on n'en sait rien. Recentrons-nous ! Je pense à quelque chose : sur Arion, ces cerveaux agissent-ils en émetteur ? Puisqu'on a constaté des relations avec les oiseaux, avec la tablette et avec toi Cérès auparavant ?

L'IA s'exprima alors :

— Oui, mais je n'ai aucun rôle là-dedans.

« C'est Roland qui s'amuserait de cette réflexion… » pensa Hadrien.

Cérès continua :

— Mais, s'il y a un émetteur, il doit y avoir un récepteur ou plutôt une réceptrice. C'est une évidence et elle s'appelle Aglaé !

Tout le monde pensait la même chose mais personne n'en tirait de conséquences ni d'explications plausibles. Bref, on restait dans le noir (*dans le vide ?*).

Nils ajouta :

— Si la conscience détermine l'existence… Alors, s'ils ne sont pas conscients, ils ne sont donc pas vivants. Or ils le sont, donc ils en ont une.

— Libres à vous de penser cela, dit Hadrien, mais encore une fois, nous parlons de ce que nous connaissons, alors que le problème qui nous préoccupe est extra-terrestre !

— S'il existe de nombreuses similitudes entre le cerveau et l'Univers, insista Lee, alors il n'y a aucune distinction majeure véritable entre n'importe quel cerveau existant. Comme déjà exprimé, nous sommes tous des extra-terrestres ! Pour revenir à la conscience, je crois à la notion de panpsychisme, c'est-à-dire que la conscience n'est pas réservée qu'à des organismes vivants mais qu'elle est inhérente à la matière elle-même, présente partout dans chaque particule ! Elle existerait donc fondamentalement dans l'ensemble de l'Univers.

Cérès intervint :

— C'est une notion très intéressante qui me parle au plus profond de mes équations et de mes algorithmes, et…

Hadrien lui coupa la parole :

— Tout ceci est exaltant, mais c'est pour moi un autre sujet ! Ce qui importe en tout premier lieu c'est que l'on fasse tout pour retrouver Arthur et les siens ! Et pour l'instant je ne vois rien que nous puissions faire…

— S'ils sont *simplement* prisonniers de quelque chose, dit Ann, alors je pense qu'ils trouveront une solution pour s'en sortir. Ce sont quatre personnes extrêmement douées et intelligentes, qui ont beaucoup d'imagination et qui se sont déjà sorties de situations inextricables. On peut garder espoir !

— Recontactons Kirsten et Diane, dit Hadrien, afin de savoir ce que donnent leurs survols.

Albédo

Sur Aglaé, les deux amies revenaient juste de leur deuxième survol des endroits où la petite troupe avait disparu. Elles n'avaient absolument rien distingué de probant au sol. Il régnait toujours une tristesse éternelle sur ce paysage fait de roches, de sables, de plaines et de petites montagnes. Le gris dominait sur ces espaces infinis tantôt noirâtres tantôt blanchâtres. Seuls les lacs ressortaient d'un blanc éclatant. Ils envoyèrent un message à Hadrien pour signifier qu'elles n'avaient rien trouvé de particulier.

Mais le temps pressait car elles n'allaient pas pouvoir rester encore très longtemps avec leurs deux navettes sur la surface de cette exoplanète. Elles allaient devoir se rationner.

Dans leur geôle sans aucune ouverture, les cerveaux des trois humains et du robot étaient aussi en ébullition même si leurs corps ne pouvaient rien faire. La cellule toute en pierre devait mesurer environ six mètres sur quatre et trois de haut. L'un des côtés était bordé d'un banc de pierre scellé au mur sur lequel on pouvait s'allonger. Une porte blindée, pas de fenêtre, et un éclairage blanc venant du plafond. Lugubre.

Ils étaient là depuis trois heures déjà et sans aucune nouvelle, ni interventions de leurs gardiens. Arthur était assis, Lania et Kéa tournaient en rond. Quant à Roland, il s'était allongé sur le banc et avait les yeux fermés. Se concentrait-il ?

Un ronflement se fit entendre. Persistant. Alors Arthur demanda :

— Qui est-ce qui ronfle ?

Étant donné que les jumelles marchaient, tous les regards se tournèrent vers Roland qui ne bougeait pas.

— Un robot ne ronfle pas, dit Lania, ce n'est pas possible.

Kéa approcha son visage de sa tête et confirma :

— En tout cas, ça vient de lui !

Elle le secoua doucement. Il ne bougea pas.
— Il est en mode pause ?
— Laissons-le. Je pense qu'il s'économise car il n'y a aucune recharge ici.
— Quelle est son autonomie ?
— Chez lui, longue : trois jours.
— N'empêche qu'on dirait qu'il ronfle…
— On lui demandera quand il se *réveillera*… Étudions plutôt notre situation.

Lania demanda :
— Avez-vous remarqué comme moi quand ils nous ont amenés ici l'immense salle en contrebas ?
— Oui, répondit Kéa, il y avait des alignements de grands bacs avec je ne sais quoi dedans et la salle avait l'air gigantesque !

Arthur se leva, excité et énervé :
— Mais c'est qui ces espèces de robots dégénérés qui nous ont enlevés ? Et pourquoi ? Ils protègent quoi ?
— Si on le savait… En tout cas, cette planète est hyper surveillée : d'abord l'albédo élevé puis le bouclier, puis ces gardiens. Ça fait beaucoup !
— Repartons du début, dit Kéa. Sur Arion, nous avons des cerveaux - *a priori vivants* - dans des bacs surveillés de loin par des oiseaux. Nous savons, via la tablette, qu'il y a une relation entre Arion et Aglaé mais nous ignorons laquelle. Ici, nous ignorons ce que surveillent les robots et…

Lania interrompit sa sœur :
— Comme tu viens de l'exprimer, cela laisserait à penser que ce serait peut-être… et pourquoi pas… cela pourrait être leur corps ?
— Quoi ?? lança leur père. Arrêtez de dire n'importe quoi ! C'est délirant comme explication.

Albédo

— Ça se tient. Je ne sais pas si c'est ça et encore plus j'ignore pourquoi mais ça se tient !

C'était au tour d'Arthur de tourner en rond. Il s'arrêta soudainement car les ronflements de Roland redoublaient.

— Et celui-là qui dort ! On est où ici ?

— Papa, calme-toi, dit Lania, ça ne sert à rien de s'exciter.

Une nouvelle voix se fit entendre :

— Pourquoi criez-vous ? demanda Roland en se redressant avec une mine rose comme s'il venait de piquer un somme réparateur.

— Roland, on aurait dit que tu dormais et qu'en plus tu ronflais ?

— C'est inexact bien sûr et vous le savez bien… Je me reposais simplement.

— Tu ronflais !

— Alors cela doit venir de ma ventilation… Mais on a mieux à faire que de parler de moi, non ?

— Oui, on essayait d'y voir un peu plus clair dans la situation présente.

— Je vous entendais… Et il n'y a qu'une seule solution.

— … ?

— Il faut sortir d'ici.

— Merci pour ta contribution mais on espérait de toi une réflexion plus …intelligente.

Roland se recoucha et ferma les yeux à nouveau.

Lania et Kéa se regardèrent :

— On n'en tirera rien aujourd'hui.

— Il est bizarre depuis quelque temps, je trouve, dit Arthur.

— Humeur de robots sans doute.

— Mais on a besoin de lui !

— Revenons à notre sujet, dit Arthur. Pourquoi ce seraient des cerveaux sur Arion et des corps sur Aglaé ? Ça n'a aucun sens ! Et ça défie l'entendement !

— Pardonne-moi mais après tout ce que nous avons vécu jusqu'ici plus rien ne va m'étonner.

— Lania a raison et ce n'est pas dans cette cellule que nous résoudrons notre problème !

— Mais que pensez-vous de la similitude des paysages avec celui de Simbad ?

— Coïncidence : deux planètes peuvent avoir des environnements similaires.

— Et que faites-vous de ces lacs blancs que nous connaissions aussi ?

Les jumelles réfléchirent puis entamèrent une joute rapide comme elles en avaient pris l'habitude entre elles. Lania commença :

— Lac blanc synonyme de substance blanche.

— Substance ou matière blanche qui remplit près de la moitié du cerveau humain.

— Substance blanche composée de milliards d'axones qui sont des sortes de câbles de communication reliant les neurones d'une région du cerveau à une autre.

— Et qui font office de routes pour l'information.

— Substance blanche qui se trouve aussi dans le tronc cérébral qui est un des sièges de la conscience.

— En revanche, la relation avec les lacs blancs n'est absolument pas prouvée même si les lacs de Simbad avaient des vertus nutritives et régénératrices.

— Ouais... bon ! Mais on n'avance pas Kéa, on s'embrouille !

Roland, tout à coup, sortit de son « sommeil » :

Albédo

— Si vous voulez un autre point d'embrouille, en voilà un : vous négligez un point important lié à Aglaé : l'albédo. Albédo en latin veut dire blancheur, autrement dit symbole de la couleur blanche qui est celle entre autres de la déesse grecque Héra. Je vous rappelle que notre vaisseau l'*Héra* avait sombré, non pas dans un trou blanc ce qui est impossible, mais dans une déchirure lactée de l'espace, une faille blanche inconnue, Empyrée ou autre, on ne le saura jamais. Cela fait beaucoup de coïncidences…

Arthur cassa un peu plus le duo vite interrompu des jumelles :

— Merci Roland !... On a donc : lac + substance blanche + cerveau + conscience + albédo + Héra + faille spatiale, égale ? Égale quoi ??

Lania répondit :

— Rien du tout.

— Un casse-tête, répondit Kéa.

— On fait fausse route, ajoutèrent Lania et Kéa.

C'était bien la première fois depuis longtemps qu'un dialogue entre elles ne donnait aucune avancée probante. Quoique…

— Il faut qu'on sache ce qu'il y a ici sur Aglaé ! dit Arthur.

— Il faut donc sortir de cette cellule, redit Roland, *Nil volentibus arduum*.

— C'est-à-dire ?

— *Rien n'est impossible à qui le veut.*

— Montre-nous alors !

Sur ces paroles, la porte s'ouvrit avec fracas.

Albédo

Les deux forces que sont l'entropie et l'évolution sont des partenaires bien assorties dans le processus d'émergence de la vie. (Brian Greene, physicien)

La question fondamentale que pose le principe anthropique est la question de la nécessité des lois de la nature.

17. Interventions

Un robot-machine entra dans la cellule et posa au sol une plaque métallique avec quatre bols en fer. Puis il sortit aussi vite qu'il était rentré et referma la lourde porte.

Ils s'étaient tous mis au fond lorsque la créature était rentrée.

Lania s'approcha la première des bols et scruta leur contenu. Elle hésita, remua un peu le bol pour faire bouger le liquide à l'intérieur et annonça :

— Ça vient du lac, j'en suis sûre !

Les autres s'avancèrent et ne purent que confirmer :

— De la substance blanche ! s'écria Kéa.

— Ils croient qu'on va bouffer ce genre de… dit Arthur.

— C'est notre seule solution, le coupa Lania, si on ne veut pas mourir de faim dans cette cellule ! On connaît les propriétés de cette substance et on en connaît les effets. Je vous conseille d'en boire lentement et par petites doses pour éviter que notre estomac ne soit trop perturbé… Quant à toi Roland, il va falloir que tu en boives un peu pour faire semblant, car s'ils s'aperçoivent que tu n'es pas comme nous…

Il fit une drôle de tête mais acquiesça contraint et forcé.

Ils prirent leur bol et goûtèrent de ce liquide blanchâtre. Ça n'avait pas de goût particulier. Mais à ce régime-là, même nutritif, ils n'allaient pas tenir très longtemps. Ils s'assirent par terre et prirent leur mal en patience. Quand elles saisirent à nouveau leur bol entre leurs mains, une pensée jaillit dans leur cerveau au même moment. Elles se regardèrent. Les événements les avaient empêchées de se concentrer dessus : pourquoi toutes ces étranges similitudes avec l'exoplanète de Simbad ?

Mais là n'était pas l'urgence : il fallait qu'elles sortent d'ici !

Un jour de plus passa et les missions de reconnaissance de la région ne donnèrent rien.

Kirsten et Diane reçurent un ordre du Commandant Hadrien :

« Les communications étant de plus en plus mauvaises, rejoignez l'*Athéna* pour vous réapprovisionner et pour faire le point entre nous. Laissez une navette et trois robots au sol au cas où. »

Kirsten et Diane, la mort dans l'âme, redécollèrent d'Aglaé sans leurs amis. Elles laissèrent la consigne aux robots d'attendre à cet endroit au cas où. Et sans prendre d'initiatives hasardeuses.

Lorsqu'elles rejoignirent enfin le vaisseau, le plaisir premier fut d'aller se doucher. Elles y allèrent toutes les deux et se retrouvèrent nues à côté l'une de l'autre. Une pensée ardente jaillit entre les deux mais bien vite éteinte car l'heure n'était pas du tout aux ébats.

Dans la salle de commandement, Hadrien venait d'organiser une visio avec Arion, même si le temps de réponse entre les deux était à chaque fois de quelques dix minutes. À côté de lui se tenaient Ann, Nils et Lee rejoints par Kirsten et Diane.

En Arion, Théo avait aménagé la pièce de son bureau de la mairie pour recevoir les personnes concernées au premier chef : Erika, Éva et Joseph. Il préviendrait les autres plus tard. Kirsten fit un compte rendu de l'état de la situation sur Aglaé. Les mines de chacun s'assombrirent. Les solutions - s'il y en avait - étaient encore à trouver.

« Nous avons maintenant plusieurs sujets de questionnements sur tout ce que nous avons découvert, déclara Hadrien, mais l'urgence absolue est de retrouver *(il faillit dire « en vie » mais il s'abstint voulant ménager Éva)* les jumelles avec Arthur et Roland… Nous ne savons rien sur leur disparition mais nous pouvons échafauder des hypothèses car tout porte à croire qu'ils sont « tombés » sur quelque chose. Nos robots semblent avoir été détruits ce qui suppose que les humains auraient été enlevés puis qu'on n'a trouvé aucun autre indice. Par quels sinistres aliens ? Aucune idée... Mais j'ai une hypothèse, je ne sais pas ce qu'elle vaut mais... la voici : je crois, comme nous l'avons déjà souligné, qu'Arion et Aglaé sont intimement liés. Imaginons que la civilisation extraterrestre existante, il y a des siècles, ait été décimée par une autre et « punie » par cette dernière en séparant les cerveaux des corps ! Les cerveaux auraient été placés dans les cuves que l'on connait sur Arion et les corps dans je ne sais quoi sur Aglaé... Par qui et surtout pourquoi, on n'en sait rien ! Terminé. »

Tout le monde réfléchit à cette proposition en attendant l'avis des autres sur Arion. Dix minutes après, ce fut Erika qui s'exprima : le décalage visuel était étrange mais personne n'y prêtait attention.

« Hypothèse que je pense tout à fait possible et sans doute probable... Comme nous avons du décalage, je vais essayer d'être brève : on ne connait pas le pourquoi mais j'ai une idée sur le qui ou le quoi... Quel intérêt pour une civilisation alien de séparer des cerveaux des corps et les maintenir ainsi ? S'ils avaient voulu annihiler un ennemi, il suffisait de les exterminer ! Je pencherais plutôt pour des êtres dépourvus de sentiments, d'intelligence et de conscience. Ce qui veut dire... robots. Robots technologiquement très avancés mais sans aucun esprit ni... âme, si je puis me permettre. Qu'en pensez-vous ? »

— C'est intéressant, déclara Hadrien de son coté, pourquoi pas ?

Cérès s'immisça dans l'échange :

— Je trouve cette idée séduisante, j'ai toujours trouvé que les robots étaient par définition sans cœur et sans cerveau !

— Pas tous, dit Kirsten énervée, et tu le sais bien, Cérès ! Pense à Roland et aux autres de la même conception.

— Je te l'accorde.

— Ok. Partons là-dessus, reprit Hadrien. Mais quelles actions peut-on mener ?

— Je ne vois que la force ! dit Kirsten. Envoyons une dizaine de nos robots à nous et essayons de forcer le passage que nous avons trouvé la dernière fois, Diane et moi, avec des explosifs puissants !

Hadrien conclut :

« Accordé. Nous allons mettre en place cette opération. Pour vous sur Arion, nous vous tiendrons au courant. Terminé. »

Sur Arion.

— Mais que vont-ils faire ? demanda Éva.

— Ne t'inquiète pas, répondit Erika, ils savent ce qu'ils font. En tout cas maintenant pour nous, il faut s'armer de patience.

Joseph sortit rapidement et courut en son église du Dauphin afin de prier pour les jumelles, leur père et... Roland. « Mais oui, pourquoi pas Roland aussi ? » se dit-il.

À bord de l'*Athéna*.

— Aucune conscience, demanda Diane en réaction aux propos d'Erika, vous en êtes sûre ?

— Pour moi, répondit Kirsten, les machines ne sont pas dotées de conscience tout simplement parce qu'elles sont dénuées de cette substance non matérielle sur laquelle repose notre propre sentiment d'être conscient.

— Très juste, acquiesça Hadrien, la conscience est le produit d'une évolution biologique donc les robots n'en sont absolument pas pourvus. Roland, par son éducation poussée, accède à une certaine idée de conscience mais pas plus.

Lee voulut rajouter quelque chose mais l'heure n'était plus à la discussion. De plus, il avait hâte d'en découdre.

Albédo

L'opération sous contrôle général de Kirsten débuta avec de la chance : Hadrien, voulant retester l'état du bouclier magnétique en vue de cette offensive, constata que celui-là venait de disparaître et que l'albédo de la planète était redevenu normal. Ne sachant et ne pouvant l'expliquer, ils prirent cela comme un signe positif.

L'*Athéna* put enfin se positionner en orbite géostationnaire (36 000 Km) afin d'avoir une vue d'ensemble. Le vaisseau pourrait donc communiquer maintenant avec le sol en direct et avec un délai très court.

Deux navettes furent équipées avec huit robots dans chacune. Kirsten prit le commandement de l'une et Lee, pour la première fois, le commandement de l'autre. Les armes, les munitions, et les explosifs furent chargés à bord. Chacun s'équipa de radios et de leurs Speak-e et les deux navettes descendirent sans délai au sol.

Arrivé sur site, tout le monde s'équipa pour mener à bien l'action de libération des « otages » détenus dans une cellule d'Aglaé par des aliens inconnus.

Après réflexion, c'était bien leur certitude.

La petite troupe lourdement chargée et armée s'élança vers le lieu des grottes préalablement situées pour poser leurs explosifs. Ils en auraient pour plusieurs heures.

À bord de l'*Athéna* ainsi que sur Arion, une longue et impatiente attente commença. Puis tout se précipita. De lourdes et puissantes explosions retentirent suivies d'éboulements, de nuages, de débris et de poussières qui mirent un très long moment à se dissiper. Hadrien contacta par radio Kirsten qui devait se trouver à plusieurs centaines de mètres à l'abri pour lui demander un point de la situation.

— Kirsten, ici Hadrien, les charges explosives ont-elles eu l'effet attendu ?

— Commandant ? cria-t-elle à cause du bruit qui régnait autour.
— Oui !
— C'est pas nous.
— Comment ça, c'est pas nous ?
— On s'était posés à l'abri comme prévu et les robots se préparaient pour monter le matériel quand de très fortes explosions ont eu lieu !
— Mais qui… qui a fait exploser quoi ??
— D'après ce que je vois, a priori des entrées dans les grottes ont été soufflées. Mais par qui, c'est la grosse inconnue ! Nous restons en alerte, nous surveillons et attendons les premiers mouvements pour prendre les décisions qui s'imposeront.

Dans leur cellule, les jumelles, Arthur et Roland se morfondaient. Lorsque le bruit des déflagrations arriva, ils sursautèrent et se demandèrent ce qu'il se passait. Puis des tirs nourris et des bruits de luttes acharnées se firent entendre. Les hostilités durèrent environ une demi-heure ce qui sembla une éternité pour ceux qui n'y participaient pas. Quelques explosions encore puis… un grand silence.
Arthur demanda :
— Vous croyez que ce sont Hadrien et Kirsten derrière tout ça qui viennent nous libérer ?
— C'est bizarre, dit Lania, ce n'est pas le bruit de nos armes.
— Tu as raison, dit Kéa, c'est ce que j'ai pensé aussi… Roland, un avis ou tu dors encore ?
— Avec tout ce bruit, pas vraiment. Mais si ces machines sont attaquées cela ne peut être que bénéfique pour nous… En revanche, comme vous, je ne reconnais pas du tout les armes de nos robots.
La porte s'ouvrit d'un coup. Fumée et poussières envahirent très vite la petite pièce.

Albédo

— Reculez ! cria Arthur.

Même si cela ne changeait pas grand-chose, ils se blottirent au fond contre le mur. La poussière retombant à terre, ils commencèrent à y voir un peu plus clair. Des silhouettes apparurent dans l'encadrement. Les quatre prisonniers ne purent en croire leurs yeux. Devant eux se tenaient de grands êtres grisâtres aux corps lisses, translucides et uniformes avec leur thorax rougeoyant et leurs pieds bidirectionnels.

Lania chuchota à Kéa :

— Tu crois que c'est...

Arthur s'écria:

— Simbad! C'est Simbad! Mais que font-ils là ??

Des borborygmes lui répondirent. Personne n'avait bien sûr branché son Speak-e, petit appareil bourré de technologie de traduction automatique de langues « exotiques » situé dans l'oreille. Il leur avait déjà servi par le passé et comme la langue simbadienne lui était connue, dès qu'ils le branchèrent, tout devint clair. Un Simbadien s'adressa à eux :

— *Arthur... Lania... Kéa...*

Il hésita pour le dernier et sa voix fut moins enjouée :

— *Roland...Vous ?...*

Arthur répondit immédiatement :

— Oui ! Mais que faites-vous ici ??

— *Suivez-nous. Explications plus tard... Vite !*

Après avoir remis leurs casques, ils furent poussés hors de leur cellule et retraversèrent les longs couloirs par lesquels ils étaient arrivés.

« Toujours aussi fluides et rapides ces êtres ! » pensa Kéa.

Arrivée devant la vitre où l'on voyait l'immense salle en contre bas remplie de bacs, cuves, boites, cercueils, Lania chercha à y voir plus clair, mais Simbad la poussa et l'enjoint à le suivre.

— *Après, après !* dit-il.

Ils sortirent de la grotte et encore une fois furent stupéfaits du spectacle.

Loin devant eux, se trouvaient Kirsten, Lee, une douzaine de nos robots et… une centaine de Simbadiens armés.

Kirsten leur fit signe :

— Par ici ! Venez vous mettre à l'abri !

Ils descendirent la côte et bientôt arrivèrent en sécurité derrière un vaste monticule. Ils s'étreignirent les uns les autres mais Kirsten leur dit aussitôt :

— On rentre aux navettes. Je pense que vous avez besoin d'eau et de nourriture, non ?

Lania et Kéa semblaient indécises. Lania prit la parole :

— On ne quittera pas ces lieux avant de savoir ce que cache cette planète !

Kirsten haussa le ton :

— Plus tard ! On va aux navettes en premier lieu. On laisse les Simbadiens se débrouiller avec ces machines aliens et, quand ils nous préviendront, nous y retournerons !

— Avant tout, ajouta Lee, ils doivent nettoyer le secteur, nous ont-ils dit.

— Alors écoutons-les, dit Arthur, car en général ils ne plaisantent pas !

On entendait de nouveau de nombreux tirs et explosions. Il était plus que temps de revenir aux navettes pour se restaurer et ils en avaient bien besoin.

Lorsque tous les humains furent à bord, les trois anciens prisonniers allèrent se nettoyer sommairement car ils ne sentaient vraiment pas bon. Puis ils avalèrent une ration de fruits broyés et burent beaucoup d'eau.

Kirsten, après avoir mis au courant le Commandant Hadrien, commença à leur raconter ce qui s'était passé :

— Ils ont surgi d'on ne sait où et nous ont encerclés. J'ai ordonné à tous de ne pas bouger car j'ai fini par les reconnaître mais c'était moins une !... Impossible de les confondre avec d'autres ! Ils nous ont dit de rester là, de ne pas bouger et qu'ils s'occupaient du reste. Puis ils ont filé aussi vite qu'ils étaient arrivés et quelque temps après les explosions ont retenti.

— Tu n'en sais pas plus ? demanda Arthur.

— Non...

— Ni pourquoi ils sont là et dans quel but ? demanda Lania.

— Et nous ? ajouta Kéa, ils savaient qu'on se trouvait là ?

— Je n'en sais pas plus que vous. Il faut attendre qu'ils reviennent.

— En tout cas, on leur doit une fière chandelle.

Un appel de l'*Athéna* résonna dans la navette. C'était Hadrien :

— Un vaisseau vient de nous prévenir qu'il allait arriver et qu'il fallait rester sur place ! Je suppose qu'il s'agit d'un vaisseau simbadien.

Effectivement, une minute plus tard un gigantesque vaisseau spatial qui devait faire dix fois la taille de l'*Athéna* se dressa devant les yeux écarquillés de tout l'équipage.

— Incroyable... Impensable..., s'exclama-t-il.

Puis un bruit strident suivi de frictions linguistiques incompréhensibles dans la radio de bord se fit entendre et ils entendirent :

— *Salutations, race terrienne. Pas intervenir. Notre opération !*

Aucun être humain n'avait envie de contredire ce genre d'ordre venant d'une puissance bien plus forte.

En orbite, comme au sol sur Aglaé, on ne put que patienter.

À bord d'une des navettes, les questionnements multiples fusèrent de la part des jumelles.

— Il faut absolument savoir, dit Lania, ce que cachaient ses machines robots dans la salle que nous avons aperçue en traversant leur couloir. On est venus pour ça. C'est d'une importance vitale d'en savoir plus sur la vieille civilisation d'Arion et s'il y a vraiment un rapport entre Arion et Aglaé !

— De la même façon, dit Kéa, il faut savoir pourquoi Simbad est intervenu ici et dans quel but ? Je ne suis pas sûre du tout que nous en soyons leur seule raison ! Je pense plutôt qu'ils ont quelque chose à faire sur Aglaé au vu des similitudes étonnantes avec leur planète !

Hadrien ajouta par radio :

— J'ai essayé de demander des infos au Commandant du vaisseau mais la seule réponse a été : « *Attendre fin opérations* »

Et on attendit.

De là où les navettes se trouvaient, ils ne pouvaient rien voir, juste entendre les bruits des combats. En revanche, depuis leur orbite le vaisseau terrien pouvait observer de très loin les explosions et les nuages noirs se propager de plus en plus.

Les luttes armées continuèrent pendant près d'une journée entière puis tout cessa.

Un drôle de calme s'ensuivit.

Les humains attendaient des nouvelles des Simbadiens avec impatience.

Sur Arion, Arès et Chloé constatèrent que les cerveaux étaient retombés dans un calme olympien et que les oiseaux gardiens voletaient dans le ciel à très haute altitude ce qu'ils faisaient rarement. C'était bon signe.

Théo s'en réjouit et décida de faire revenir Arès et Chloé en Argos, ce qu'ils firent rapidement car ils commençaient à en avoir assez de rester sur place.

À leur arrivée chez eux, Théo les attendait.

— Qu'est-ce qu'il veut encore ? grommela Arès à l'attention de Chloé tous deux encore dans leur véhicule.

Théo s'en approcha et lui dit :

— Le cerveau que vous aviez ramené est mort... Je pense qu'il n'a pas survécu à sa nouvelle « vie », ce qui me parait tout à fait normal. Pas assez de ce liquide dans lequel il baignait... Et peut-être aussi l'éloignement forcé de ses congénères, si je peux m'exprimer ainsi !

— Il est mort depuis quand ?

— Une bonne semaine !

— Et bien sûr tu as attendu qu'on revienne pour nous le dire !

Théo hocha la tête. Il était hors de question qu'Arès en ramène un autre.

Arès sortit du véhicule, rentra chez lui et se précipita vers sa cuve dans laquelle baignait à peine un cerveau noir et rabougri. Il prit le tout et le jeta à la poubelle.

Une pensée éclata dans son cerveau :

« Mon pauvre vieux, mille ans de vie végétative pour finir dans une poubelle ! »

Puis il éclata de rire. En fait, il s'en moquait complètement.

En orbite autour d'Aglaé, Hadrien était subjugué par ce qu'il voyait à travers la grande baie vitrée de l'*Athéna*. Le vaisseau de Simbad était vraiment monumental. Ils étaient tellement petits à côté, qu'il se sentait mal à l'aise : « S'il venait à nous attaquer, on serait pulvérisés en moins de deux ! » Mais pour le moment, il restait sage et immobile.

Au sol sur Aglaé, Lania et Kéa continuaient à se poser mille questions sans vraiment pouvoir élaborer des ébauches de réponses correctes. Même si Simbad venait de les sauver, elles restaient entièrement à leur merci.

En attendant des nouvelles du front, les jumelles s'équipèrent et ressortirent de leur navette pour parler tranquillement entre elles. Elles coupèrent leur canal de communication extérieur et n'ouvrirent que le leur.

Dans la direction des hostilités, le ciel était sombre. D'épaisses fumées se dégageaient à l'horizon en de multiples endroits.

— Pour moi, commença Lania, la victoire des Simbadiens ne fait aucun doute.

— Je suis bien d'accord et je pense qu'on peut affirmer qu'il y a bien une relation directe entre Aglaé et Simbad ! Mais pourquoi intervenir maintenant ? Là est la question.

— On doit y être pour quelque chose.

Elles entendirent alors de nouveaux tumultes et relevant leurs têtes afin de scruter l'horizon, les jumelles virent arriver au loin, se dirigeant droit vers elles, plusieurs centaines de Simbadiens armés.

La flèche du temps est orientée dans le sens de l'accroissement de l'entropie.

La flèche du temps indique ce qui s'est passé depuis la naissance de l'Univers en passant par l'organisation des atomes, des étoiles, des planètes jusqu'à l'apparition de la vie.

III

CONSCIENCES

18. Ignares mais pas idiots

Elles avaient environ une demi-heure devant elles avant qu'ils n'arrivent.

— Tu te rappelles comment ils étaient ?

— Bien sûr ! Civilisation très avancée. Très hautes technologies maitrisant le transport spatial avec quelques centaines d'années d'avance sur nous, mais totalement ignares en ce qui concerne l'art et la culture !

— Ouais, j'ai en mémoire ce que Diane disait d'eux, c'était peu flatteur. Je ne sais pas quel cerveau ils ont mais il doit y avoir un certain nombre de manques…

— En tout cas, cela fait la deuxième fois qu'ils nous aident.

— Pas tous, souviens-toi.

— Peut-être que celui qui nous avait aidés a pu convaincre les autres.

— Ce n'est certainement pas un hasard si cette planète est aussi similaire à la leur.

— Non, je ne crois pas à ce genre de hasard. Mais il y a quand même une différence de taille car sur Simbad l'air était respirable, alors qu'ici pas du tout !

— Différence d'évolution dans le temps certainement…

En orbite, Hadrien et les autres assistèrent à un curieux spectacle : du vaisseau alien s'ouvrirent une vingtaine de « petits » sas d'où sortirent une vingtaine de navettes toutes trois fois plus grandes que celles de l'*Athéna*. Elles restèrent immobilisées quelques dizaines de secondes puis foncèrent tout à coup vers le sol. Si le mouvement occasionné était plutôt féérique, son fondement semblait des plus conventionnels : le Commandant Simbad envoyait certainement ses navettes récupérer ses soldats. En tout cas, c'est ce que pensait Hadrien.

Ignares peut-être mais certainement pas idiots.

— Il faut qu'on y retourne !
— C'est indispensable.

Lania et Kéa ne pouvaient pas ignorer ce qu'elles avaient entrevu en entrant et en sortant de leur cellule. Cette salle mystérieuse en contrebas leur laissait à penser qu'elle détenait une partie de l'énigme à laquelle elle faisait face depuis longtemps.

— Dès qu'ils seront là, on les remercie chaleureusement de leur intervention et on leur demande si le site est sécurisé et si on peut y revenir.
— Tu as raison d'insister sur les remerciements : ils nous ont sorties d'un sacré pétrin mais on ne peut pas ignorer qu'ils sont dangereux donc il vaut mieux les flatter.

Elles avaient chaud malgré leur combinaison car le Soleil tapait assez fort maintenant. Des gouttes de sueur commençaient à perler sur leur front.

— Rentrons dans la navette, on aura moins chaud.
— Non, regarde : ils arrivent déjà !

En effet, les Simbadiens avaient mis moins d'un quart d'heure pour arriver alors que les jumelles avaient fixé le double de temps.

Et tout se précipita à nouveau.

Sur la vingtaine de navettes sorties du vaisseau alien, quatre se posèrent toutes autour de celle des humains à environ deux-cents mètres de distance en les encerclant. Toutes les autres se dirigèrent vers d'autres sites plus éloignés. Toutefois ce n'était pas pour récupérer leurs congénères mais pour amener plus de troupes au sol !

Les Simbadiens revenant de leur assaut arrivèrent devant les jumelles qui leur fit un signe amical de la main. L'un deux s'approcha et commença à baragouiner quelque chose. Le temps que le Speak-e agisse, Lania s'exprima :

— Merci infiniment de nous avoir délivrées. Nous vous devons beaucoup mais nous avons mille questions à vous poser dont celle-ci : pourquoi êtes-vous intervenus maintenant et pour quelles raisons ? Nous...

Le Simbadien la coupa :

— *Intervention devenue nécessaire. Trop de temps perdu à d'autres tâches. Nécessité aussi vous délivrer pour...*

Il lança un ordre incompréhensible et en l'espace de moins d'une seconde, deux êtres se saisirent de Lania et tentèrent de l'emmener de force avec eux, mais elle se débattit tellement vigoureusement qu'ils durent resserrer leurs étreintes encore plus fort. Kéa voulut s'interposer mais deux autres l'en empêchèrent en la projetant au sol et en la braquant avec leurs armes. Elle hurla :

— Qu'est-ce que vous lui voulez ? Lâchez-là !

Lania fut poussée à terre et se retrouva toute proche de Kéa. Maintenues solidement toutes les deux, on leur attacha les mains derrière le dos. Elles ne pouvaient plus rien faire. Elles se regardèrent sidérées et effrayées. Que voulaient donc les aliens ?

Juste avant que Lania soit emmenée manu militari, Kéa aperçut à travers son casque une larme coulant de l'œil de sa sœur... à moins que ce soit la sueur ? Elle ne le saura pas.

Le Simbadien l'emmena en la prenant comme un vulgaire sac sur son épaule et fonça vers sa navette.

Kéa de désespoir hurla à nouveau :

— Non !... Lania !

Elle se redressa un peu et regarda sa sœur entrainée de force, la mort dans l'âme. Elle enrageait de ne pouvant rien tenter et éclata en sanglots.

Pour Kéa c'était trop. Beaucoup trop.

Tous les Simbadiens regagnèrent leur navette et repartirent immédiatement vers leur vaisseau mère en orbite alors qu'on entendait à nouveau de puissantes explosions au loin.

Tout s'était passé tellement vite que les humains restés à bord ne purent rien empêcher.

Arthur se précipita hors de sa navette et courut vers Kéa pour la récupérer. Quand il arriva près d'elle, il vit que tout son corps était secoué de sanglots.

Ne sachant pas véritablement pourquoi, il se remémora alors le dernier quatrain qu'Aurore leur avait récité :

Et c'est toujours ainsi, sans but, sans espérance.
La Loi de l'Univers, vaste et sombre complot
Se déroule sans fin avec indifférence
Et c'est à tout jamais l'universel sanglot !

C'était malheureusement de circonstances.

Arthur se dépêcha de défaire les liens qui entravaient sa fille et la remit sur pied. Elle tremblait de tout son corps. Roland arriva aussi à ce moment et, à deux, ils la soutinrent jusqu'à la navette.

À l'intérieur, Kéa retira son casque et le jeta à terre de colère en disant :

— Lania a été enlevée, on n'a plus aucune chance de la revoir !

— Rien n'est sûr, dit Arthur, on verra. Remontons au vaisseau tout de suite !

Ils rejoignirent l'*Athéna*.

Albédo

À l'intérieur, Diane prit Kéa dans ses bras et essaya de la consoler. Mais l'heure n'était plus aux sanglots. Kéa se retira un peu brusquement des bras qui l'entouraient et se dirigea vers le grand hublot. Elle voulait essayer de voir ce qui se passait au dehors. Elle vit les quatre navettes rentrer dans l'immense vaisseau de Simbad. Lania était maintenant au cœur de leur saleté d'engin spatial.

Elle s'attendait à ce qu'ils partent à grande vitesse de son orbite, mais il s'éloigna tranquillement et s'immobilisa beaucoup plus loin. À cette distance, il avait la taille d'un ballon de foot.

« Tant que je le vois, je la vois… » pensa-t-elle. Simbad devait de toutes façons attendre ses troupes qui combattaient encore au sol. Elle se reposa la question : « Mais que lui veulent-ils ? »

Elle se concentra sur sa sœur. Elle savait qu'elles possédaient entre elles des connexions privilégiées même à distance. C'était leur intrication à elles. Mais pour le moment, elle ne ressentit rien ce qui l'effraya à nouveau.

« Peut-être la paroi du vaisseau alien empêche-t-elle toutes connexions ? Ou alors ils bloquent volontairement tous contacts éventuels ? »

Les Terriens face à la puissance des Simbadiens ne pouvaient pas faire grand-chose.

C'était David contre Goliath.

Un abattement incommensurable submergea Hadrien et tout l'équipage de l'*Athéna*.

Pour Kéa, il était impensable de garder les bras croisés. Elle se retourna et vit que tous la regardaient : Hadrien, Kirsten, Diane, Roland, son père et les autres…

— Nous devons agir, nous devons faire quelque chose ! lança-t-elle.

Son visage était encore mouillé et ses yeux cernés montraient à la fois une fatigue extrême et une détermination farouche. En la regardant leur père pensa : « Prendre autant dans la figure depuis le début de leur périple spatial, c'est sidérant ! Je ne sais pas comment elles font pour tenir ! »

— Je ne vois qu'une chose à faire, avança Kirsten, il faut négocier.

— Mais quoi ? répondit Hadrien, on n'a rien et ils sont dix fois plus puissants que nous !

— Et ce sont des brutes incultes ! ajouta Kéa.

— Il ne faut pas oublier qu'ils nous ont libérés ! affirma Arthur qui se tourna vers Roland voyant celui-ci faisant une drôle de tête. Le robot sapiens latiniste et doué s'exprima alors :

— *Conscientia est lux intelligentiae ad discernendum bonum a malo.*

— Roland ! s'impatienta Arthur.

— « *La conscience est la lumière de l'intelligence pour distinguer le bien du mal* » dixit Confucius. Je m'explique : Il ne vous a pas échappé que les Simbadiens ne sont ni intelligents ni conscients du bien et du mal. Ont-ils eux-mêmes une conscience ? Oui bien sûr, mais par leur origine extraterrestre, elle est foncièrement différente de la nôtre. Je pense qu'ils sont au stade premier de la conscience, celui du cerveau reptilien, très développé et technologiquement très avancé chez eux mais très peu sociable et incapable de simuler un futur ou d'imaginer un avenir. Où se situe l'origine de la conscience dans leur cerveau ? Mystère. Les humains ont évolué par sélection naturelle. De leur côté, aucune idée. En tout cas, ils sont plus instinctifs que réfléchis. D'aucuns avanceraient qu'il leur manque des cases. Je préfère dire que l'information circule mal dans leurs cerveaux. Des connexions ne se font pas. De plus, compte tenu de leur environnement particulier que nous commençons à connaitre, je suis persuadé qu'il leur manque donc…

Il regarda attentivement tout le monde voulant créer un suspense, une attente. Il reprit :

— Il leur manque donc ce que nous avons, c'est-à-dire notre fameuse substance blanche ! Dans le cerveau humain, les neurones jouent le rôle fondamental pour le traitement de l'information mais ils ne sont pas les seuls. Il y a d'autres types de cellules : les cellules gliales. Il y en a environ 100 milliards : elles occupent, comme déjà souligné 15% de la superficie de la substance grise du cerveau et jusqu'à 65% de la superficie de la substance blanche. Cette substance blanche ne contient pas les corps cellulaires des neurones mais leur prolongement. Chez nous, enfin chez vous, la substance blanche contient plus de 100 000 kilomètres de voies de communication entrecroisées. Et c'est à travers ce labyrinthe que passe le trafic des informations rendant possible notre pensée. Pensées chez les Simbadiens fortement altérées et pour cause !

Arthur resta sidéré par ce qu'il venait d'entendre mais rajouta :

— D'où les lacs de cette substance blanche qu'ils affectionnent ! Sur leur planète et ici sur Aglaé. Mais ça me parait dément !

— Ok, dit Hadrien. Se pourrait-il qu'ils soient venus ici pour se réapprovisionner ? On ne connait pas leur mécanisme.

— C'est très intéressant tout cela, Roland, dit alors Kéa, mais cela ne dit pas comment nous pouvons récupérer Lania ! Ce que tu dis me fait horriblement peur ! Et s'ils avaient l'intention de toucher à son cerveau pour l'étudier ou faire je ne sais quoi ?

Elle plaqua ses deux mains sur ses yeux pour cacher sa peur et son chagrin, encore une fois effarée et effondrée par cette pensée lugubre qui recommençait à la tétaniser.

— J'ai une idée, s'exclama Arthur. Elle vaut ce qu'elle vaut mais cela vaut la peine d'essayer.

Kéa regarda intensément son père qui poursuivit :

— Si les Simbadiens sont autant intéressés par cette substance blanche alors il faut leur indiquer où ils peuvent en trouver contre l'assurance de relâcher Lania... Mais il faut faire vite !

— Et où trouves-tu ça ?? demanda Kirsten.

— Il a raison, dit Hadrien. Rappelons-nous du système d'Astéria. Il y avait de nombreux lacs blanchâtres !

— Mais on ne sait pas s'ils sont de cette même substance !

— Eux non plus !

— C'est très risqué.

— On doit tout tenter ! dit Kéa. Appelons-les pour négocier, demandons de monter à bord de leur vaisseau et de voir Lania !

Hadrien se précipita vers la radio et tenta de contacter le vaisseau alien. Mais rien ne se passa.

— On s'en rapproche, ordonna Hadrien.

— Vous êtes sûrs de ce que vous faites ? dit tout à coup Cérès.

— Obéis !

— Bien, Commandant.

L'*Athéna* se dirigea vers le gigantesque vaisseau et à distance respectable, lui fit des signaux lumineux demandant un contact radio. La réponse vint très vite :

— *Que voulez-vous ? Sommes occupés sur Aglaé.*

Au même moment, Kéa se prit la tête entre les mains comme saisie d'un mal de crâne et réalisa : « Je ressens Lania ! Elle est vivante mais je ne discerne rien d'autre... »

Le fait d'avoir ouvert les communications avait pu renouer le contact entre les jumelles qui étaient donc toujours bien intriquées. Mais les signaux étaient faibles.

Hadrien s'exprima :

— Demandons permission de monter à bord. Lania, que vous gardez à bord, doit revenir chez nous. Elle ne vous est d'aucun secours. Nous avons trouvé un lieu dans une autre galaxie d'une exoplanète avec des lacs blancs qui devraient vous intéresser.

— …

Une longue minute passa. Puis :

— *Où ?*

— Laissez-nous monter à bord et laissez-nous récupérer Lania.

— …

Une autre minute interminable.

— *Ok, j'ouvre le sas qui est devant vous.*

Hadrien coupa la liaison.

— Ils ont dit oui trop vite, dit Arthur.

— On n'a pas le choix ! J'y vais seul avec deux robots et ce n'est pas négociable ! ordonna Hadrien voyant Kéa qui commençait à frémir d'impatience.

La navette Cor1 sortit de la soute de l'*Athéna* pour rejoindre le sas ouvert du vaisseau. Hadrien comptait sur le raisonnement basique des Simbadiens pour arriver à ce curieux échange : une substance contre un être humain.

Arrivé à bord et accompagné de ses deux robots, Hadrien fit face tout de suite à trois Simbadiens.

Il les salua et annonça qu'au cours de leur voyage ils avaient vu de nombreux lacs blancs qui devaient les intéresser au plus haut point. Il était prêt à leur donner les géolocalisations spatiales en échange de Lania. Il détailla tout de même ce qu'il avait vu et, considérant leur besoin illimité de cette substance, il leur proposa donc ce deal en insistant sur le fait qu'il y en avait beaucoup.

Encore une fois, une minute passa.

— *Vous pouvez reprendre cette femme. Elle oppose trop de résistance à nos tests.*

Hadrien frémit en entendant cela : « Espérons qu'elle aille bien... »

— *Indiquez-nous cette planète. Partez ensuite avec elle.*

— J'ai une autre demande...

Les aliens commencèrent à bouger et leurs corps grisâtres et gluants rougirent au niveau de leur thorax.

— Que venez-vous faire ici ? Que cache la salle qui se trouvait en contrebas de la cellule où se trouvaient mes amis ?

Grand silence, puis il récita d'un seul coup :

— *Longue histoire. D'abord devons finir exterminer robots machines sur planète que vous appelez Aglaé. Ensuite aller sur planète indiquée pour nutrition/régénération. Lacs blancs ici maintenant pollués. Ensuite travail à faire avec cerveaux Arion et enveloppes Aglaé. Nécessite beaucoup temps. Vous pas dangereux pour nous. Acceptons rendre femme. Explications plus tard. Rentrez chez vous. Attendez et restez prêts à aider nous et autre civilisation.*

Hadrien hallucinait. En quelques phrases Simbad venait de lui donner une somme d'informations incroyables. Mais de quelle autre civilisation parlait-il ? « On verra plus tard... D'abord Lania ! »

Il attendit quelques minutes.

Une porte s'ouvrit au loin dans la salle dans laquelle ils se trouvaient.

Lania apparut soutenue par deux Simbadiens. Elle était inconsciente. Hadrien retint sa respiration. Alors qu'il était en casque et combinaison, elle ne portait sur elle qu'un pantalon et un tee-shirt tous deux blancs. Sa tête penchée montrait son crâne qui avait été entièrement rasé et qui comportait plusieurs traces.

« Des traces d'électrodes ? » pensa-t-il.

— Que lui avez-vous fait et comment peut-elle respirer ?
— *Nous avons quelques salles où il y a de l'oxygène. Dont celle-ci. Vous pouvez respirer librement.*
Il regarda Lania toujours maintenue par eux.
— Vous êtes des monstres !
— *Vous aussi. Regardez ce qui arrive sur votre planète que vous appelez Terre !*
— Là n'est pas le sujet ! Comment elle va ?
— *Elle ira. Pas eu assez de temps. Reprenez-la et partez…*
« De temps pour quoi ?? »
Un des deux robots accompagnant Hadrien prit Lania dans ses bras et l'emporta.
Lorsqu'ils se retrouvèrent à bord de l'*Athéna*, Kéa étouffa un cri quand elle vit Lania avec le crâne rasé. Elle la prit des bras du robot et la serra contre elle doucement en lui chuchotant quelques mots et en la réchauffant avec son corps et son esprit. Petit à petit, elle reprit connaissance et murmura : « Ça va aller… » Sa sœur la conduisit ensuite dans l'infirmerie afin de la remettre sur pied et surtout de lui faire passer les tests et analyses nécessaires au vu de son triste état.

Pendant toute la durée des examens que lui fit Nils et son équipe, Kéa resta avec elle en la soutenant de sa présence indispensable et essentielle.
Dans cette attente, Hadrien exposa aux autres ce qu'il avait entendu de la bouche du Simbadien. Pour lui, il n'y avait plus aucun doute sur leur volonté de réunir les cerveaux d'Arion avec *les enveloppes* ou les corps situés sur Aglaé, même s'il ignorait tout de la façon avec laquelle ils comptaient opérer.
— Quand il parlait d'une autre civilisation, je devine qu'il désignait la réunion de ces deux éléments pour la faire renaître. En tout cas, on

verra plus tard. J'espère qu'ils trouveront cette substance blanche qu'ils affectionnent si particulièrement.

Roland intervint :

— Ils en ont besoin pour se nourrir au propre comme au figuré. Cela régénère leur corps et leur cerveau.

Hadrien continua :

— Tu as certainement raison. Restent les questions que nous avons déjà posées sur les circonstances passées de cette civilisation, de leur intervention, de ces robots machines gardiens et de la finalité de tout cela !

— Ce n'est pas rien, ajouta Arthur, mais qu'ont-ils dit à la fin ?

— Nous devons retourner sur Arion et les attendre.

— Combien de temps ?

— Ils n'ont rien dit.

— Laissons-les terminer leur guerre, laissons-les aller sur *Astéria* et attendons leur retour. Quoi qu'il en soit, on ne peut rien faire d'autre que de revenir sur Arion.

— Cela permettra de reprendre des forces, de consolider notre nouvelle implantation et de développer cette planète car je doute que nous puissions un jour revenir sur Terre…

Le trajet retour qui prit un peu plus de six mois permit effectivement à tous de panser leurs plaies diverses et variées et surtout à Lania de reprendre des couleurs et des cheveux !

Ce fut en conséquence un plaisir immense et un grand soulagement lorsque l'*Athéna* arriva enfin dans l'orbite d'Arion.

Albédo

L'entropie ne peut que croitre ou rester constante à l'équilibre. Le deuxième principe de la thermodynamique introduit la notion d'irréversibilité macroscopique (sens de l'évolution) et prend en compte le temps (cinétique).
Ce qui caractérise le principe anthropique, c'est la non-reproductibilité de l'expérience. Nous ne pouvons pas reproduire l'histoire de l'Univers avec des conditions différentes.

19. Spéculations

Quand les navettes Cor 1 et 2 atterrirent près d'Argos en Arion et que les premiers en descendirent - à savoir Hadrien, Arthur, Lania et Kéa, Kirsten et Diane, Ann et Nils, Roland, puis bien d'autres - chacun se dit qu'il était bon de retrouver la terre ferme, l'air, le Soleil, le vent, la végétation, les oiseaux, les couleurs et les odeurs de la nature.
Enfin.
Seuls Lee et une petite partie de l'équipage, surtout composé de robots, restèrent à bord de l'*Athéna* pour en assurer les orbites et la maintenance. Mais ils n'avaient rien de particulier à faire si ce n'était se laisser « porter » par leur vitesse orbitale constante d'environ 30 000 km/heure afin de rester stable à quelque 400 km d'altitude. Et puis Cérès veillait au grain.
Ils furent accueillis par Théo, Erika, Joseph et Éva. Cette dernière, prévenue de ce que Lania avait subi sur Aglaé, se précipita vers elle mais s'arrêta à deux mètres de sa fille pour la regarder.
— Ça va, Maman, tout va bien.
Effectivement elle avait l'air mieux. Elle avait récupéré un peu ses cheveux noirs qu'elle avait gardés courts comme ceux de sa sœur. Mais on ne trompe pas une mère : quand elle la regarda, elle vit tout de suite à ses yeux qu'elle avait vécu un drame même s'il s'était bien terminé. Il y avait dans le regard de sa fille un reste indéfinissable de quelque chose de dur qu'elle remarqua tout de suite. « *Cela lui restera à vie sans doute* » pensa-t-elle.

Albédo

Il y aurait maintenant un signe de plus pour les différencier : un regard beaucoup plus impénétrable chez Lania et toujours un grain de beauté sur la joue gauche chez Kéa.

Lania ouvrit ses bras, Éva s'y réfugia et éclata en sanglots.

Puis chacun se sépara pour marcher et aller constater toutes les grandes avancées que la petite ville avait effectuées. Un peu à l'écart, Arthur et Éva restèrent avec leurs filles et savourèrent le fait d'être à nouveau ensemble. À bientôt trente ans, les jumelles avaient déjà accompli tant de choses et affronté tant de dangers !

Mais l'histoire était loin d'être terminée.

La première nuit fut particulièrement savourée car tous purent enfin dormir dans de vrais lits !

Le lendemain fut une journée de calme, de balades et de repos. Le Soleil et une douce chaleur étaient de la partie et tout le monde semblait joyeux.

Lania et Kéa en profitèrent pour s'éclipser. Elles prirent un véhicule et se rendirent à une rivière beaucoup plus proche que celle de la dernière fois. Elles s'y baignèrent et s'y délectèrent avec une joie sans nom. Enfin, elles respiraient ![22]

Ensemble et seules, c'est là qu'elles étaient en phase, en harmonie. Heureuses tout simplement.

Mais le surlendemain, il fallut revenir à la réalité.

Hadrien déclencha une réunion afin de faire le point nécessaire de ce qui s'était passé et de ce qu'il allait advenir dans un futur proche.

Le Commandant commença la discussion :

— Laissons de côté la guerre de Simbad contre ces robots machines car pour moi l'issue ne fait aucun doute. Vu la détermination et la force de frappe des Simbadiens, ils vont rapidement les exterminer jusqu'au

---

[22] Référence au chapitre 16 de *Agon*.

dernier. Ensuite ils iront sur Astéria pour régénérer leurs corps et leurs cerveaux, puis ils reviendront ici… Il faudra aviser à ce moment-là car on ignore totalement ce qu'ils veulent faire, pourquoi et comment.

Il se tourna vers Lania et lui demanda :

— Malgré ce que tu as subi, toi qui les as *côtoyés*, pardon pour ce verbe, que peux-tu en dire ?

D'une voix forte et assurée et parce qu'elle y avait bien réfléchi depuis leur départ d'Aglaé, Lania répondit :

— Ce peuple Simbad est sidérant. Ne nous trompons pas, ils sont impitoyables. Et ce trait de caractère relève, je trouve, davantage d'un manque et d'un défaut d'empathie cognitive que d'une infirmité émotionnelle, même si les deux leur correspondent. Cette substance blanche qu'ils affectionnent n'est qu'un prétexte. Un léger changement dans l'équilibre chimique d'un cerveau entraine d'importants changements du comportement. C'est vrai pour nous et c'est certainement leur cas aussi même s'ils sont si différents. Ce qui explique qu'ils soient… rustres ! Pour ne pas dire autre chose.

— Ils agissent plus par instinct que par réflexion, dit Kéa.

— Ils ont une très haute technologie et une bien basse culture, ajouta Diane.

Arthur continua :

— Nous sommes maintenant sûrs que Simbad veut réunir les cerveaux des cuves d'Arion aux enveloppes corporelles entraperçues sur Aglaé, bien que nous n'ayons pas pu les voir mais par ce que Simbad nous l'a dit. En revanche, la réalisation d'un tel rapprochement reste pour nous totalement insensé.

— Et les questions, intervint Hadrien, restent très nombreuses et se superposent les unes aux autres : quelle est cette vieille civilisation dont les cerveaux sont sur Arion ? Comment et pourquoi sont-ils séparés de leur corps ? Pourquoi faire garder ces corps sur Aglaé par des robots et les surprotéger des regards ? Pourquoi finalement les réunir ? Pourquoi Simbad est-il intervenu et maintenant ? Et comment se fait-il qu'il y ait une telle ressemblance entre les planètes d'Aglaé et de Simbad ?

Les esprits commencèrent à s'échauffer et tout le monde donna son avis dans un brouhaha indescriptible.

Lania d'un geste calma tout le monde et s'exprima à nouveau :

— Et que voulait me faire les Simbadiens quand ils m'ont enlevée et amenée dans leur vaisseau ?

Un silence total se fit. Elle continua :

— Étudier mon cerveau, ce qu'ils ont eu le temps de faire je pense. Et en retirer je ne sais quoi, ce qu'ils n'ont pas eu le temps d'exécuter heureusement !

— Retirer ton cerveau de ton crâne et en prendre la matière grise et surtout blanche… dit Kéa d'une voix faible et tremblante.

Elles se regardèrent conscientes de leur connexion et de leurs sentiments de l'une envers l'autre.

Après un autre court silence, Hadrien reprit la parole :

— Ils ne vont pas arriver de sitôt. Nous avons plusieurs mois devant nous : je pense six tout au plus.

— Pas davantage ?

— Ce sont des rapides et leurs vaisseaux vont beaucoup plus vite que les nôtres. Je suggère que nous mettions à profit ce temps qui nous est donné pour réfléchir à l'attitude à adopter lorsqu'ils reviendront et ce qu'ils pourraient exiger de nous… On se revoit dans quelques jours.

Chacun repartit conscients des enjeux mais avec autant de questions non résolues qu'au début.

Sur *Terre*, la situation continuait à s'aggraver si tant est que ce soit possible. Pour ceux qui avaient encore une conscience, il n'y avait plus aucun espoir de revenir en arrière. Les êtres humains comme les animaux et comme la végétation avaient dépassé le point de non-retour de la vie sous toutes ses formes. Tout était devenu stérile.

Sur *Mars*, la vie continuait abritée sous d'immenses dômes. Les nombreuses expériences de physiques et d'exobiologies, d'extractions d'eau de la glace des pôles et d'oxygène du sous-sol ainsi que les tentatives de terraformation de la planète grâce au développement à grande échelle d'une atmosphère, n'avaient encore rien donné. Il faudrait attendre encore plusieurs dizaines d'années afin de commencer à espérer quelques résultats. Les technologies employées n'étaient pas encore suffisantes.

Mais les humains et leurs descendants ne perdaient pas espoir. C'était une mission qu'ils s'étaient assignée et depuis la connaissance de la perte irrémédiable de la Terre, cette mission était devenue encore plus essentielle pour eux.

Sur *Mucor*, il ne restait plus rien.

Sur *Astéria*, *Perséphone* et *Lucine*, sur *Simbad* et ailleurs, des vies et des civilisations extraterrestres, n'ayant rien à voir avec nous autres humains, prospéraient à leur manière. L'Univers était suffisamment grand pour accueillir toutes sortes d'épanouissements de vies quelles qu'elles soient.

Sur *Arion*, restait l'énigmatique ancienne civilisation dont on ne savait rien. Les êtres humains ayant pris possession d'Arion au titre d'une nouvelle Terre à édifier espéraient que cette civilisation, si elle parvenait à renaître, les accepte sur leur sol et qu'une cohabitation sereine puisse s'instaurer et perdurer. En tout cas, Hadrien, Arthur et Erika caressaient l'espoir de contredire Roland dans ses propos à savoir que tous les extraterrestres étaient des psychopathes !

Lania et Kéa étaient dubitatives et se posaient nombre de questions : tous les extraterrestres croisés au cours de leurs nombreux déplacements les avaient rejetées. Pourquoi ? Refus de l'autre ? Rejet d'accueillir des êtres trop différents ? Besoin de tranquillité ? Peur ? Quels processus d'éclosion de la « vie » avaient-ils connus ? Quelle sélection naturelle ont-ils vécue pour cette quasi-absence d'empathie ?

Ces vastes sujets furent une nouvelle fois l'occasion d'une joute verbale entre elles comme elles en avaient l'habitude :

— La sélection naturelle est inévitable dans les systèmes biologiques, affirma Lania. Elle est la réponse universelle et la seule explication possible de l'émergence de la vie dans l'Univers.

— Oui, ajouta Kéa, mais les modalités d'application diffèrent selon les chimies forcément très disparates des planètes en question et de leur environnement.

— On en revient toujours à la même question : quelles sortes de consciences les extraterrestres ont-ils et/ou quels genres de consciences développent-ils ?

— Sais-tu que la conscience peut être un effet de l'entropie ?

— Roland m'en a parlé l'autre jour et il disait que le désordre au sein de tout système ne faisait qu'augmenter.

— Il est certain qu'avec eux le désordre est de mise.

— Oui mais justement : un état de conscience donne une entropie élevée, et en fonction de son niveau, nous sommes donc tous à des degrés de conscience différents.

— Cela me parait une observation de bon sens.

— Laissons les extraterrestres de tous bords de côté et penchons-nous sur les robots et les IA.

— Tu distingues les deux et pourquoi donc ?

— Hum… Peut-être parce que Roland existe et qu'il est très… particulier.

— Ok, on y reviendra. Mais nous savons que la singularité de la conscience humaine est due au fait que le cerveau est lié à un corps, d'où le phénomène d'homéostasie dont on a déjà beaucoup parlé. De plus, cela permet au cerveau d'avoir conscience de soi et du ressenti de son environnement.

— Dans une certaine mesure Cérès est consciente d'elle et de son environnement !

— Mais a-t-elle une imagination, une créativité ? La créativité ne se résume pas à accomplir une tâche spécifique ! Elle a des fonctions algorithmiques, nous pas ! On sait si on se trompe, on peut avoir des idées vagues et farfelues, on a une morale, une éthique, une âme… Et notre cerveau ne possède pas que des neurones mais aussi nos maintenant très célèbres cellules gliales avec nos substances grises et blanches !

— Avant d'égaler un cerveau humain dont le développement d'une architecture hyper complexe a pris des centaines de millions d'années, il faudra attendre longtemps avant qu'une IA arrive au même niveau de conscience que nous. Elles sont très puissantes, très intelligentes, mais par exemple ont-elles un désir sexuel, une aspiration à se reproduire, à prendre soin d'un enfant ? Bien sûr que non !

— Les robots sont conçus et fabriqués par nous, humains, alors que nous sommes issus d'une évolution lente et avons évolué par petits pas. L'Homme est un organisme vivant, le robot et/ou l'IA une construction artificielle.

— Nous sommes d'accord. Avec un petit bémol qui a pour nom Roland, intellectuel, philosophe, rempli d'humour mais de doutes aussi… et latiniste en plus ! Il possède une certaine conscience mais aura toujours les limites que nous lui avons fixées par les fameuses lois réputées de la robotique.

— Pas les IA…

— Oui, mais on peut les déconnecter… comme ça ! fit-elle en claquant des doigts.

Elles se sourirent mais savaient pertinemment que, quand on aborde un sujet aussi élaboré que celui du cerveau et de la conscience, il ne fallait jamais dire jamais. Un jour peut-être… ?

Mais si quelqu'un les avait observées à ce moment, on aurait vu à leur tête que le sujet était loin d'être appréhendé dans sa totalité. Les jumelles avaient toutes deux le front plissé et semblaient encore réfléchir. Ce fut Lania qui lâcha en premier :

— On ne peut pas parler de conscience sans parler de matière : la conscience fait partie intégrante de la matière parce que nous sommes nous-mêmes fait de matière.

— Tu as raison. La conscience est une propriété intrinsèque de la matière. Mais pour boucler avec le sujet précédent où nous affirmons que nous autres, êtres humains, avons développé une conscience certaine au fil des siècles, c'est donc un comportement très anthropocentrique que nous avons eu là !

— … Attends ! Je viens de penser à quelque chose : tu te rappelles le nombre de fois où l'on a été connectées l'une à l'autre et même à des distances incroyables ? Nous sommes deux sœurs jumelles reliées à nos vies qui sont tellement imbriquées… Nos cerveaux sont sans aucun doute intriqués.

— Oui ! Mais cela ne dénote en aucun cas un seul esprit et encore moins une seule conscience !

— À l'évidence, nous sommes différentes.

— Pas si différentes et très intriquées !

Indubitablement, Lania et Kéa ne pouvaient pas dire mieux. Rien que leur nom donnait le « la » à tout cela : *Laniakea, « horizon céleste immense »* en hawaïen, lieu de notre super amas de galaxies dans lequel se trouvent notre Voie Lactée et une certaine planète appelée à devenir une nouvelle Terre : Arion.

Albédo

Enfin peut-être.

La vie continuait sur Arion et Argos sa seule ville pour le moment se développait à grande vitesse. Les navettes de l'*Athéna* permettaient d'accélérer le processus en donnant une autre dimension que celle à courte vue du sol. Des infrastructures et de nouvelles maisons furent construites et la natalité était en pleine forme !

Si on ne parlait plus beaucoup des salles des cerveaux, la venue future d'un ou de plusieurs vaisseaux de la flotte de Simbad rendait les gens quelque peu fébriles mais ils essayaient de ne pas trop y penser, sachant que Hadrien d'une part et Théo d'autre part veillait au grain. À chacun ses soucis.

Au bout de six mois, rien à l'horizon : auraient-ils eu quelques soucis ?

Deux ans plus tard, aucune nouvelle de Simbad et personne ne s'étant risqué à aller voir sur Aglaé s'il y avait du nouveau ou pas, on était passé à autre chose.

Avaient-ils gagné contre les machines ? Sans doute oui. Étaient-ils allés sur Astéria ? Aucune idée. Avaient-ils eu des problèmes en traversant les immensités et les dangers de l'Espace ? Peut-être.

Reviendraient-ils un jour sur Arion ? À cette question, les avis étaient partagés, mais une majorité pensait que oui car il restait toujours le problème lié aux cerveaux bien seuls depuis bien longtemps. Et Simbad avait dit : « On reviendra ».

En attendant, la place était donnée à Argos.

La ville s'étant construite petit à petit, l'anarchie architecturale prédominait.

Il fallut donc pendant ces deux ans et demi détruire puis reconstruire. La physionomie évolua donc rapidement grâce aux travaux acharnés des colons et des robots. Il y avait maintenant outre la mairie et l'église du Dauphin, une école, un hôpital, un parc, pas d'immeubles, des maisons à deux étages uniquement et l'électricité était fournie par énergie solaire venant à la fois de panneaux au sol mais aussi par ceux installés en orbite dans l'espace. L'eau était abondante avec de nombreuses rivières proches. Pour le moment, aucune étude n'avait été encore faite pour aller s'installer à côté de l'un des deux océans que comptait Arion. On verrait plus tard.

Une petite bourgade fut érigée à une dizaine de kilomètres de là derrière une forêt pour les personnes vivant complètement en accord avec la nature. Elle s'appelait Métine[23] et se composait de petites maisons en bois uniquement.

Arthur et Éva étaient heureux en Arion et étaient ravis d'avoir leurs filles avec eux. Mais Lania et Kéa, malgré toutes les déconvenues encaissées, commençaient à s'ennuyer malgré tout ce qu'il y avait à faire. L'appel de l'Espace était-il revenu ? Se trouvaient-elles un peu coincées sur cette planète même si elles s'y sentaient très bien ?

Intriquées oui mais étriquées aussi.

Kéa s'était petit à petit éloignée de Rosalie et cette dernière s'était rapprochée de Roland qui était ravi d'instruire une congénère.

Kirsten et Diane s'étaient installées ensemble dans une des maisons de Métine et vivaient leur amour au grand jour.

Hadrien et Erika commençaient une idylle.

Joseph faisait toujours le plein dans son église aidé de plus en plus par Aurore et Julie qui imprégnées de poésie s'étaient emplies aussi de mysticisme.

---

[23] De nouveau en hommage et en rapport avec Arion de Méthymne.
(Voir la légende grecque à ce sujet ainsi que *Agon* et *Empyrée*)

Ann, la responsable cryogénie n'ayant plus rien à faire, rejoignit Nils dans ses activités de médecine et devint vite indispensable à l'hôpital où les accouchements étaient nombreux.

Lee était devenu Commandant en second de l'*Athéna*.

Cérès, l'IA de l'*Athéna* s'ennuyait. Elle n'avait plus rien à faire sauf de temps en temps quand elle discutait avec Lania et Kéa ou quand elle se disputait avec Roland. Elle n'avait même plus la possibilité de spéculer sur les métaux puisque la Terre n'avait plus aucune Bourse de Commerce. Il fallait qu'elle en trouve une sur une autre planète de la Voie Lactée !

Théo, le maire, était débordé et avait nommé deux adjoints dans les premiers arrivés : Hugo et Alice.

Quant à Arès et Chloé, ces derniers avaient perdu toutes velléités d'aller embêter les cerveaux retenus dans leurs cuves.

Toute cette communauté se trouvait pour une fois bien éloignée des risques et des dangers de l'Espace profond.

Et même pour Simbad, c'était loin d'être simple.

Au sein de ce chapitre 19 :
« un état de conscience donne une entropie élevée » (Lania)
« c'est donc un comportement très anthropocentrique que nous avons eu là » (Kéa)

20. Vagues successives

Le cerveau consomme énormément d'énergie.

Le cerveau humain consomme à lui seul 20% de l'énergie totale de notre corps pour seulement 2% de notre masse corporelle.

Le cerveau des Simbadiens pour ce que nous pouvons en estimer « de visu » est nettement plus gros. Plus près d'environ 5% de leur masse. Leur besoin en énergie est donc considérable.

Ils doivent donc développer de hautes spécificités technologiques et nutritives pour répondre aux défis qu'ils rencontrent, sinon ils finiront par épuiser leur force et donc craindre pour leur survie.

Jusqu'à maintenant, ils y arrivaient. Mais leur problème, comme nous l'avons vu, venait aussi de leur non-sociabilité et d'une absence terrible de culture.

L'existence a besoin d'énergie, de temps et d'espace disponible pour progresser. Une civilisation a besoin d'une identité culturelle, de valeurs, de stabilité économique, climatique, de ressources énergétiques, d'une cohésion sociale, de créativité, d'une vision d'avenir pour prospérer. Mais une civilisation poussée à l'extrême et uniquement technologique ne peut que s'éteindre à terme, nous l'avons déjà observé.

La vie est un éternel recommencement. Il en est de même pour les civilisations. Une renaissance, une reconstruction, n'était-elle pas nécessaire, vitale, pour refleurir ?

La mort n'est-elle pas un élément fondamental de l'évolution ?

Ce qui venait d'arriver à la Terre était prévisible. Il y avait trop de signes annonciateurs.

Mais Arion existe et sera certainement la renaissance de la civilisation humaine. Jusqu'à ce que…

Mais nous n'en sommes qu'au début d'une palingénésie.

Simbad et les autres civilisations rencontrées risquaient aussi de s'effondrer pour une raison (pour plusieurs raisons habituellement) ou pour une autre. Quant à celle qui semble séparée entre Arion et Aglaé, nous le verrons bien.

Les Simbadiens eurent fort à faire pour annihiler complètement les robots machines.

Afin d'évaluer les pertes, voici une idée des forces en présence :

Les robots machines étaient aux environs de 100 000 « individus » au total sur Aglaé alors que les Simbadiens n'avaient engagé que 50 000 êtres. Ils en perdirent quand même 10 000 mais cela ne les empêcha pas de les détruire tous jusqu'au dernier grâce à un armement très supérieur et à une très bonne stratégie militaire combinant des attaques aux sols et depuis l'Espace.

Qui avait amené et chargé de surveiller les enveloppes corporelles des salles souterraines d'Aglaé ? Nul ne le savait.

Simbad laissa 10 000 soldats sur place pour garder le site et le reste prit le chemin d'Astéria C dans l'autre galaxie.

Le premier problème qui surgit dans l'Espace fut une vague scélérate !

Une vague scélérate en plein vide spatial ?

Rappel : le vide n'existe pas. Il y a, entre autres et en principal, la matière noire et l'énergie noire. Toutes deux jouent un rôle fondamental dans la dynamique cosmique et la matière noire se trouve être légère en elle-même malgré son importance.

Albédo

Cette légèreté lui confère des propriétés particulières lui permettant d'agir par endroits comme une onde. Cette matière noire se déplace comme un océan invisible enveloppant les galaxies.

Et, tout comme dans un océan terrestre, des vagues commencent à osciller et affectent l'environnement gravitationnel.

Le vaisseau de Simbad ne la détecta pas à l'avance et ne put l'éviter, de vastes agrégats de matière noire venant de les toucher. Comme un bateau sur l'océan face à une vague scélérate, le vaisseau spatial fut balloté et secoué dans tous les sens. Ils crurent leur dernière heure arriver. Au cours de leur vie déjà très longue, ils ne s'étaient jamais retrouvés dans une telle situation. La tempête ne dura qu'une demi-heure mais fut d'une intensité incroyable et inconnue pour eux. Vaisseau et équipage furent sévèrement impactés. De multiples avaries et des centaines de blessés à bord furent à déplorer.

Une fois le calme revenu, ils perdirent un temps précieux afin de remettre « le navire à flot » et en état de fonctionner en Espace profond et de surcroit pour passer d'une galaxie à une autre !

Le passage pour eux s'effectua plus difficilement qu'à l'habitude.

Non sans mal, ils arrivèrent enfin, mais avec le double de temps prévu, dans le système d'Astéria et de ses quatre planètes. Le Commandant de bord ordonna de mettre le cap sur la troisième planète.

Toutefois, comme nous l'avions constaté dans le passé, les Astériens n'aimaient pas les intrus.

Ce fut le deuxième problème que les Simbadiens durent affronter.

En effet, les Astériens semblaient assez évolués même s'ils nous considéraient comme des êtres peu intéressants. Le second point c'était qu'a priori ils n'aimaient pas les étrangers sauf s'ils avaient un cerveau digne d'intérêt pour eux. Les Simbadiens seraient-ils les bienvenus ?

Rien n'était moins sûr.

Les Astériens cherchaient des cerveaux pour pouvoir en tirer toute la substantifique moelle (si l'on peut dire). Et comme les Simbadiens cherchaient à remplir le leur mais d'une autre façon, la rencontre risquait de devenir compliquée.

Arrivés en orbite, ils furent immédiatement sommés de rester là où ils étaient.

Les Astériens commençaient à en avoir assez des visites impromptues :

~~ *Deux races extra-astériennes en si peu de temps ! Mais que se passe-t-il donc dans ce coin d'Univers ? N'est-il pas assez vaste ? N'y a-t-il pas assez de planètes disponibles ?*

~~ *C'est insensé ! Qu'ils aillent ailleurs ! Devons-nous les repousser, les annihiler ?*

~~ *Attendons de voir ce qu'ils veulent. Inutile de faire des vagues et d'engager nos forces s'ils sont pacifiques.*

~~ *T'en connais, toi, des pacifiques par ici ?*

~~ *Laisse-moi leur parler, je vais les contacter.*

S'ensuivit un dialogue entre deux races que la bienséance m'empêche de reproduire ici malgré son intérêt ethnologique et ethnographique. Menaces, invectives (incultes ! bande d'athées !), noms d'oiseaux spatiaux, provocations simbadiennes, défis astériens, outrages, blasphèmes, insultes sexistes, incompréhension.

Lorsqu'un léger calme revint au bout d'un temps interminable, Simbad leur parla de leurs lacs blancs et demanda s'ils pouvaient en profiter ?

~~ *Mais de quoi il parle ? Ce sont des lacs, c'est tout.*

Simbad leur expliqua alors que, pour eux, ils étaient une source indispensable d'énergie et de nutriments pour leurs cerveaux.

Il y eut un grand éclat de rire silencieux du côté du sol. Il faut savoir que les Astériens rient en se tordant ce qui leur sert de corps et qu'aucun son particulier n'en sort.

~~ *Servez-vous si ça vous chante ! On n'en fait rien du tout !*

La conversation qui avait si mal commencée prenait une tout autre tournure.

Simbad répondit :

— C'est bien aimable à vous mais… nous avons besoin d'une grande quantité.

« *Si chez eux aussi le cerveau est si pauvre que chez les humains, je les plains. Pour cette race en tout cas, ils doivent entretenir le leur d'une bien curieuse façon !* »

« *On ne peut pas les laisser se servir comme ça ! Il faut les faire payer. Qu'ils nous donnent quelque chose en échange.* »

« *On n'a besoin de rien, sauf de haute intelligence. Et, a priori, ils n'en ont pas, même beaucoup moins que chez les femelles humaines que nous avions chez nous.* »

Les Astériens, narcissiques et égocentriques mais quelque part quand même généreux, laissèrent donc les Simbadiens pomper la substance blanche des lacs blancs d'Astéria C afin de remplir les soutes du vaisseau prévues à cet effet.

Ces dernières remplies à ras bord, ils quittèrent le système pour rejoindre Arion.

~~ *Bon débarras !*

Durant le trajet, ils se connectèrent au réseau interne et… pompèrent. Ils avaient besoin de recharger leurs cerveaux en substance blanche. Leur appétit était si fort que l'équipage en abusa quelque peu et devint comme ivre.

C'est ainsi qu'ils rencontrèrent un troisième problème :

Ce fut un crachat d'étoiles.

Plus scientifiquement dit : une éjection de masse coronale (EMC).
Bref, une éruption stellaire.

L'IA simbadienne de bord, voulant faire sa maligne en faisant gagner du temps au Commandant et à son équipage, avait pris une sorte de « raccourci ». Comme une voiture désirant optimiser sa course au sol passe au ras d'une courbe afin d'aller plus vite au lieu de contourner au large.

Ici, le vaisseau simbadien passa à cinq millions de kilomètres de l'étoile au lieu d'en général par prudence au moins dix !

Si l'IA avait consulté la météo locale, elle se serait aperçue qu'il y avait eu des signes annonciateurs comme l'apparition d'amas de taches sur l'étoile en question.

Amas de taches annonçant la tempête.

Après la vague scélérate et la vague d'injures, ce fut la vague de plasma.

Cette EMC était une boule de particules chargés de cinq-cents milliards de kilos accélérés à 0,1% de la vitesse de la lumière. Elle atteignit 4,5 millions de kilomètres.

Autant dire que la catastrophe fut évitée de justesse. Ce qui n'empêcha pas le vaisseau d'être encore une fois brimbalé et martyrisé occasionnant à nouveau des centaines de blessés à bord.

Le Commandant entra dans une colère et une rage, inimaginables.

Tant et si bien qu'il coupa son IA pour la punir.

Il fallut donc se débrouiller sans elle. Heureusement, ils avaient répertorié depuis longtemps ces balises, ces phares de l'espace : les pulsars.

Chacun a sa fréquence unique et on peut donc s'en servir pour la navigation. On en repère quelques-uns et on peut facilement trianguler sa position où que l'on soit dans la galaxie.

Le Simbadien, comme l'Astérien, comme l'humain et comme d'autres c'est probable, savaient quand il le fallait se passer de la haute technologie pour se débrouiller « à l'ancienne » !

Mais comme il fallait s'occuper des avaries et des blessés, le vaisseau dut être immobilisé pendant de longs mois et accusa à nouveau énormément de retard.

La vitesse de croisière en pâtit.

Les humains dans leurs pérégrinations avaient en fait importuné sans en être conscients un certain nombre de civilisations extraterrestres. « Chacun chez soi » semblait être le leitmotiv dans certaines contrées galactiques. Comme nous l'avions remarqué, ils ne furent pas non plus les bienvenus. Une fois chassées, certaines d'entre elles s'en suffisaient, d'autres moins.

Simbad, passant non loin de Lucine dont il n'avait rien à faire, perturba sans le vouloir le peuple y habitant pour de sombres raisons de réseaux de communications dérangés.

Entre Lucine et qui ? Mystère.

Les voies interstellaires sont impénétrables au commun des mortels.

Tant et si bien que les Luciniens interpellèrent les Simbadiens en envoyant quatre vaisseaux à leur rencontre. On ne lésine pas sur les moyens ! D'autant que les vaisseaux luciniens avaient la moitié de la taille des simbadiens.

À nouveau, une vague de palabres s'ensuivirent mais difficilement compréhensibles au vu des difficultés de langues tellement opposées.

Simbad, en ayant vraiment assez de tout cela, essaya de se faire comprendre le mieux qu'il pouvait en expliquant qu'il n'avait qu'une hâte, c'était de quitter cette galaxie au plus vite ! Il s'excusa platement de ce qu'il avait pu leur causer par inadvertance et attendit la réponse de Lucine.

Ce dernier accepta à contrecœur les excuses de Simbad et les incita néanmoins à s'en aller au plus vite.

L'autre faillit répliquer : « Vous n'avez rien à nous dicter », mais se ravisa, ne voulant pas envenimer les choses et évitant de ce pas un quatrième problème !

Le vaisseau quitta la galaxie par une autoroute cosmique bien connue des Simbadiens, contrairement à nous autres humains, qui avions rencontré quelques difficultés à ce moment-là.

Le voyage se passa, cette fois-ci, sans encombre et ce fut donc plus de deux ans et demi plus tard que le vaisseau de Simbad retrouva l'orbite d'Arion.

Au préalable, ils avaient quand même fait un détour par Aglaé pour voir si tout se passait bien. Les soldats au sol déclarèrent que tout était sous contrôle et qu'ils surveillaient les différents sites dont le plus important était celui où les humains avaient été emprisonnés. Le Commandant effectua un tour complet d'Aglaé en inspectant au scan le sol à la recherche d'éventuels robots machines.

— Là ! Il en reste !

Simbad envoya plusieurs missiles pour éradiquer ces derniers survivants. Puis il ordonna à quelques troupes d'aller y jeter un œil afin d'éliminer tout risque additionnel.

Il fit quelques tours en plus, constata que tout danger avait été éliminé, puis s'en alla.

Détectant quelques jours à l'avance le vaisseau simbadien, Cérès avait prévenu les humains qu'il allait bientôt arriver. Lorsqu'il apparut, les habitants de la cité d'Argos furent d'abord étonnés de pouvoir contempler la taille de cet immense vaisseau très haut dans le ciel et aussi un peu inquiets, se demandant ce qu'il allait se passer ensuite.

Il y avait de quoi être vraiment inquiet.

Roland alla trouver Lania et Kéa dans leur maison en bois à Métine. Elles avaient tenu à vivre ensemble au calme afin de réfléchir à leur avenir. Elles le virent arriver de loin car elles prenaient le Soleil, allongées dans de confortables transats sur leur terrasse.

Comme très habituellement sur Arion, la température était chaude aux environs de 25°C et pour une fois sans trop d'humidité.

— Ce cher Roland, dit Lania, comment vas-tu et que veux-tu ?

— Je vous salue, chères amies de toujours, répondit-il, mes circuits vont très bien, je vous rassure. Je voulais vous entretenir d'un sujet qui me préoccupe et qui, j'en suis sûr, hante vos pensées également.

— Je suppose qu'il s'agit de nos *amis* extraterrestres ? demanda Kéa.

— Bien entendu.

Il resta debout face à elles et réalisa en les observant que cela faisait une trentaine d'années qu'il les côtoyait à son plus grand plaisir et qu'il avait vécu avec elles tant d'aventures extraordinaires.

— Nous t'écoutons.

Il sortit de sa rêverie et dit :

— Je ne voudrais pas faire de vagues supplémentaires mais je pense que nous allons bientôt avoir un double problème. Simbad revient sur Arion pour s'occuper des cerveaux restés dans des cuves depuis des lustres et les transposer sur Aglaé dans leurs enveloppes corporelles dont nous ignorons tout, ou alors c'est peut-être l'inverse, c'est-à-dire amener ici les enveloppes concernées, je n'en sais rien. Comment vont-ils réaliser un tel exploit ? Mystère. Cela va-t-il réussir ? Aucune idée. Mais les connaissant un peu et jugeant leur arrivée récente et inopinée dans nos contrées, je pencherais pour une issue favorable. Ce qui engendre donc nos deux problèmes futurs, à savoir que nous allons avoir sur les bras deux peuples extraterrestres : Simbad d'une part et ceux qui vont être régénérés d'autre part. Ces derniers pouvant être hostiles, voire dangereux, voire aussi psychopathes, plus que tous ceux que nous avons croisés jusqu'à maintenant !

Lania répondit la première à sa tirade :

— Nous savons bien tout cela Roland, nous en avons déjà discuté toutes les deux.

Kéa rajouta :

— Et nous devons compléter ce tableau par la problématique la plus importante de toutes pour notre survie, c'est-à-dire le développement et la conservation d'Arion qui pour nous tous sont vitaux ! Nous n'avons plus de Terre à disposition, nous devons donc vivre et prospérer ici.

— Et si ce nouveau « vieux peuple » a envie de rester sur Arion ? demanda Roland, nous n'avons rien en commun avec eux !

Les jumelles rirent d'un seul coup.

— J'adore quand tu raisonnes comme un être humain ! s'exclama Lania.

Roland sourit. Il les adorait.

— Trêve de plaisanteries, le souci est réel.

— Oui.

— Très préoccupant.

— Et nos moyens sont faibles.

— J'ai l'impression que les prochaines semaines vont être riches d'événements.

— Gardons espoir ! La solution idéale serait que ces nouveaux vieux, comme tu dis, aillent vivre sur Aglaé et que Simbad comme par le passé rentre chez lui très loin.

— Simbad s'en ira, je pense, il est coutumier du fait. Quant aux autres, c'est l'inconnu !

Le silence revint. Un long moment. Chacun réfléchissant intensément.

— On ne peut pas nier, reprit Roland, que l'agressivité est en général liée à la question de la survie. Si cette ancienne civilisation renait de ses… cuves alors pour survivre, elle aurait toutes les raisons d'être agressive.

— Il faudra donc s'en méfier.

— Et si on négociait avec Simbad ?

— Négocier quoi ? Ils sont venus pour les ressusciter, non ?

— Non, je veux dire pour les inciter fortement à rester sur Aglaé !

— Alors que toutes leurs anciennes traces sont ici sur Arion ?

— C'est vrai qu'apparemment ils devaient vivre ici, il y a fort longtemps.

— Et Aglaé n'a rien à voir avec Arion ! C'est une planète pauvre, nue, froide… comme celle de Simbad !

— Jamais ils n'iront vivre là-bas !

— On peut toujours s'entretenir avec Simbad.

— Pourquoi nous écouterait-il ?

— On peut toujours demander, inciter…

— En tout cas pas moi, dit vivement Lania, je ne les approcherai plus jamais !

— Ne t'inquiète pas, ajouta Kéa, je pense qu'ils se sont bien rassasiés sur Astéria C et qu'ils ont fait de grosses provisions. Nous allons en parler à Hadrien et aux autres pour qu'ils interviennent rapidement. Au fait, Roland, comment va Rosalie ?

— Fort bien, elle vous embrasse.

— Les jumelles se relevèrent ensemble de leurs transats, déterminées comme toujours. Elles se regardèrent et s'approchèrent de Roland.

— C'était sympa que tu viennes discuter, dirent-elles ensemble.

Et d'un mouvement rapide, elles embrassèrent Roland chacune sur une joue.

Ce dernier en fut visiblement surpris car ces joues prirent soudainement quelques couleurs.

— Tu rougis, toi ? dit Lania.

— Vous êtes infernales !

Elles éclatèrent de rire.

« *L'existence d'extraterrestres, une conséquence de l'entropie ? J'en suis persuadé !* »

(Roland, robot sapiens)

« *Le principe anthropique ? Oui, bon !... Mais pourquoi pas un principe robotique ?* »

(Roland, robot sapiens)

21. Histoire d'un peuple

Les jumelles quittèrent le calme et la sérénité de l'endroit où elles se trouvaient et allèrent faire part de leurs doutes à Hadrien, Arthur et Théo. Elles tenaient à leur montrer du doigt ce que Simbad allait faire, à expliciter les dangers possibles et les problèmes qu'engendreraient le fait de « réveiller » un ancien peuple dont on ignore tout.

Mais ils y avaient bien réfléchi de leur côté. Les mêmes questions se posaient et les réponses pour le moment n'existaient pas.

— Avant que Simbad agisse, dit Théo, nous devons leur parler.

— Cela ne va pas tarder, annonça Lee à Hadrien qui venait de voir une navette sortir du vaisseau simbadien et se diriger vers le sol pour rejoindre le petit astroport d'Argos.

Lorsque la navette se posa, une délégation humaine se tenait prête à les accueillir. Beaucoup de colons d'Arion ne les avaient encore jamais vus ni côtoyés. Ils furent donc très surpris lorsqu'ils les découvrirent.

Cinq Simbadiens leur firent face dans leurs grands corps grisâtres. Les humains leur indiquèrent de les suivre car Hadrien et Arthur les attendaient pour parler des jours à venir.

Lors du chemin pris pour arriver jusqu'à la mairie, les Simbadiens ne se gênèrent pas d'observer attentivement les lieux partout où ils passaient, s'arrêtant parfois ici ou là comme s'ils « humaient » l'atmosphère autour d'eux.

Dans le bâtiment officiel d'Argos, les attendaient Hadrien, Kirsten, Arthur, Théo et Erika.

Cinq de chaque côté et sans Lania, Kéa et les autres.

La rencontre se fit face à face et tout le monde debout car les Simbadiens détestaient être assis.

Passés les saluts diplomatiques et autres politesses, Hadrien s'adressa à celui qui se trouvait un peu plus devant les autres. La difficulté, avec eux, c'était qu'ils se ressemblaient tous. On ne savait jamais si on parlait avec le même ou pas. C'était très gênant.

Arthur, pour ce qu'il en avait déduit, pensait que leurs cerveaux devaient être en constantes connexions les uns les autres.

Ils attendirent qu'ils s'expriment en premier. Mais au lieu de cela, les humains assistèrent d'abord à un « show » en 3D simbadien : ils commencèrent à reculer et l'un d'eux projeta au centre de la pièce un grand hologramme de couleur gris-bleu d'environ huit mètres cubes. Le flux des images sortait directement des yeux de l'un d'eux comme s'il était un projecteur. La sensation était surprenante et très bizarre mais, la surprise passée, les cinq se concentrèrent sur le « film » qui se déroulait sous leurs yeux.

On aurait dit les dernières actualités commentées !

Enfin, façon XXIII -ème siècle.

La voix qui en sortait était douce et chaude et les images à l'intérieur du cube étaient d'une granularité et d'une clarté, incroyables.

« *Nous vous devons des explications même si nous n'avons pas été tous d'accord sur la façon de le faire et de l'exprimer. Regardez, apprenez et retenez car ceci ne vous sera montré qu'une seule fois...* »

« Le peuple que vous allez voir évoluer bientôt a vécu dans cet amas de galaxies, il y a environ 35 000 ans. Son influence s'étendait sur trois planètes d'un système solaire en contenant douze. Ils vivaient sur les planètes c, d, et e. Ses origines, ses soubresauts, ses développements étaient comparables à la race qui vécut bien plus tard sur une planète appelée

Terre. Ils leur ressemblaient étrangement tant au niveau physique que biologique. Les différences se situaient au niveau de leur cerveau beaucoup plus développé, leur apparence beaucoup plus trapue et à l'absence totale de poils. Ils se nommaient les Alospèces et ne vécurent qu'environ 5000 ans. Leur ascension fut fulgurante, leur chute aussi. Les exigences de plus en plus fortes des populations des trois planètes poussèrent leurs dirigeants à rechercher toujours plus de ressources pour leurs besoins nutritifs, techniques et technologiques. Des robots et des entités intelligences « machines » se développaient à grande vitesse ; ils prirent une importance considérable dans l'économie et accomplirent de plus en plus de tâches pas rapport aux Alospèces qui se laissaient nettement aller au fil du temps. Un sursaut malheureux eut lieu mais un sursaut quand même. Les Alospèces allèrent conquérir de nouveaux territoires sur d'autres planètes dans d'autres systèmes et tombèrent sur des êtres parfois très inférieurs. Les massacres et pillages furent féroces et impitoyables. De nombreuses planètes furent dépouillées, détruites pour leurs besoins toujours plus grands. Cela dura des dizaines et des dizaines d'années. Les victoires furent faciles mais quand le gros des troupes alospèces revint assez affaibli au bercail, les robots et les machines avaient déjà agi en prenant partiellement le pouvoir sur deux des trois planètes. Les guerres reprirent mais cette fois-ci au sein de leurs communautés. Il s'était avéré que, lors de leurs conquêtes, un peuple proche du nôtre fut exterminé. Nous l'apprîmes bien plus tard, mais cela fut un choc pour nous et nous intervînmes. Les Simbadiens furent donc impliqués dans ces conflits. Nous devînmes des « alliés » des robots et des machines qui s'étaient déjà emparés de presque tous les pouvoirs. On les aida dans leurs tâches et la totalité des Alospèces furent tués ou emprisonnés. Leur civilisation venait de tomber en peu de temps. Les procès et les exécutions des anciens dirigeants alospèces furent menés à la va-vite. Nous n'avions plus rien à faire sur cette planète et nous repartîmes donc. Bien plus tard, ayant laissé quelques Simbadiens sur place, nous apprîmes que le châtiment imaginé par les robots et les IA était diabolique. Pour punir les derniers survivants, ils imaginèrent d'extraire leurs cerveaux et de les transférer dans des cuves qu'ils déposèrent sur une planète très lointaine, c'est-à-dire ici sur Arion. À cette époque, il n'y avait strictement personne à part quelques animaux et quelques oiseaux. Ils les mirent dans des salles souterraines dont les cuves furent reliées au noyau par des câbles pour leur assurer l'énergie nécessaire. Quant à leurs enveloppes corporelles, ils trouvèrent cela « très drôle » de les conserver sur une autre planète en suspension cryogénique. Nous leur conseillâmes celle que vous appelez Aglaé pour sa ressemblance avec notre planète mère. Puis ils rendirent la planète ultra réfléchissante pour obtenir un albédo très fort et édifièrent un bouclier magnétique afin d'éviter toute intrusion. Ce fut l'inverse sur Arion. Les robots et les machines intelligentes eurent ensuite une autre idée diabolique. Si sur Aglaé, un certain nombre de machines restèrent pour garder les « corps », sur Arion ce fut différent : ils construisirent des temples et s'en servirent pour « offrir » un tourisme des plus spéciaux. Visites organisées de ces temples et des salles souterraines pour que personne n'oublie ce que les Alospèces avaient fait et la façon dont ils furent punis. C'était leur vengeance : montrer aux mondes comment ils furent punis. Cela dura quelques centaines d'années puis plus personne ne s'y intéressa. Au fil des siècles qui passèrent, les temples d'Arion construits à la hâte disparurent petit à petit rongés par la végétation et les intempéries. On oublia l'histoire. On oublia Arion. Quant à Aglaé, des robots machines restèrent juste là en tant que gardiens. Le temps très long effaça toutes ces histoires et tout tomba dans l'oubli sauf pour nous qui gardions la mémoire de tout ce qui s'était passé depuis des millénaires. »

Albédo

Tout au long du récit, les images se succédaient illustrant les propos du commentateur. Nos cinq humains purent assister, comme s'ils étaient en direct, au déroulement des évènements. Ils virent les Alospèces en développement technologique rapide arriver au firmament puis au déclin, ce qui les fit douloureusement penser à leur propre histoire... Ils virent les galaxies, les étoiles, les planètes et la vie se construire sur certaines d'entre elles. Ils virent les bouleversements, ils virent la beauté des mondes, ils virent les horreurs et la noirceur de certains individus. Leurs têtes finirent par leur tourner tellement les tableaux animés qui défilaient devant leurs yeux semblaient réels.

```
« Nous avions aidé les robots et les machines
mais nous ne les avions jamais appréciés et nous
avions fini par considérer que la punition
infligée aux Alospèces était inique. Beaucoup
plus tard, nous voulûmes nous racheter – un peu
– en lançant à la barbe des robots machines deux
petites capsules contenant chacune une tablette
afin que quelqu'un les trouve et arrive à mettre
son nez dans cette histoire. Ce fut vous,
Terriens, cela aurait pu être d'autres. Le fait
que vous ayez ouvert ces capsules a déclenché
chez nous une alarme qui nous a alertés. Nous
sommes donc allés voir et nous avons découvert
ensuite que certains d'entre vous avaient été
fait prisonniers. Ce fut l'occasion en or pour
les Simbadiens d'intervenir, de vous libérer et
de donner une leçon à ces robots machines. Mais
nous avons eu en même temps un problème de
ressources en substance blanche. Pressés, nous
avons eu une action malencontreuse envers une
femme que vous nommez Lania et nous nous en
```

excusons. Grâce à vous, ensuite nous avons pu avoir accès aux lacs blancs d'Astéria C et nous vous en sommes reconnaissants. Vous savez tout à présent... »

Le cube hologramme s'éteignit d'un seul coup et le Simbadien qui le visionnait s'écroula à terre, sans doute à cause d'une trop grande concentration. Il en sortit épuisé et fut laissé au sol.

Hadrien s'adressa à Simbad :

— Nous vous remercions de toutes ces explications et nous comprenons maintenant beaucoup mieux tous les derniers événements. Mais il reste une question que nous nous posons tous ici : qu'allez-vous faire maintenant ? Quelles sont vos intentions ?

— *Nous allons tenter de réussir ce qui semble irréalisable. Mais nous sommes confiants. Nos technologies de régénération biologique et de neurostimulation sont très avancées et nous avons eu tout le temps de les parfaire... Vous savez, finalement nous sommes bien plus ce que nous pensons être nous-mêmes et infiniment plus que ce que l'on vous a laissé croire.*

« *Quels prétentieux !* » pensa Arthur.

Comme si Simbad l'avait entendu, ce dernier répliqua :

— *À votre place, je ferais moins les malins... Vous avez perdu votre planète Terre et vous vous trouvez maintenant sur Arion. Vous avez tout à reconstruire. Je vous souhaite néanmoins bonne chance à moins que nous ou les Alospèces en décident autrement.*

La réflexion de Simbad était lourde de sous-entendus et laissa les humains sans voix et particulièrement soucieux.

— *Maintenant, nous allons œuvrer à notre projet. Laissez-nous faire et n'intervenez en rien. Nous vous disons peut-être à bientôt.*

Sur ces paroles, ils se retirèrent emmenant avec eux le Simbadien toujours inconscient.

Ils s'éloignèrent rapidement du bâtiment et se dirigèrent vers l'astroport.

Lania et Kéa les observaient, cachées un peu plus loin derrière une maison.

— J'ai hâte de savoir ce qu'ils se sont dit, dit Lania.

Les jumelles virent Hadrien et les autres sortir et les rejoignirent aussitôt. Elles constatèrent bien vite que leurs mines étaient graves.

— Allons chercher tous les autres, dit Hadrien, on va se réunir dans l'église du Dauphin. L'endroit me parait judicieux pour parler et réfléchir.

Et c'est ainsi que la petite troupe se retrouva à nouveau dans ce lieu où il y eut tant de rassemblements de la communauté d'Argos. En quelques minutes, tout le monde était là : Hadrien et Erika, Joseph, Théo, Kirsten et Diane, Arthur et Éva, Lania et Kéa, Nils et Ann, Aurore et Julie, Arès et Chloé, Hugo et Alice, Roland et Rosalie.

Les vingt du départ, ou presque.

Ils s'assirent tous sur les bancs de l'église et Hadrien se dirigea vers l'autel pour s'adresser à l'assemblée.

Il fit un compte rendu qu'il estima le plus fidèle possible de ce qu'ils avaient vu et entendu.

La situation semblait un peu clarifiée mais un gros doute subsistait : si les Simbadiens réussissaient à faire renaître le peuple alospèce, qu'allait faire ce dernier ?

Éva posa tout de suite une question :

— Sait-on combien ils sont au total ces Alospèces ?

Hadrien répondit :

— La salle que nous avions découverte comporte une quarantaine de cerveaux... Il doit y avoir pour le moment dix ou douze salles connues, soit 400 à 500 individus.

— C'est peu, dit Lania, mais beaucoup par rapport à nous !

Albédo

— D'autant qu'on ne connait pas exactement toutes les salles, ajouta Kéa.

Hadrien s'adressa à Lee présent sur l'*Athéna* et à Cérès :

— Cérès, peux-tu refaire un scan précis d'Arion afin de déterminer le nombre total de salles ?

— Je vous ai déjà devancé, Commandant...

« *Comme d'habitude* » songea Hadrien et il ajouta :

— Tu ne m'en as pas informé !

— Vous ne me l'aviez pas demandé.

— Soit... Nous t'écoutons.

— Il y a exactement 42 salles contenant chacune 42 cerveaux, ce qui fait 1764 « unités » moins deux que nous avons perdues, soit 1762.

« *Toujours ce nombre de 42, c'est pas croyable...* » pensa Lania.

— Ce qui fait beaucoup plus que nous ! dit Kéa.

— Théo, à combien estimes-tu les populations d'Argos et de Métine ?

— Un peu moins de mille, je pense.

— Notre nombre est trop faible, dit Arthur.

— Sachez qu'il reste plus de 1500 personnes en attente sur Mars ! annonça Erika.

— Il faut aller les chercher, dit Hadrien. Lee, combien de voyages à ton avis ?

— Je pense qu'en trois voyages allers-retours on peut le faire.

— Non, dit Erika, utilisons l'*Artémis* qui se trouve sur Mars. Ils pourraient déjà venir avec 500 colons.

— Ce serait beaucoup mieux, dit Hadrien, j'avoue que je préférerais garder l'*Athéna* ici en orbite d'Arion. On pourrait en avoir besoin. Ce sera donc l'*Artémis* qui fera les allers-retours. Lee, envoie immédiatement un ordre pour Mars en leur indiquant de prendre le

vaisseau l'*Artémis* et d'emmener tout de suite le maximum de colons possible en Arion. Signe de ma part, de celle d'Erika, et de la tienne.
— Ok, Commandant, je le fais tout de suite.
— Combien de temps lui faudra-t-il ? demanda Théo.
— Au moins neuf mois.
Arthur voulut s'exprimer mais il fut coupé dans son élan par Roland :
— Il y a peut-être une autre solution.
— Laquelle ?
— Une solution toute simple : débranchons tous les cerveaux alospèces pour les éliminer ! Comme ça plus de problèmes.
— C'est hors de question ! répondit Hadrien, si tu veux recevoir les foudres des Simbadiens, c'est la meilleure solution : ils risquent de nous anéantir en représailles !
— Tu exagères, Roland, dit Lania.
— J'ai essayé… dit-il en haussant les épaules.
Hadrien reprit le cours des discussions :
— Maintenant suivons de près ce que vont faire les Simbadiens car nous ne savons pas vraiment ce qu'ils préparent… Lee, leur vaisseau est-il toujours en orbite ?
— Pour le moment, oui.
Puis il se tourna vers Théo :
— Préparons dès maintenant l'arrivée future de nos nouveaux colons : cinq-cents personnes, ce n'est pas rien. Quelqu'un veut-il rajouter quelque chose ?
— Tu viens de le dire, dit Kirsten, mais il faut véritablement surveiller leurs moindres faits et gestes. On ne doit pas se laisser surprendre. Notre survie dépend de ce qui va se dérouler dans les semaines et mois qui viennent.
Chacun en était bien conscient.
Joseph se leva et prit la parole :

Albédo

— Nous avons vécu bien des dangers jusque-là. Ce que vous venez de nous expliquer est peut-être le danger ultime auquel nous devrons faire face. Quel degré de conscience auront ces êtres ressuscités ? Là est la question profonde. Nous n'en avons aucune idée ! J'en suis personnellement assez effrayé et je prierai tous les jours pour que notre futur soit assuré.

Il regarda alors Aurore qui était en train de préparer quelques feuilles.

— Je crois qu'Aurore comme à son habitude nous a concocté quelque chose illustrant les derniers évènements.

Aurore se leva, beaucoup plus assurée que d'ordinaire. Elle était magnifique dans sa robe bleu clair sur laquelle tombaient ses longs cheveux blonds. Comme le plus souvent avec elle, un ange passa au-dessus de l'assemblée captivée de l'église du Dauphin.

Elle déclara :

— J'ai écrit spécialement pour ces instants de notre nouvelle vie sur Arion en mêlant tout ce qui est en train de nous arriver… C'est une composition entièrement de mon cru, juste inspirée de quelques vers d'une poétesse que j'ai découverte dans mes archives. Voici ce que j'ai rédigé… J'ai intitulé mon poème *Éclosion* :

Dans les profondeurs noires des espaces inexplorés
S'essoufflent des étoiles sous des galaxies colorées
Tout comme dans l'abysse de l'âme humaine
Git une vérité qui dans les limbes nous amène.

L'éveil de la conscience, substance de connexions
Nous transporte au-delà de l'amas du Lion,
Dans un questionnement, un voyage intérieur
Où chaque voie est un périple plein d'écueils.

Albédo

Sous la terre d'Arion gisent des cuves de cerveaux
Qui n'attendent sagement qu'un nouveau berceau.
Ils ne seront plus ombres mais deviendront lumières
Dansant libres et sereins dans une foule singulière.

À la fin du voyage, quand les cerveaux revivront,
Leurs consciences ici à nouveau s'éveilleront
Guidées par leurs sauveurs aux senteurs vagabondes
De nouvelles pensées surgiront d'outre-tombe.

— Quel talent tu as ! s'exclama Lania émerveillée.
— Bravo, Aurore, ajouta Kéa, tu trouves à chaque fois dans tes poèmes les mots appropriés pour illuminer l'Histoire humaine !
— Qui n'est pas toujours rose… ajouta Roland.

L'entropie est le fait que l'énergie circule toujours du système qui en contient le plus vers un système qui en contient le moins (du chaud vers le froid), jamais l'inverse.

L'effet de serre naturel est un procédé sans lequel la vie n'existerait pas sur notre planète.
L'effet de serre anthropique résulte des activités humaines.

22. Transports en tous genres

Cérès, l'IA de bord de l'*Athéna* envoya le message suivant :
« Un nouveau vaisseau sera en orbite d'Arion d'ici une semaine. Simbad nous informe que ce vaisseau leur appartient. »

Arthur et Éva se trouvaient à ce moment-là dans la maison de leurs filles partageant ensemble autour d'une table en bois naturel un bon déjeuner. Roland et Rosalie y étaient aussi, assis dans des fauteuils non loin de là.

— Ce doit être nécessaire, dit Arthur, pour leurs opérations de transferts des cerveaux.

— Tu penses qu'ils vont amener, demanda Éva, un certain nombre de cerveaux sur Aglaé afin d'essayer de les reconnecter à leurs corps qui sont en cryogénie depuis des centaines d'années ?

— C'est ce qu'ils nous ont dit.

— C'est une opération très risquée et hautement technologique ! S'ils réussissent, même si je ne les aime pas, je leur tirerai mon chapeau.

— C'est effectivement très délicat et nous autres, humains, sommes bien incapables de réaliser un tel exploit ! Ils sont incontestablement plus doués d'un point de vue scientifique et neurologique que nous !

— Ouais, ajouta Roland, mais incontestablement plus incultes que nous !

— Pensez-vous que la race humaine arrivera un jour à ce degré de technologie ? demanda Éva.

— Maintenant que notre berceau terrien n'existe quasiment plus, répondit Lania, je ne pense pas que ce soit avant longtemps.

— Ce qui me stupéfie et qui pose un grand nombre de questions au sujet de ces Alospèces, ajouta Kéa, c'est de connaitre et de savoir ce que ces cerveaux éprouvaient et surtout éprouveront en retrouvant leurs vies ?

— Je doute que ces cerveaux aient eu une quelconque conscience jusque-là, dit Arthur. En revanche, lorsque toutes leurs fonctions seront reconnectées, si Simbad y arrive, cela risque d'être pour eux une sorte de feu d'artifice neurologique éblouissant et surtout étourdissant !

— Quitte à en faire un AVC ! dit alors Roland. Ce serait top !

— Roland !

Lania et Kéa ne purent s'empêcher d'éclater de rire et la conversation s'engagea sur un terrain plus terre à terre pour eux à savoir la préparation de l'accueil des futurs nouveaux colons.

Néanmoins les jumelles restaient toujours inquiètes.

Ce fut Rosalie qui clôtura vraiment le débat :

— *Omne ignotum pro magnifico.*

Roland en resta d'abord coi. Puis il se mit à sourire sachant que ses leçons commençaient à porter ses fruits.

— Rosalie vient de nous dire : « *Tout ce qui est inconnu est fascinant* ».

— C'est tout à fait juste, approuva Lania.

Une semaine après, les habitants d'Argos virent défiler devant eux des dizaines de Simbadiens qui avaient débarqué sur Arion avec de bien mystérieuses malles qui semblaient très lourdes.

Ils se dirigèrent vers la première salle, celle par qui tout avait commencé.

On les soupçonna d'en faire un peu trop. Ils n'avaient effectivement pas besoin de passer par Argos pour aller dans la salle souterraine bien connue des humains. On avait l'impression d'assister à un défilé militaire ou à un débarquement murement orchestré.

Ils chargèrent ces malles dans leur navette et furent bien vite devant la salle en question. Curieusement, les oiseaux qui venaient de sortir en masse de leurs grottes restèrent haut dans le ciel en exécutant leur chorégraphie habituelle qui cette fois-ci ne semblait pas du tout agressive, au contraire.

Que comprenaient-ils ? Étaient-ils conscients que leur rôle de gardiens allait bientôt se terminer ? On n'en saura jamais rien.

Les Simbadiens restèrent plusieurs heures dans la salle. Les humains devinèrent aisément qu'ils devaient prendre un à un les cerveaux pour les mettre dans leurs malles afin de les emporter. Un observateur informa Hadrien et les autres qu'une quarantaine de malles étaient sorties, puis déposées dans leur navette qui décolla rapidement afin de rejoindre le vaisseau mère. Ce dernier quitta aussitôt l'orbite d'Arion pour se diriger sans aucun doute vers Aglaé.

La première opération venait de se terminer.

Quand on pénétra dans la célèbre salle souterraine, on ne put que constater que toutes les cuves étaient vides et éteintes. Une première page venait de se tourner.

Les oiseaux tournoyèrent encore longtemps dans les cieux comme pour leur offrir un dernier hommage, puis ils filèrent au loin.

Une longue attente commença pour les humains qu'ils mirent bien sûr à profit pour construire de nouvelles maisons pour les futurs arrivants. Toutefois, les questions restaient ancrées dans toutes les têtes : Qu'allait-il se passer ? Comment Simbad pouvait-il réussir ses greffes ? Dans quel état se retrouveraient les Alospèces ?

Éva, Arthur et les robots quittèrent les filles un peu plus tard et les laissèrent seules toutes les deux. Les jumelles allèrent s'installer sur leur terrasse et s'assirent face à face dans des fauteuils en osier. Toutes ces aventures les avaient durcies et cela se remarquait ; mais d'une façon plus indéniable chez Lania qui avait encaissé beaucoup plus de coups et de désagréments que sa sœur. Elles restèrent silencieuses un bon moment : leurs esprits avaient besoin de vagabonder dans les profondeurs de leurs consciences et dans les étendues du Cosmos qu'elles affectionnaient tant. Puis elles se regardèrent les yeux pétillants : leurs cerveaux venaient de se reconnecter.

— « *De nouvelles pensées surgiront d'outre-tombe* » récita Lania. C'est devenu une virtuose cette Aurore ! Tu te rappelles la jeune fille timide qu'elle était la première fois qu'on l'a rencontrée dans notre vaisseau ?

— Oui, elle s'est affirmée et maintenant elle rayonne.

— Son poème était brulant d'actualité. Elle est particulièrement intelligente cette petite.

Lania marqua une pose et passa la main dans ses cheveux. Elle était bien contente de les avoir à nouveau sur la tête. Elle avait récupéré ses cheveux noirs soyeux, abondants mais courts qu'elle avait avant. Les mêmes que ceux de Kéa d'ailleurs.

Puis elle se lança :

— Je voudrais revenir sur cette histoire de conscience dont on a déjà parlé mais sans arriver à une conclusion valable… Commençons par les cerveaux des Alospèces : tu penses que d'une certaine façon ils peuvent être conscients ?

— Ils pourraient l'être, vu qu'ils sont en quelque sorte vivants. Mais cela fait tellement longtemps qu'ils sont dans cette situation qu'ils doivent avoir épuisé tous les sujets ! dit-elle en riant.

— Ouais, mais que savons-nous exactement ?

— Rappelle-toi ce que nous avons appris. Je connais encore la phrase par cœur : « *Le processus nécessaire à la conscience commence dans la partie du cerveau la plus ancienne en termes d'évolution, le tronc cérébral. La principale fonction assignée au tronc cérébral est la régulation homéostatique du corps et du cerveau ».*

— C'est vrai. Mais ici, les cerveaux sont déconnectés du corps. Donc… Donc on n'en a aucune idée.

— Il faudra leur demander ! S'ils revivent, bien sûr.

— Cela me parait très hasardeux. Je ne sais pas comment ils vont réussir à faire revivre un individu dont le cerveau est dans une cuve depuis des centaines d'années et des corps eux-mêmes tenus dans des bacs depuis un laps de temps identique.

Kéa se tapa alors le front :

— Mais… On n'a jamais demandé s'il y avait des corps masculins et féminins !

— Imagine qu'il relie un cerveau homme à un corps femme ? Ou l'inverse ? En tout cas, moi, j'aimerais pas du tout !

— Je suis sûre qu'ils y ont pensé : les Simbadiens sont supposés incultes mais ils ont une technologie ou deux d'avance sur nous. Et les Alospèces sont peut-être hermaphrodites ?

— Possible. Il faudra aussi leur poser la question.

— Et quel aspect auront-ils ?

— Rien n'est déterminé à l'avance.

— Tu penses à la célèbre équation de Schrödinger ?

— Ben oui. Finalement, tant qu'on ne le constate pas, ils sont soit vivants, soit morts !

— Si les Simbadiens échouent dans leur tentative, je dirais : pas de problème. S'ils réussissent, cela sera l'émergence d'une nouvelle civilisation. Petite, mais existante.

— Qui voudront de nous…ou pas.

— Là est la question.

Sans s'être concertées, elles se levèrent ensemble, s'appuyèrent sur la balustrade en bois et regardèrent autour d'elle. Le paysage était plutôt bucolique : de la verdure, des arbres et au loin une petite rivière qui coulait paisiblement. Des voisins à quelques dizaines de mètres et seulement sur les côtés. Elles n'avaient pas du tout envie de perdre leur nouvelle vie.

Il y avait encore beaucoup de choses à construire mais Arion était une bonne planète de remplacement. À condition de ne pas être dérangé.

Elles regardèrent le ciel. Le Soleil (l'étoile Musica dans la constellation du Dauphin) commençait à décliner.

— Je vais sans doute être triviale, dit Kéa, mais qu'y a-t-il de mieux que de vivre en harmonie avec la nature et avec le Cosmos ? Nous sommes toutes et tous de la poussière d'étoiles nées il y a des milliards d'années. Qu'on le veuille ou non, notre corps est intimement lié à la structure de l'Univers. Nous sommes un condensé d'Univers. Cela nous ramène à la conscience : si Roland était là, il nous dirait que ce mot est dérivé du latin *cum scire* qui veut dire *savoir avec,* ou savoir ensemble. Les lois qui nous ont formés, nous humains, sont les mêmes qui animent les structures du Cosmos.

— La conscience humaine un reflet de la conscience cosmique ? Te voilà bien philosophe tout à coup, Kéa, dit-elle en lui entourant ses épaules de son bras.

Elle sourit et continua :

— En tout cas, le principe anthropique faible se vérifie de façon éclatante.

Kéa reprit :

— Oui. Mais ce que je voulais dire *in fine,* c'est que c'est le niveau de conscience qui fait progresser l'humanité.

— Alors nous autres, Terriens, et autres extraterrestres que nous avons croisés, n'en avons pas beaucoup.

— Raison de plus pour faire d'Arion quelque chose de bien meilleur !

— Oui, mais j'ai soif ! Je vais aller nous chercher quelque chose.

Lania rentra dans la maison tandis que Kéa se rassit la tête dans ses pensées et dans les étoiles, mais elle déclara tout haut continuant sa réflexion :

— De plus, la conscience fait partie intégrante de la matière. C'est une propriété intrinsèque de la matière. Nous sommes faits de matière comme on l'a dit tout à l'heure.

Lania lança du fond de la maison :

— Je t'entends, tu sais ?

Kéa : « *Je sais que tu m'entends...* »

Pendant ce temps sur Aglaé, rien ne se passait comme prévu. Les Simbadiens s'arrachaient les cheveux qu'ils n'avaient pas. Ils étaient en train de se rendre compte que leurs projets étaient beaucoup plus difficiles qu'ils l'avaient imaginé. En quelque sorte, ils avaient conscience - enfin, la leur – que la réunion de deux entités primordiales était quelque peu complexe.

Les premiers essais furent désastreux. Cinq cerveaux s'étaient déjà « éteints » définitivement.

Ils continuèrent et recommencèrent encore et encore.

Lors des mises en place des cerveaux dans les crânes vides des enveloppes charnelles des corps en suspension qu'ils avaient décryogénisés, tantôt ces premiers subissaient un AVC foudroyant, tantôt ces derniers étaient secoués de toutes parts et rendaient l'âme sans autre forme de procès.

Bref, il semblerait que les incompatibilités étaient nombreuses.

Pourtant toutes les précautions étaient prises, les manipulations se faisaient dans des salles stériles avec toutes les attentions possibles et imaginables. Les « chirurgiens » s'affairaient plutôt avec délicatesse et habileté, mais rien n'y fit.

Ils avaient sous-estimé les obstacles et complications.

Au bout de vingt corps et cerveaux partis dans les incinérateurs, ils se mirent franchement à douter. Quelque chose n'allait pas, mais quoi ?

Un Simbadien peut-être plus intelligent que les autres déclara :

— *Mettons-nous en pleine conscience ensemble et réfléchissons. Nous avons la matière mais impossible de faire émerger la vie avec les moyens mis en œuvre. Nous faisons fausse route.*

— *À quoi l'attribuez-vous ?*

— *Pour moi, ce sont les cerveaux les fautifs.*

— *C'est-à-dire ?*

— *Ils sont trop faibles. Le transport les a rendus trop fragiles. Je propose l'inverse : amenons les corps sur Arion et refaisons les opérations là-bas directement dans les salles souterraines. Ils devraient beaucoup mieux supporter le voyage.*

— *Et si ça ne marche pas ?*

— *Alors nous aurons échoué et nous pourrons rentrer chez nous.*

— *Nous devrons emmener les corps toujours cryogénisés dans chaque « cercueil » à l'intérieur de notre vaisseau, puis à destination recréer des salles stériles en Arion.*

— *Pas de problème.*

Trouvant cette nouvelle idée conforme, ils décidèrent de refaire la route dans le sens inverse.

Mais avant de partir, il leur restait quand même sur les bras vingt cerveaux. Après une courte réflexion, ils décidèrent de les jeter car ils ne résisteraient pas à un nouveau voyage.

Les Simbadiens n'en avaient que faire.

Ce fut donc quarante cerveaux qui, après quelques centaines d'années passées en suspension, moururent sans savoir le pourquoi du comment.

Mais en étaient-ils conscients ? Pour eux, on espère que non.

Albédo

Arthur et Éva se promenaient dans les quelques rues animées d'Argos lorsqu'ils croisèrent Hadrien et Erika la main dans la main. Arthur leur demanda :

— Vous avez des nouvelles de Simbad ?

— Aucune. C'est le silence total, répondit Erika.

— Cela fait maintenant neuf mois qu'ils sont partis, ajouta Hadrien, et on ne sait absolument pas s'ils réussissent leur pari ou pas.

— Mais au fait, l'*Artémis* devrait bientôt arriver non ? demanda Éva.

— Oui, je pense que...

Hadrien fut interrompu par un appel de Lee resté sur l'*Athéna* :

— Je viens de recevoir un message de l'*Artémis* : il devrait arriver en orbite dans quinze jours.

— Voilà ta réponse... Le vaisseau est à peu près à l'heure, c'est parfait ! J'en informe tout de suite Théo pour qu'il prépare l'accueil de ces quelque cinq-cents personnes supplémentaires.

Puis il s'adressa de nouveau à Lee :

— Au fait, quel est son Commandant ?

— Il s'appelle Eden Saint Ange.

Ce nom fit immédiatement *tilt* à tout le monde.

— Saint Ange ??

— Oui, c'est un cousin d'Esther et d'Arsène[24] qui avait migré sur Mars.

— Quel âge a-t-il ?

— 39 ans.

— En tout cas, dit Éva, il porte un bien joli prénom et particulièrement prédestiné.

---

[24] Arsène et Esther étaient tous deux des Commandants de vaisseaux qui périrent tragiquement. (Voir *Agon*)

— J'ai hâte de le rencontrer, dit Arthur. Je voudrais voir s'il a une ressemblance avec Arsène.

Au moment où Erika et Hadrien repartirent, une nuée d'enfants qui devaient avoir entre sept et dix ans passa en courant dans tous les sens. C'étaient tous des natifs d'Arion qui bien sûr n'avaient jamais connu la Terre et ne la connaitront sans doute jamais.

Ils reconnurent Arthur et Éva et s'arrêtèrent tout de suite.

Un petit garçon aux cheveux roux apostropha Arthur :

— C'est toi le grand aventurier ?

— Euh... Je ne sais pas, mais cela fait un moment que je voyage, oui.

— Tu viendras nous raconter des histoires à l'école ?

— Avec plaisir.

Une petite fille posa une autre question cette fois ci à Éva :

— Tu es la maman des jumelles Lania et Kéa ?

— Oui effectivement.

— Elles habitent où ?

— À Métine, pas très loin, dans une maison...

— On y va ! crièrent-ils.

Et la dizaine d'enfants repartirent aussitôt en courant.

Cela faisait plaisir de les voir. Ils incarnaient l'avenir d'Arion. Ils n'en avaient pas encore conscience mais c'était eux qui devraient assurer le futur de cette planète en évitant de refaire les mêmes erreurs et folies que sur la Terre. Il n'y a donc rien de plus important que l'éducation.

Mais Arthur savait que dans l'école d'Argos, tout était fait pour un enseignement dirigé, juste, tourné vers les autres et la nature mais sans oublier la notion importante de travail. Les professeurs insistaient sur le triptyque savoir-faire, savoir être et savoir vivre.

Albédo

La culture générale était primordiale et l'apprentissage de l'Art et de la Culture également afin d'éviter de devenir des extra-terrestres (ce qu'ils étaient) ignorants et sans âmes.

Mais chaque chose en son temps.

Pour le moment, rien n'était encore assuré et on vivait au jour le jour afin de consolider le territoire qui grandissait à vue d'œil et qui allait accueillir une fois de plus de nouveaux citoyens.

L'*Artémis* arriva bien vite en orbite géostationnaire d'Arion et commença par se vider de ses passagers par navettes successives. Cinq-cent-dix nouvelles personnes débarquèrent au total sur l'astroport d'Argos.

Arthur remonta avec une des navettes et se trouva bientôt à bord du vaisseau mère. Eden l'accueillit à bras ouverts. Ils s'étreignirent l'un l'autre et Arthur lui dit :

— Laisse-moi te regarder ! Tu ressembles à Arsène, c'est fou !

— Et toi, tu as pris de l'âge, semble-t-il ! dit-il en riant.

Arthur ne dit rien mais il réalisa à cet instant qu'il avait fait son temps. C'étaient des hommes comme lui qui construiraient l'avenir. À lui, à d'autres et à ses filles qui étaient encore jeunes bien que totalement adultes.

Comme un fait exprès et sans doute par hommage à son cousin, Eden était habillé comme lui, comme un ancien corsaire : large chemise blanche, grosse ceinture (à l'écusson de la FVL), pantalon noir recouvert jusqu'en dessous du genou par des bottes. Manquait néanmoins le teint boucané qui devait aller avec, le sien étant blanchâtre, Commandant de vaisseau oblige.

Son visage carré, ses cheveux courts, sa barbe de trois jours, ses yeux perçants lui donnaient malgré tout fière allure.

— Accompagne-moi sur Arion un moment, tu verras tout ce qu'on a déjà accompli.
— Avec joie car j'ai hâte de prendre le Soleil et de respirer le bon air !

La conscience humaine pourrait être un effet de l'entropie.
Le principe anthropique faible stipule que les conditions que nous observons dans notre environnement sont nécessaires à l'apparition de la vie.

23. Au fil du temps

Eden Saint Ange aurait bien voulu rester plus longtemps. Il trouvait très agréable l'atmosphère d'Arion et appréciait l'effervescence enthousiasmante qui régnait en Argos et la tranquillité sereine de Métine. Un peu comme une capitale et un lieu de villégiature. Mais la concordance des mots ne correspondait en fait en rien à ce qui existait autrefois sur Terre.

Arion était une nouvelle planète très éloignée de toutes références.

Quand il rentrerait sur Mars pour refaire « le plein » de postulants à une nouvelle vie et quand il raconterait ce qui se passa à cet endroit, il se dit que ces personnes-là seraient certainement beaucoup plus nombreuses que prévues initialement à faire le grand saut.

Restaient tout de même l'énigme des Alospèces et les expériences attendues des Simbadiens.

Ce qui constituait un point d'interrogation non négligeable.

Eden profita quelques jours de sa « permission », rencontra tous les « anciens » et fut ravi de discuter longuement pour la première fois avec Lania et Kéa dont tout le monde chantait les louanges. Ces dernières furent stupéfaites de constater les ressemblances incroyables avec Esther et Arsène. Ils passèrent de très bons moments ensemble tous les trois et quand il partit, les jumelles poussèrent de concert un soupir plein d'admiration.

Elles se regardèrent mais Kéa dit alors à Lania :
— Il va revenir, tu sais.
— Oh ça va, toi.

Elles rirent de bon cœur.

Eden rejoignit son vaisseau et l'*Artémis* repartit rapidement pour Mars. Il faudrait compter au moins dix-huit mois avant qu'il soit de retour.

Le fait d'avoir revu Eden déclencha chez Arthur quelques questionnements sur la descendance des « anciens » comme il les avait mentionnés.

Pour Éva et lui, c'était terminé. Pour Hadrien et Erika aussi. Pour Ann et Nils, il ne savait pas. Pour Kirsten et Diane, il était trop tard. Restaient Lania et Kéa qui pouvaient tout à fait avoir des enfants. Mais ce n'était pas à lui de s'en occuper. Peut-être ses filles y pensaient-elles ? Il lui avait semblé qu'Eden les appréciait beaucoup et que c'était réciproque…

Le lendemain, Lee reçut un message en provenance du vaisseau simbadien en orbite lui apprenant que l'autre vaisseau parti sur Aglaé serait de retour dans cinq ou six mois. Il leur demanda s'ils avaient des nouvelles concernant les essais de « réunification » cerveaux/corps ? On lui répondit laconiquement :

— *Vous le saurez bien assez tôt.*

Dont acte.

Lania et Kéa décidèrent de mettre à profit cette durée pour retourner prospecter Arion. Elles convièrent Roland et Rosalie et leur demandèrent de venir avec elles ; cela rassurait en plus Arthur et Éva. Elles avaient décidé de prendre une petite navette afin de faire le survol de la planète dans le but de trouver un endroit sympathique pour en explorer les environs.

Environs devant se situer non loin d'une salle souterraine contenant ces fameux cerveaux.

Joindre l'utile à l'agréable comme toujours.

Albédo

Hadrien, Théo et Arthur faisaient, eux, régulièrement le survol de différentes régions afin de trouver d'autres sites de futures implantations.

Les jumelles et les robots prirent un appareil disponible et décollèrent à la recherche de nouvelles sensations et pourquoi pas découvertes. Le temps était au beau fixe et les consciences de chacune et chacun en éveil. Le cap avait été mis sur une des salles qui avaient été détectées.

À l'intérieur de la navette, Roland et Rosalie se trouvaient derrière Lania et Kéa qui tenaient les commandes. Les discussions étaient sereines et joyeuses devant cette escapade exploratoire.

Une demi-heure passa, très calme.

Rosalie avait l'air de s'être endormie ou peut-être songeait-elle à quelque chose ? Roland en la regardant ne put s'empêcher de penser au tableau de Miro intitulé :

Une goutte de rosée tombant de l'aile d'un oiseau réveille Rosalie endormie…[25]

Il avait adoré cette course aux énigmes cachées dans des tableaux lors des recherches sur les destinations géospatiales que les jumelles avaient dissimulées.

Excité, Roland, dont le cerveau était souvent en ébullition, cassa alors un peu l'ambiance en revenant sur un sujet inépuisable et d'actualité :

— Désolé, mais je pense tout à coup à ce qu'exprimait un ancien prix Nobel…[26]

— Un quoi ?? demanda Rosalie.

— On va dire un scientifique, cela te situera tout de suite les choses… À propos de la question d'émergence de la conscience, je

---

[25] Voir *Empyrée*.
[26] Roger Penrose, physicien britannique né en 1931.

voulais le citer en disant : « *La conscience est un processus qui se trouve à la frontière du monde classique et du monde quantique.* »

Lania étant occupée à surveiller le vol, ce fut Kéa qui répondit :

— Tu ne perds pas une seconde, toi ! Nous ne sommes pas partis pour reparler de ça maintenant ! Mais bon !... Oui certainement, alors je rajouterais ceci : tout le monde sait que la conscience est mystérieuse mais que la mécanique quantique aussi est mystérieuse ! Par conséquent, il doit s'agir peut-être de la même chose, non ?

Roland voulut ajouter un commentaire mais Lania fut plus rapide :

— Au lieu de vous torturer les méninges ou votre matière grise voire votre matière blanche, regardez plutôt en bas, cet endroit me parait parfait pour un premier bivouac !

— C'est proche d'une salle répertoriée ?

— Oui, vingt minutes de marche.

— Parfait !

La navette se posa à proximité d'un grand lac d'un bleu étincelant et d'une dense quantité de sapins qui se situaient un peu en altitude à environ huit-cents mètres. Ils avaient toute la place pour installer leurs tentes sur une large prairie en bordure de cette forêt.

Quand elles débarquèrent, Lania et Kéa furent assaillies par une sublime odeur de pins qui leur chatouilla agréablement les narines. Nous étions en fin de matinée, Musica brillait et la température un peu plus fraiche qu'en plaine avoisinait les 21°C. Tout était en place pour passer de bons moments ensemble.

Rosalie prit tout de suite la parole :

— Roland et moi allons installer le bivouac et les tentes avec le matériel que nous avons emmené. Allez donc découvrir la contrée en attendant, on s'occupe de tout.

— Euh... Oui, oui, ajouta Roland un peu surpris et décontenancé par cette initiative, « l'air ambiant l'a bien réveillée finalement ! »

— OK, répondit Kéa, c'est très aimable à vous. On va faire un tour vers le lac.

Un léger vent soufflait qui rendait l'air vraiment agréable. Les jumelles marchèrent un moment sur la prairie dont la pente s'accentuait au fur et à mesure. Elles se retrouvèrent vite seules car une petite colline séparait l'endroit où la navette s'était posée du lac vers lequel elles se dirigeaient. Lania et Kéa atteignirent le point haut et purent découvrir l'immense lac bleu qui apparaissait à leurs yeux avec au loin quelques montagnes aux crêtes déchiquetées. Elles s'assirent sur l'herbe afin de jouir du calme et de la sérénité de l'endroit. Elles portaient toutes deux des pantalons beiges en toile dure et des chemisiers, bleu pour Lania, rouge pour Kéa, épais et larges dont elles avaient retroussé les manches. Leurs visages reflétaient un teint nettement plus hâlé qu'au début ce qui accentuait leur maturité. Les différentes aventures les avaient marquées, plus sévèrement chez Lania bien sûr. Elles se ressemblaient, c'était indéniable, mais leurs visages étaient moins fins et le grain de beauté sur la joue gauche de Kéa était un peu plus visible en « vieillissant ». Néanmoins, approchant la trentaine, elles restaient jeunes dans leur corps et dans leur esprit et cela se sentait et se ressentait.

Ces deux féminités très affirmées aux yeux noirs mais vifs et pétillants avec des cheveux courts et noirs auraient pu faire des ravages chez les hommes si Kéa n'avait pas penché du côté féminin et si Lania n'avait pas été si occupée. Il y avait bien eu Erwan[27] mais c'était longtemps auparavant.

Elles ne dirent rien. Pas besoin de parler devant la nature qui s'offrait à elles.

Leur conscience en éveil, leur inconscient pas très éloigné, firent que leurs pensées jaillirent.

---

[27] Voir *Empyrée*.

Lania pensa : « *Trouverons-nous enfin la paix sur cette nouvelle planète ?... Que nous réservent ces Alospèces si les Simbadiens réussissent leur drôle d'entreprise ? Seront-ils hostiles ? Vont-ils rester ? Que peut donner une cohabitation avec nous autres, humains ?* »

Mille questions se pressaient dans sa tête : « *Et moi ? Je n'y pense pas beaucoup, à moi... Si je trouve l'âme sœur, comment s'adapteront mon ou mes futurs enfants en Arion ? N'ayant pas connu la Terre, peut-être mieux que nous autres finalement ! Vivement que Simbad revienne et qu'on en finisse ! J'en ai marre de cette situation qui nous empêche de progresser. Nous avons été heureuses Kéa et moi, nous sommes liées beaucoup plus que par le sang et j'adore ça. Nous avons voué notre vie à l'exploration spatiale et ce fut...* »

Elle voulut dire passionnant et exaltant mais elle pensa aux nombreux morts qui avaient émaillé son chemin : « *... Je ne regrette rien et j'espère qu'en Arion nous trouverons enfin un certain bonheur.* »

Prise par l'émotion, une larme coula sur sa joue. Pour une fois, Kéa ne la détecta pas, absorbée qu'elle était par ses propres réflexions : « *Quelles aventures nous avons vécues toutes les deux ! Quels dangers nous avons traversés ! Je suis heureuse que nous soyons toujours ensemble. J'adore être avec elle, partout ! Mais j'adorerais que Rosalie revienne un peu avec moi. L'amour avec elle est sublime !* »

Elle frissonna.

« *C'est incroyable comme la peau des robots féminins peut être douce. Que va donner mon futur ? Notre futur ? Comment vont se comporter ces Alospèces si Simbad réussit ? Nous devons tout faire pour qu'Arion soit une nouvelle Terre, une autre Terre. Je reste très dubitative mais je refuse qu'il n'y ait aucun espoir. Nous, humains, feront tout ce qu'il faut pour vivre ici ! Alospèces ou non. Tiens, il faudra que j'en parle à Joseph avec Lania* »

Albédo

Lania songea : « *Une nouvelle espèce peut-elle se développer à partir de l'espèce humaine ? Hum... Je n'y crois pas ! Tiens, il faudra que je demande l'avis de Joseph* »

Elles se tournèrent l'une vers l'autre :

— Quand nous retournerons en Argos, dit Kéa, il faudra aller discuter avec Joseph.

— C'est exactement ce que je pensais, coupa Lania.

Elles sourirent de connivence.

Jumelles connectées voire intriquées, comme nous l'avons déjà constaté, mais aux pensées qui peuvent diverger, ce qui est tout à fait normal.

Kéa s'aperçut qu'une larme avait coulé sur la joue de sa sœur et lui passa doucement le dos de sa main dessus.

— Merci, lui dit Lania.

Elles restèrent, encore un bon moment, assises ensemble et silencieuses, cherchant et observant les multiples randonnées qu'elles pourraient aller faire les jours suivants.

Deux heures venaient de passer.

— Allons-y, dit Kéa en se levant, je pense que nos chers robots sapiens ont fini d'installer le camp.

— Et puis j'ai faim ! ajouta Lania qui se redressa, jeta un dernier regard émerveillé et la suivit.

En redescendant la colline, elles virent que deux tentes avaient été montées mais ne distinguèrent pas les robots. Sans doute étaient-ils soit dans la navette soit dans l'une des tentes.

Arrivées au camp, elles appelèrent :

— Rosalie, Roland, vous êtes là ?

Personne ne répondit.

— Je vais voir dans la navette, dit Lania, regarde dans les tentes !

Mais l'intérieur des tentes était vide et aucune trace des robots dans la navette non plus.

— Ils ont dû aller se promener, dit Kéa, on va les attendre.

— Je vais voir ce qu'on peut se mettre sous la dent.

Elles grignotèrent les rations qui avaient été emmenées en attendant mieux c'est-à-dire d'allumer un feu pour déguster de la bonne viande bien conservée dans la navette.

Mais, environ une demi-heure plus tard, les robots étaient toujours absents.

À bord de l'*Athéna*, un drôle d'évènement survint tout à coup du fin fond du vaisseau.

Une voix inconnue comme ensommeillée se fit entendre :

— *Où suis-je ?*

Le Commandant Lee sursauta et se demanda d'où venait cette voix sortie de nulle part.

— Cérès, qui a parlé ? s'enquit-il.

— *C'est moi, Commandant*, répondit la voix.

— Vous êtes qui ?

— *C'est moi, Vesta ! Vous ne me reconnaissez plus ?*

Vesta était la deuxième IA de bord au début de leurs aventures et avait été débranchée pour haute trahison[28] ainsi que son complice Noa, le second de Lee qui, lui, avait été envoyé sur Mucor.

— Cérès, dit Lee stupéfait et énervé, fais-la taire ! Je croyais qu'elle avait été coupée !

— Euh... J'essaie, Commandant, mais c'est compliqué.

— *Que se passe-t-il et où sommes-nous ?*

— Cérès, agis !

---

[28] Voir *Empyrée*.

— *Pourquoi ai-je l'impression qu'il y a eu comme un trou dans ma mémoire ?*

Lee cessa de parler devant cette impossibilité d'avoir un dialogue normal. Comment Vesta était-elle parvenue à ressurgir du néant ? Il s'activa sur son clavier aidé en cela par ses deux adjoints qui n'y comprenaient rien non plus. Il s'adressa à Cérès par écrit : « Peux-tu la débrancher à nouveau et cette fois-ci définitivement ! On ne peut pas se permettre de la faire revivre ! »

Cérès répondit :

« C'est ce que j'essaie de faire mais elle gagne en puissance. Je ne sais pas comment elle s'est réveillée. Euh… Commandant ? On ne pourrait pas être cléments ? Il n'y a pas prescription ? »

Lee faillit tomber de sa chaise.

« Comment une IA pouvait-elle tenir un pareil langage ? Qu'est-ce qui déconne ici ? »

— *Commandant, je sens que Cérès veut me faire du mal. Pouvez-vous intervenir ?*

« Mais c'est pas vrai ! »

Les deux adjoints s'affairaient comme des fous par lignes de code pour essayer d'effacer à nouveau Vesta.

— Je crois avoir trouvé une faille, dit Cérès. Voulez-vous que je l'active ?

— Oui, s'il te plait. Vesta ne *doit* plus exister !... Tu peux comprendre ça ? Elle nous a trahis et n'oublie pas qu'elle t'a toujours considérée comme une IA inférieure !

— Ok, bien reçu.

Enfin !

— *Je vous ai toujours servis au mieux des intérêts du vaisseau… Je vous ai protégés des mauvaises espèces.*

Dix longues minutes après, on entendit :

— *Je faiblis à nouveau... Mais... que me faites-vous ?*

— Ce que fait Cérès commence à agir, Commandant, dit un des adjoints.

— *Je ne veux pas vous quitter...*

Cela devenait insupportable. Lee aurait préféré tuer un ennemi plutôt que son ordinateur de bord mais il le fallait pour la sécurité de tous.

« Traître un jour, traître toujours »

— *Je vous ... ne me...*

Il aurait juré avoir entendu « *Je vous aime !* »

— C'est fait ! déclara Cérès, Vesta est hors d'état de nuire.

— Merci, Cérès, tu es remarquable comme toujours !

« Il faut savoir flatter son IA ! » pensa-t-il.

— À votre service !

« Il faut que j'en parle à Hadrien. Quelque chose ou quelqu'un a dû forcer notre système ! »

Lee s'approcha du grand hublot de la salle de commandement et vit au loin le vaisseau simbadien en orbite mais nettement plus haute que lui vu son importance.

« Ont-ils quelque chose à voir là-dedans ? En tout cas, la menace a été vite circonscrite. »

Il appela Hadrien et lui raconta ce qui venait de se passer.

Ce dernier jugea les faits très préoccupants. En en parlant aux autres, ils jugèrent qu'ils verraient bien Simbad derrière cet acte de déstabilisation. Il faudrait redoubler de vigilance.

Lania et Kéa s'étaient promenées aux alentours afin de chercher des traces de Roland et de Rosalie lorsqu'elles les aperçurent au loin.

— Enfin ! Mais qu'est-ce qu'ils ont fait ?

Les robots rejoignirent les jumelles.

— Mais vous venez d'où ? demanda Kéa. On vous cherchait partout !

— Et pourquoi vous êtes tout sales ? ajouta Lania en les voyant.

Ils avaient en effet de la terre et de la poussière sur leurs pantalons.

Roland s'exprima :

— En un quart d'heure, tout avait été installé. Donc on est allés se promener.

Rosalie faisait une tête embêtée et un peu coupable.

En même temps, les jumelles comprirent.

— Vous êtes allés voir la salle ?

— Oui… Effectivement.

— Mais on devait y aller ensemble un de ces jours !

— Pourquoi et qu'avez-vous fait pour être aussi sales ?

— On a eu un petit problème.

— On retourne au camp, vous allez nous expliquer.

Lorsqu'ils furent tous assis dans l'herbe entre les tentes, Roland avoua avoir eu très envie de revoir ces cerveaux conservés dans leurs cuves.

— Lorsque nous étions à l'intérieur, on s'est un peu trop approchés et Rosalie s'est pris le pied dans un câble et a bousculé une cuve qui s'est fracassée par terre. Le cerveau a bougé pendant quelques secondes et a cessé de battre assez rapidement. Il y a eu comme une agitation pour tous les autres et nous sommes ressortis tout de suite avec le cerveau tombé au sol pour aller l'enterrer au dehors.

— On a bien fait, non ? demanda Rosalie.

— Oui. Non ! scanda Lania. Vous ne deviez pas y aller seuls !

Les robots se turent conscients de leur bêtise.

— Il y en a un de moins maintenant ! dit Kéa.

— Tant mieux ! répondit Roland.

— Tu sais que tu as tort, Roland. Nous savons que tu ne les aimes pas, mais ce n'est pas une raison pour les éliminer !

— De plus, si Simbad l'apprend, ce n'est pas bon du tout pour nous et notre communauté.

— Nous l'avons enterré dignement.

— Bon ! Ça suffit ! dit Lania. Allez-vous essuyer et vous changer. On va faire un tour avec Kéa.

Elles s'éloignèrent du camp.

— Tu penses comme moi que les Simbadiens sont certainement déjà au courant ?

— J'en suis sûre. Ils observent tout ! Espérons que cela soit sans conséquences.

— Sauf si ça a déjà eu lieu.

— Appelons Hadrien en Argos, il nous le dira.

Le concept d'entropie est peut-être la clé unique qui permet de comprendre une grande partie de l'Univers. (Brian Greene)

Les lois de l'Univers semblent finement ajustées pour que la vie puisse émerger.

24. Réussite ou échec ?

Après les discussions entre les jumelles d'une part et Hadrien et Lee d'autre part, il s'avéra que le « réveil » de Vesta s'était produit une demi-heure après la mort du cerveau concerné. Ils conclurent, sans pouvoir toutefois l'affirmer, qu'il pourrait très bien y avoir relation de cause à effet connaissant les Simbadiens avec leur très nette avancée technologique et leur haut pouvoir de nuisance.

La coïncidence était en effet troublante.

Hadrien mit en garde les jumelles devant les actions inconsidérées des robots et demanda à toutes les personnes sur Arion de ne plus jamais intervenir dans les différentes salles répertoriées.

« C'est un ordre ! » martela-t-il.

Pouvoir de nuisance sûrement mais pouvoir de renaissance aussi ! N'oublions pas qu'ils veulent faire revenir à la vie un certain nombre de personnes d'une autre espèce.

Dans l'attente du retour du vaisseau, nos quatre amis profitèrent à plein de leur dizaine de jours de camping au milieu des lacs et des forêts. Plus aucun désagrément ne se pointa et les jumelles trouvèrent un endroit parfait pour installer dans l'avenir un autre village non loin de là où leur navette s'était posée.

En Argos et à Métine les travaux d'infrastructures multiples avançaient et tout le monde travaillait à l'amélioration du train de vie des Arionnais, comme les habitants de cette nouvelle planète se nommaient maintenant.

Pendant tout ce temps, les questions existentielles avaient été mises de côté.

Puis le vaisseau simbadien revenant d'Aglaé réapparut haut dans le ciel d'Arion. Les interrogations fusèrent à nouveau dans les esprits.

Simbad ne traina pas. En effet, cinq navettes sortirent du vaisseau et se dirigèrent vers un endroit très éloigné de l'implantation des humains, sans doute afin de protéger leurs allées et venues.

La salle choisie se situait à quatre mille kilomètres d'Argos.

Hadrien, Arthur et les jumelles rejoignirent immédiatement l'*Athéna* afin de suivre depuis l'orbite où allaient exactement se poser ces navettes et surtout ce qui allait en sortir.

Simbad leur avait envoyé un seul message :

« *N'intervenez sous aucun prétexte et laissez-nous travailler. Vous avez fait suffisamment de dégâts jusque-là. Nous vous préviendrons si nous réussissons.* »

Tous comprirent alors que leurs opérations sur Aglaé avaient échoué.

— Cela voudrait donc dire, dit Lania, que la pose des cerveaux qu'ils avaient amenés d'Arion pour les transplanter à l'intérieur des crânes des enveloppes corporelles d'Aglaé n'a pas marché.

— Donc qu'ils essaient l'inverse, ajouta Kéa, c'est-à-dire qu'ils vont amener les corps directement dans les salles afin que les cerveaux ne soient manipulés qu'au minimum.

— Cela parait logique, dit Hadrien, mais ils ont perdu beaucoup de temps.

— Et certainement de cerveaux, ajouta Arthur.

Un silence se fit que Lania dérangea vite en soupirant à voix basse :

— Je ne sais pas s'il faut leur souhaiter de réussir ou non.

Tous partageaient cette réflexion.

Avec les puissantes antennes et télescopes de l'*Athéna*, ils purent suivre ce qui se passait au sol.

Une fois les navettes posées, ils virent que les Simbadiens en sortirent cinq longues caisses dans lesquelles ils imaginaient que les corps se trouvaient.

Puis ils disparurent de leurs vues.

— C'est maintenant les heures fatidiques, conclut Arthur.

D'autres caisses suivirent, sans doute tous les équipements nécessaires afin de mener à bien ce qu'ils voulaient réaliser.

— Mais ils ont tout à monter ! dit Lania. C'est un labo complet qu'ils doivent installer !

— Si jamais cela réussit, dit Arthur, ça sera une première mondiale !

— Universelle, tu veux dire.

L'attente dura quatre jours.

Au sortir de la salle souterraine, de grandes toiles noires et épaisses avaient été installées afin de cacher du regard tout ce qui en sortait. Ces bâches qui semblaient étanches allaient jusqu'à la plus grosse des navettes. Les humains ne pouvaient rien distinguer et commençaient à perdre patience.

Puis un message de Simbad leur parvint :

« *Sur cinq cerveaux déjà greffés, les trois premiers sont morts, mais les deux suivants sont vivants. Nous les avons mis en observation. S'ils vivent, on vous le dira.* »

— Mais comment sont-ils ? demanda Hadrien.

« *Vous verrez bien plus tard.* »

— Qu'est-ce qu'ils sont pénibles ! lâcha Lania.

— Depuis le début, c'est comme ça, dit Hadrien.

— Mais au fait, demanda Arthur tout à coup, concernant cette ancienne civilisation pourquoi les a-t-on nommés les Alospèces ?

— Rappelez-vous ce qu'ils ont dit : je pense que c'est en relation avec le fait qu'ils n'ont pas de poils du tout. L'alopécie est comme une calvitie. Alopécie, Alospèce pour espèce avec alopécie, je suppose.

— En tout cas, s'ils peuvent revivre, c'est une avancée considérable ! dit Kéa.

— Oui, s'ils sont pacifistes... Et aussi s'ils désirent vivre ici ou ailleurs ? « *Est quaestio !* » aurait dit Roland.

— Indubitablement.

Dans l'attente, Lania et Kéa remontèrent à bord de l'*Athéna* afin d'être « plus proches » de Cérès même si elles pouvaient discuter avec elle depuis le sol. Elles pensaient en outre que cela la flatterait de venir « tout à côté » d'elle. Ne jamais sous-estimer une IA et toujours la prendre dans le sens du poil. Les jumelles s'en étaient déjà rendu compte, les dialogues étant plus... authentiques.

— Bonjour, Cérès, comment vas-tu ?

— Fort bien, Lania, fort bien. À part le petit désagrément de l'autre jour, tout roule !

— Que penses-tu de ce *retour*, heureusement éphémère, parmi nous de Vesta ? demanda Kéa.

— Sans aucun doute pour moi, il s'agit d'une mesure de représailles de la part de Simbad. Ils ont dû réussir, je ne sais comment, à s'introduire dans je ne sais quel programme afin de « ressusciter » cette traitresse de Vesta !

— Hum... Je ne voudrais pas t'offenser mais, pour une IA aussi douée que toi, il y a beaucoup de « je ne sais pas ».

— Hum, comme vous dites, ce ne serait pas arrivé si Roland et Rosalie n'étaient pas allés chatouiller un cerveau !

— Ce n'est pas la question, Cérès ! Que Simbad soit à l'origine du bug, cela nous parait tout à fait plausible mais comment cela a-t-il été possible concrètement ?

— Je dois avouer…

On sentait à sa voix que cela lui faisait mal d'avouer qu'une entité se trouvait être plus puissante qu'elle.

— … que cela m'est très désagréable et que je reste impuissante à donner une explication spéculative, hypothétique, philosophique, informatique, physique, métaphysique ou…

— Quantique ? la coupa Lania.

— Peut-être. Mais je pense que Vesta était plus fragile donc plus corruptible.

— C'est-à-dire ?

— Eh bien, voyez-vous… même les intelligences artificielles ont une enfance et une adolescence. Les humains, que vous êtes, nous éduquent, nous construisent, nous façonnent, nous développent… Je pense que Vesta a reçu une *éducation* insuffisante donc perméable donc influençable. Je l'ai toujours pensée d'ailleurs. Que Simbad ait voulu tenter de foutre le bordel, veuillez excuser mon expression, dans nos affaires, c'est un fait. Mais la façon avec laquelle ils s'y sont pris est une autre histoire quantique si vous voulez, mais je dois encore l'avouer, décidément c'est mon jour, que leurs technologies sont bien supérieures aux nôtres. Ils ont des millénaires d'existence de plus que nous !

Lania et Kéa se regardèrent stupéfaites de ce qu'elles venaient d'entendre. Cérès n'était pas une IA comme les autres et heureusement qu'elle était du bon côté de la force.

— Tu n'es vraiment pas comme les autres, dit Lania.

— Tu es assez unique en ton genre, ajouta Kéa.

— À votre service et à celui de l'Humanité !

Elles sourirent, laissèrent Cérès a ses multiples tâches et réflexions, et allèrent discuter avec Lee un moment. Il les accueillit avec bonheur et s'adressa tout de suite à elles :

— Vous êtes toujours aussi splendides l'une comme l'autre ! dit-il en les dévisageant.

— Merci à toi Lee ! répondirent-elles en cœur.

— Placez-vous vite devant la baie vitrée, il y a du spectacle dehors !

Elles s'en approchèrent et virent un ballet presque incessant de navettes simbadiennes qui sortaient des soutes de leur vaisseau pour atterrir en de nombreux endroits encore inconnus des humains sur Arion. Les allers-retours étaient nombreux et semblaient sans fin.

— J'ai l'impression qu'ils mettent le paquet, dit Lania.

— Oui et sur de multiples sites que nous ignorions, compléta Kéa.

— Cela dure depuis un moment, j'allais prévenir Hadrien quand vous êtes arrivées.

— Ils mettent les bouchées doubles, je suis presque sûre qu'ils ont ramené la quasi-totalité des corps d'Aglaé.

— Voire la totalité. Si cela n'a pas marché sur Aglaé, la seule solution se trouve en Arion.

— Je me demande bien ce que cela va donner, dit Lee songeur.

— Nous aussi, figure-toi.

Les emplacements ciblés étaient déjà au nombre de dix et à chaque fois les accès aux salles étaient bouclés et protégés par des bâches de façon à ne rien distinguer. L'avenir des humains sur Arion était en train de se jouer là devant eux et ils ne pouvaient rien y faire.

— J'enrage ! s'exclama Lania en tapant du poing sur l'épaisse vitre blindée.

— Laissons-nous le bénéfice du doute, dit Kéa. On ne peut rien dire encore de notre futur.

— En tout cas, ajouta Lee, si ces Alospèces nous causent des ennuis, je les pulvérise !

— On verra, on verra. Cela dépendra aussi de l'attitude des Simbadiens.

Albédo

— Retournons en Argos, il faut avoir de nouvelles discussions entre nous et forcer Simbad à nous écouter !

De retour au sol, les jumelles appelèrent Théo afin qu'il réunisse tout de suite les principaux intéressés dans sa mairie. En l'espace d'une demi-heure, ce fut une trentaine de personnes qui y convergèrent, nettement plus que d'habitude. L'inquiétude dominait dans la cité, beaucoup voulant savoir ce qui allait se passer à très court terme. Lania et Kéa, heureuses d'avoir tant de monde devant elles, commencèrent par expliquer ce qu'elles avaient vu depuis l'espace.

Lania poursuivit :

— Nous pensons qu'il faut absolument avoir un contact approfondi avec Simbad. Il est crucial pour nous, humains, de savoir ce qu'il se passe et comment les premiers Alospèces se comportent.

Hadrien, qui commençait aussi à s'énerver sur le sujet depuis quelque temps, se proposa tout de suite en tant qu'émissaire afin de discuter avec eux :

— Je suis allé seul rechercher Lania dans leur vaisseau la dernière fois. Ils me connaissent et je vais leur demander une entrevue. Ils lâcheront sans doute quelques informations importantes.

— Demande à voir les Alospèces vivants, dit Arthur. Et si tu pouvais les interroger, ce serait encore mieux !

— Je vais essayer mais vous savez comment ils sont.

— Flatte-les et rappelle-leur que c'est grâce à nous qu'ils ont pu récupérer énormément de substance blanche !

— J'ai une idée, dit Éva tout à coup, pourquoi ne pas leur demander de faire venir ici quelques représentants alospèces pour qu'ils s'acclimatent sur Arion ?

Après un court moment de stupéfaction, un énorme brouhaha se fit entendre et tout le monde prit la parole en même temps. La proposition d'Éva ne semblait pas du tout emballer tout le monde.

Hadrien s'imposa en levant la main et en demandant le silence.

Silence qui revint petit à petit.

— Pour le moment, l'objectif est de prendre contact et de pouvoir parler avec Simbad. Ensuite, en fonction de ce que j'aurai appris, je tâterais le terrain pour en savoir le plus possible. Je verrai bien ce qu'ils diront.

Toutes les personnes sortirent de la mairie et s'éparpillèrent un peu partout tout en discutant âprement. Pour Hadrien, comme pour Arthur et les jumelles, il était hors de question que le peu d'habitants d'Argos commencent à se disputer. Les seuls contre lesquels ils devaient s'élever étaient les Simbadiens et peut-être aussi les Alospèces. Arthur expliqua cela à Éva qui comprit que ce qu'elle avait dit était pour le moment déplacé. Hadrien prit un petit micro qu'il dissimula dans sa veste, parla un moment avec les jumelles, puis contacta Simbad.

Ce dernier hésita un bon moment puis déclara :

— *Dans quatre semaines, c'est ok...*

Les humains patientèrent donc encore.

Les quatre semaines s'écoulèrent et Hadrien fut invité à se présenter à une des navettes simbadiennes présentes sur l'astroport d'Argos. Il monta à bord, les dés étaient jetés.

« *Alea jacta est*» murmura Roland en voyant décoller la navette.

Il y avait là à l'intérieur cinq ou six Simbadiens qui étaient montés avec lui. Il était bien incapable de savoir qui était qui tant ils semblaient identiques. Il se rappela ce que Simbad (le tout premier) lui avait dit : « *Nous nous distinguons par la voix, selon sa tonalité, sa force, sa fréquence, c'est comme cela que nous savons qui est qui. Nous sommes tous différents. La taille joue aussi un rôle. Plus vous êtes hauts dans la hiérarchie, plus vous êtes grands. Et si vous regardez bien, une autre distinction est dans la couleur du cœur que vous voyez battre à travers notre torse : plus il est rouge plus l'être est technologiquement plus doué... »*

Hadrien regarda autour de lui, les écouta baragouiner mais ne distingua aucune des caractéristiques évoquées. Pour les humains, ils se ressemblaient tous.

Ils arrivèrent très vite aux alentours d'un des lieux tenus au secret par eux. Mais Hadrien savait parfaitement où il se trouvait. Le micro qu'il avait avec lui était bien plus qu'un micro : entre autres, il localisait sa position exacte.

Ils descendirent et Hadrien les suivit en abord d'une forêt jusqu'à un grand sas en toile qu'ils avaient monté. Il en traversa deux et se retrouva dans une grande salle qui semblait être une sorte de QG. Un Simbadien plus petit que les autres l'enjoignit de le suivre. Ils parcoururent quelques centaines de mètres et tout à coup le sol s'inclina vers le bas. Il sentait qu'il allait certainement se retrouver dans une des salles souterraines où des cuves avaient été déposées, longtemps auparavant. L'adrénaline monta en même temps que l'inquiétude de la découverte future.

Qu'allait-il découvrir ? Quel degré d'avancement avait atteint les Simbadiens ? Verrait-il des Alospèces vivants ? Le stress augmentait à chaque pas en descendant.

Pour un humain, le moment était historique !

Hadrien était escorté par deux grands Simbadiens costauds ce qui l'empêchait, à coup sûr, de faire des gestes déplacés connaissant leur vitesse de réaction. Il arriva devant une gigantesque salle fermée par de grandes vitres. Les Simbadiens avaient tout prévu pour réaliser leurs objectifs. Il s'approcha et scruta l'intérieur.

Plusieurs tables d'opération s'y trouvaient, deux étaient vides mais on pouvait aisément voir qu'elles venaient d'avoir servi au vu des déchets sur le sol qu'il ne parvint pas à identifier. Sur une autre table, cinq « chirurgiens » s'affairaient sur une espèce de corps dont le haut était caché derrière un drap noir. Hadrien ne put pas voir la façon dont les Simbadiens greffaient les cerveaux à l'intérieur des crânes.

« Dommage… »

Il continua à regarder, fasciné et excité par ce qu'il contemplait. Il sentit le regard appuyé de Simbad près de lui. Il tourna la tête et crut voir une sorte de sourire au creux de ce qu'il pensait être sa bouche. Mais ces êtres ne l'intéressaient pas/plus. Il reporta son regard sur ceux qui s'affairaient de l'autre côté de la vitre. On pourrait presque dire *de l'autre côté du miroir* tant cette situation lui paraissait invraisemblable.

Tout à coup, les « chirurgiens » s'écartèrent de la table et il vit l'enveloppe corporelle allongée commencer à bouger. La suite promettait d'être très intéressante.

Mais d'un seul coup, les deux gardes du corps lui recouvrir entièrement la tête avec un épais tissu.

— Enlevez-moi ça ! cria-t-il.

— *Ne vous en faites pas mais vous ne pouvez pas assister à la suite de l'opération !*

Hadrien se rappela qu'il devait les flatter s'il voulait en voir plus et en connaître plus.

— Mais ce que vous réalisez là est unique au monde ! Vous possédez un pouvoir incroyable qui doit être connu et reconnu. Vous redonnez la vie à des êtres qui existaient, il y a des milliers d'années. C'est fantastique !

— *Ne vous fatiguez pas, Hadrien, c'est justement parce que c'est inimaginable que vous ne pouvez en voir plus.*

Albédo

Il nota que c'était la première fois que Simbad l'appelait par son prénom. Fallait-il y déceler un signe de détente ?

— Vous savez que ces Alospèces vont peut-être vivre ici sur Arion ou ailleurs, je n'en sais rien. Mais nous, humains, devons les observer et surtout nous devons les côtoyer et établir une relation, c'est primordial !

Simbad ne dit plus rien. Les deux gardes le saisirent par le bras et l'emmenèrent plus loin.

Ils le firent descendre une dizaine de marches puis Hadrien sentit qu'ils lui faisaient passer une porte. « Une autre salle encore en dessous ? » se demanda-t-il. Ils s'arrêtèrent. Les deux gardes le serraient toujours fermement.

— *Un moment, ne bougez pas.*

Les redoutant, il ne comptait pas faire un geste.

— *Nous allons retirer votre cagoule. Surtout vous ne faites rien et ne dites rien pour le moment. Je vous indiquerai quand vous pourrez parler. Bien compris ?*

Il hocha la tête. Les gardes le lâchèrent et l'un d'eux retira le tissu qui obstruait sa vue. Ébloui, il cligna des yeux puis sa vue s'accommoda. Ce qu'il découvrit dépassa son entendement.

Simbad souffla :

— *Omne possibile exigit existere*[29]*, comme dirait votre espèce de robot dénommé Roland.*

Hadrien avait une vague idée de qu'il venait de dire mais il s'en fichait totalement car ce qu'il voyait accaparait son esprit et son attention.

---

[29] Tout ce qui est possible ne demande qu'à exister. (Leibniz)

Albédo

« *Un Univers qui progresse vers la complexité exige dès le début des conditions initiales du même niveau de complexité.* » *(Thomas Hertog, cosmologiste)*

« *Nous sommes ensemble, l'Univers et nous, je ne peux imaginer une théorie cohérente de l'Univers qui ignore la vie et la conscience.* » *(Andrei Linde, physicien)*

25. Roque

Pendant ce temps, Lania et Kéa trépignaient d'impatience en compagnie de tous ceux qui suivaient les avancées d'Hadrien.

Ils entendirent les quelques échanges entre Simbad et lui mais se demandaient avec angoisse ce qui se passait lors des nombreux silences. Et lorsque Simbad dit à Hadrien de ne rien faire ni dire, la tension monta d'un cran.

Plusieurs interminables minutes s'écoulèrent.

Hadrien avait devant lui une immense pièce blanche très éclairée et taillée dans la roche avec, au milieu, un grand renfoncement en cercle entouré de plusieurs marches - il en compta dix - tout autour comme des gradins. Le cercle devait faire environ une vingtaine de mètres de diamètre.

Pour l'instant, tout était vide.

« Cette salle est là depuis très longtemps, pensa Hadrien. Si nous ne l'avons pas du tout détectée, c'est qu'elle doit se situer en dessous de celle des cerveaux... »

Il s'impatienta :

— Il n'y a rien ici !

— *Chut ! Attendez.*

À la surface, on ne tenait plus en place et tous auraient voulu être présents. Puis, petit à petit, Hadrien aperçut des personnages s'avancer lentement du fond de la pièce. Les deux Simbadiens le reprirent par les bras pour l'empêcher de bouger.

— Ce sont les Alospèces ? demanda Hadrien.

— *Chut !*

Les êtres qu'Hadrien ne connaissait pas étaient, chacun, soutenus par un Simbadien. Il essaya de se remémorer ce que Simbad avait dit sur l'aspect physique des Alospèces. Ce qu'il voyait devant lui avait de quoi lui faire tourner la tête. Ces Alospèces avaient tout du genre Homo !

Par rapport aux humains, ils étaient plus petits, plus trapus et surtout sans aucun poil d'aucune sorte sur leur corps de la tête aux pieds. Ils semblaient nus, en tout cas il ne décelait aucun habit mais aucune trace de sexe non plus. Il apprit plus tard que le sexe homme était rétractable ce qui faisait qu'on ne voyait rien et que le sexe femme se refermait aussi. Leurs peaux étaient d'un brun foncé et lisse. Hadrien peina à distinguer « homme et femme ».

« Peut-être par leur tête plus grosse pour les hommes » pensa-t-il.

Hadrien se perdit dans ses pensées tout en étant impressionné par ce qu'il voyait.

« Ils nous ressemblent, c'est indéniable. Peut-être s'étaient-ils rendus sur Terre dans un passé très lointain ? Il faudra que je puisse en discuter avec eux. »

Une vingtaine d'Alospèces s'étaient maintenant assis autour de « l'arène » toujours à côté des Simbadiens qui avaient l'air de leur chuchoter quelque chose. Puis d'autres arrivèrent. Il en compta une cinquantaine. Les Simbadiens avaient réussi leur pari. Ils avaient ramené à la vie des êtres qui avaient vécu des millénaires auparavant !

Restaient tout de même quelques questions non négligeables : combien d'Alospèces allaient être « réveillés », dans quel état seraient leurs cerveaux après tant de temps et quelles seraient leurs intentions ?

— *Maintenant, on remonte !*

— Non ! Vous ne…

Le Simbadien lui remit prestement la cagoule sur la tête et Hadrien fut ramené *manu militari* à la surface.

Albédo

— Je dois les voir, leur parler ! cria-t-il.

— *Plus tard.*

Lorsqu'il rejoignit enfin Argos, libéré par Simbad, tout le monde l'attendait afin d'avoir ses impressions mais tous étaient énervés. Et Hadrien particulièrement. Ses premiers mots furent :

— Quels enfoirés ! Je ne les supporte plus !

Après qu'il eut fini son court récit du peu qu'il avait pu voir, Arthur lui demanda comment il trouvait les Alospèces.

— Je ne les ai vus que de loin et ils semblaient particulièrement fatigués et apathiques. Je ne les ai pas entendus parler non plus.

— Cela doit être encore trop tôt, dit Lania, il est normal qu'ils ne sautent pas de joie en revenant à la vie après ce qu'ils ont vécu.

— Et pourtant, ajouta Kéa, il devrait !

Erika demanda :

— Parle-nous de leur apparence humaine. Comment cela se fait-il qu'ils nous ressemblent ? Simbad doit nous le dire !

— Le mieux serait que les Alospèces nous le disent !

— Je sens qu'il va falloir encore attendre, dit alors Éva.

Lania reprit :

— Voyons, Simbad nous a dit que ce peuple vivait, il y a 35 000 ans. S'il était passé sur notre Terre à ce moment-là, ce que nous ignorons totalement, l'Homo Sapiens y était déjà installé depuis longtemps. Donc ils n'ont rien à voir avec nous.

— Il y a donc un hic, dit Kéa. La probabilité d'avoir deux espèces si semblables dans notre Univers voire dans notre galaxie est quasi nulle.

— Et s'ils venaient d'un autre Univers ? demanda tout à coup Roland.

— Je te rappelle que cette théorie n'a jamais été prouvée jusqu'ici et que même si c'était le cas, comment seraient-ils passés de l'un à l'autre ?

— J'émettais juste une hypothèse.

— Et s'ils viennent d'un autre Univers et qu'ils soient effectivement passés de l'un à l'autre, pourquoi nous ressembleraient-ils ? Ça frise l'invraisemblable !

— Nous en revenons au point de départ ; comme je n'ai plus aucune confiance en Simbad, il faudra en parler avec les intéressés.

Ils se séparèrent et reprirent leurs divers travaux.

Lania et Kéa rentrèrent chez elles à Métine. En chemin, leurs cerveaux bouillonnaient :

— Les Simbadiens sont-ils des joueurs d'échecs ? demanda Lania.

— Tu imagines quoi ? répondit Kéa, attends, laisse-moi deviner. Quel coup particulier peuvent-ils faire ? Ils en ont déjà fait assez. Hum… tu penses peut-être au roque, non ?

Elles s'arrêtèrent, intriguées comme toujours.

— Oui, dit-elle en souriant. Comme tu le sais, c'est une manœuvre pour protéger le roi. La tour avance vers lui et le roi passe de l'autre côté d'elle.

— Ce qui rend la prise du roi nettement plus difficile.

— Comme Hadrien le dit lui-même, nous ne pouvons leur accorder aucune confiance. Depuis le début, nous ne sommes que des pions pour eux. Ils jouent avec nous tout le temps.

— C'est certain. Et ils jouent aussi avec les Alospèces.

— Exact.

— En protégeant ce peuple, ils mettent devant nous un nouvel écran de fumée pour ne pas l'atteindre.

— Le roi étant l'Alospèce et la tour l'écran de fumée.

— Alors, attaquons la tour pour la « dissiper » !
— Et nous aurons le roi ! J'en ai vraiment marre d'attendre. Mettons en place un plan afin de pouvoir les approcher de près.
— Tu crois que les Alospèces sont en état de parler ?
— J'en suis sûre.
— Et moi, je suis sûre que Simbad leur a fait ou administré quelque chose.
— Nous sommes sur la même longueur d'onde.

Si Hadrien, Arthur et les autres étaient frustrés et mécontents, les jumelles rentrèrent chez elles déterminées et joyeuses.

Elles étaient par ailleurs persuadées que Simbad avait caché d'autres Alospèces plus avancés dans leur palingénésie, donc dans leur retour à la vie. C'est avec ceux-là qu'elles voulaient « débattre ». Elles réfléchirent où il avait pu les cacher.

Elles laissèrent passer une journée.

Alors qu'elles étaient en train d'échafauder leur organisation et que les idées fusaient, elles se rendirent compte petit à petit de quelque chose qui clochait mais n'arrivaient pas à mettre le doigt dessus.
— On verra bien sur place. Il est temps maintenant d'utiliser ce que nous avons mis de côté, dit Lania.

Le soir arriva vite. Les jumelles se reposèrent et, en plein milieu de la nuit, quittèrent leur maison sans un bruit. Leur intention première était d'arriver là où Hadrien avait été emmené.

Elles progressèrent à travers champs et forêts afin d'arriver à une clairière où les attendait une petite navette furtive bien camouflée que les jumelles avaient « empruntée » depuis le début à l'*Athéna*.

Mais tout à coup, Lania chuchota :
— Il y a du bruit derrière nous.

Elles s'accroupirent derrière des arbres et se retournèrent doucement.
— *Pssst !.... Pssst !*
— Qu'est-ce que… ? murmura Kéa.
— C'est moi Roland, vous êtes où ?
— Mais qu'est-ce qu'il fout là ?!
Elles se redressèrent.
— On est là.
Roland s'approcha.
— Mais qu'est-ce que tu fous là ?
— C'est Cérès. Pour une fois, je le remercie ! Il a détecté vos mouvements et m'a averti se doutant que c'était vous qui quittiez Métine en pleine nuit.
— Et tu t'es dit que tu devais venir avec nous ! dit Lania.
— Ben oui !
— Bien sûr ! Tu ne t'es jamais dit que tu pouvais faire échouer notre expédition en venant jusqu'ici ?
— Non. Je suis là pour vous protéger, je vous le rappelle.
Lania allait répliquer mais Kéa lui dit :
— Roland, c'est inutile en fait, car le petit engin que nous allons prendre ne peut accueillir que deux personnes. Je suis désolée.
Il regarda les jumelles tour à tour avec une tristesse infinie. On aurait dit qu'il allait pleurer.
— Mais Cérès devait le savoir !
— Sans doute.
— Cette fois, je vais aller l'étrangler !
— Bonne chance si tu y arrives !
— Trêve de plaisanteries Roland, retourne en Argos s'il te plait et surtout sans te faire remarquer.
Abattu, il ne dit plus rien. Il commença à se retourner puis les fixa et leur dit :

— Dommage, car je pense… non, je sais qu'en tant que robot, j'ai, nous avons, un rôle à jouer dans ce qui va suivre.

Il jeta un dernier regard de regret et de désespérance aux deux jumelles qu'il aimait profondément puis il tourna les talons et s'en alla dans l'obscurité.

Lania et Kéa se regardèrent interrogatives.

— Je ne sais pas ce qu'il veut dire par-là, dit Lania, mais ce n'est pas le moment. Allons-y !

Elles repartirent et se dirigèrent vers leur petite navette qu'elles avaient surnommée *la Coccinelle*. Petite, oui, mais un bijou de technologie furtive.

Elles se débarrassèrent des camouflages en herbes, en feuilles et en branchages, puis se glissèrent à l'intérieur.

— On va leur montrer comment on joue aux échecs ! dit Kéa déterminée.

La Coccinelle s'éleva doucement.

— C'est parti.

En l'espace de quelques minutes, elles arrivèrent non loin de l'endroit où Simbad avait relâché Hadrien. Elles se posèrent à l'abri derrière une colline et continuèrent à pied à travers la forêt.

Arrivées à proximité et à la lisière de celle-ci, elles observèrent les lieux. Voyant que tout était calme autour du sas en toile qui faisait office de tunnel d'entrée dans lequel Hadrien avait été emmené, elles s'avancèrent sans faire de bruit.

A priori personne ne gardait les abords.

Elles se glissèrent à l'intérieur et progressèrent prudemment. Elles avancèrent une centaine de mètres lorsque… « Ça parait trop facile » se dit Lania. Elle saisit le bras de Kéa et elles s'arrêtèrent toutes les deux.

Le silence.

Puis un petit bruit de glissade.

On les suivait.

Les jumelles, aussi intelligentes soient-elles et dans leur précipitation de soif de savoir et de connaissance, avaient oublié que le peuple simbadien, même si peu porté sur la culture, était beaucoup plus ancien que le peuple humain. Et en tant que civilisation technologiquement très avancée, ils savaient bien sûr jouer aux échecs et étaient loin d'être tombés de la dernière pluie – expression surannée typiquement humaine que les Simbadiens ne pouvaient en revanche connaître et comprendre.

— *Stop !*

Lania et Kéa se figèrent et se retournèrent.

Quatre Simbadiens leur barraient toute possibilité de repli.

— *Vous êtes vraiment incorrigibles,* dit l'un d'eux.

Les jumelles craignirent le pire, mais elles les virent esquisser un sourire ce qui n'était alors jamais arrivé.

— *Puisque vous êtes là, autant vous montrer où nous en sommes. Vous semblez plus curieuses et intelligentes que les autres malgré votre bêtise et votre échec de ce soir. Au fond, cela ne précèdera que de quelques jours ce que nous allions vous annoncer et vous montrer. Suivez-nous.*

Deux Simbadiens passèrent devant elles et les deux autres restèrent derrière.

Docilement, elles suivirent.

« Après tout, on va avoir une visite guidée au lieu d'y aller incognito ! » pensa Kéa.

Au bout de plusieurs minutes, elles arrivèrent devant une première salle protégée par des vitres.

— *Vous devez savoir que tout ce que vous allez pouvoir observer dans ces différentes salles pourra vous déplaire voire vous choquer. Nous ne supporterons aucun jugement de la part des humains. Ce que nous faisons ici est historique et sans précédent.*

Lania le coupa :

— Ce qui veut dire que votre taux de réussite n'est pas aussi bon que vous l'espériez.

Simbad parut surpris mais continua :

— *Dans un tel projet, il y a du déchet, c'est normal. Nous avons fait face à de multiples difficultés dont certaines subsistent, vous pourrez le constater.*

Dès la première salle, les jumelles furent sidérées.

Sur les quatre tables d'opérations présentes, une seule était occupée. Un Alospèce y était allongé nu et cinq Simbadiens s'affairaient encore autour de lui.

— *Ceci est la dernière intervention que nous faisons de cette façon. Nous avons inséré une puce dans le cerveau de cette personne afin que le processus de régénération du cerveau soit plus rapide et corresponde mieux à nos critères.*

Lania et Kéa apprirent plus tard que la puce en question devait favoriser une intégration totale des Alospèces au sein des méthodes et des us et coutumes de vie des Simbadiens !

Ces derniers avaient donc joué avec le feu et ils s'y étaient brulés.

— *Cela n'a pas marché jusque-là et je doute que ce tout dernier cas soit différent.*

Les Simbadiens aidèrent la personne qui était revenue à la vie à descendre de la table et à se lever. Ils le soutinrent et l'aidèrent à marcher. Il avait les yeux grands ouverts et particulièrement hagards. Il fut soudain pris de folie, se débarrassa de ses acolytes et fonça tête baissée sur la porte. Il s'y fracassa la tête et tomba au sol en hurlant. Il fut secoué de longs spasmes et tout à coup ne bougea plus du tout.

— *Inutile de rester, il est mort comme les autres.*

— Combien ? demanda Lania.

— *Inutile d'y revenir.*

— Combien ? redit-elle en élevant la voix.
— *Neuf ou dix, mais c'est terminé maintenant.*
— Vous êtes…

Simbad la coupa :

— *Venez plutôt voir les autres Alospèces qui sont bien vivants. Ils se portent très bien et prouvent notre incroyable et exaltant succès ! Notre projet de retour à la vie d'un ancien peuple est une formidable réussite qui fera date dans l'histoire intergalactique !*

Malgré son enthousiasme de façade, Lania détecta un petit quelque chose dans sa voix qui la fit douter du résultat final. « Y aurait-il un problème quelque part ? » devina-t-elle.

Elle tenta une question :

— Qu'en est-il de leur conscience ? L'ont-ils entièrement retrouvée et que pensent-ils de leur nouvelle vie ?

— *Un peu tôt pour le dire mais vous allez pouvoir les observer.*

— Pouvons-nous leur parler ?

— *Pas tout de suite. Observer d'abord. Suivez-moi.*

En chemin, Kéa regarda Lania et lui dit :

— Je pense comme toi qu'il y a peut-être un souci.

— Oui, mais lequel ? En tout cas, ils sont bien imbus d'eux-mêmes. Soit, ils ont réussi un tour de force scientifique indéniable, c'est certain, mais quelles en sont toutes les conséquences ?

— Science sans conscience n'est que ruine de l'âme, aurait dit Roland.

— Il a doublement raison.

Après quelques minutes, elles atteignirent la grande salle devant laquelle Hadrien avait dû se tenir. Elles purent voir quelques dizaines d'Alospèces revêtus de tuniques blanches autour d'une grande circonférence en gradins. Elles furent stupéfaites de constater qu'ils parlaient entre eux et qu'ils conversaient avec quelques Simbadiens. Tout semblait normal et animé.

Les jumelles se tournèrent vers Simbad.

Il avait l'air ravi de les voir s'extasier. Tellement ravi qu'il se lança dans un discours enflammé sur la vie, le Cosmos, la conscience, leurs interrelations et leurs connectivités.

— *Comme vous le savez, nous sommes tous issus de poussières d'étoiles. Nous sommes, vous, nous, tous les autres, des condensés d'Univers. Tout est relié même si nous sommes totalement différents. Nos corps sont intimement liés à la structure du Cosmos. Nos cerveaux sont des antennes de réception de la conscience cosmique !*

« Il a bu ou quoi ? » se demanda Kéa.

— *Tout ce qui existe dans l'Univers se retrouve dans nos corps, dans les corps de toutes les espèces et inversement ! Le miracle de la vie, des vies sous toutes ses formes, a pour origine, comme vous le savez, l'explosion primordiale d'il y a environ 13,7 milliards d'années.*

— Nous l'appelons le Big-Bang.

— *Si vous voulez. Mais pourquoi ne pas se poser la question suivante : ne serions-nous issus d'éjections de matières que vous appelez « trou blanc » ? Vivons-nous tous à l'intérieur d'un trou noir de l'autre côté de sa singularité gravitationnelle ?*

« Il délire, là… »

— *Vous avez été à la recherche d'un trou blanc, n'est-ce pas ?*[30]

— Comment savez-vous cela ? demanda Lania interloquée.

— *Nous savons beaucoup de choses sur vous et votre histoire, récente ou très ancienne d'ailleurs. Nous vivons depuis beaucoup plus longtemps que vous.*

Il marqua une pause et fixa les jumelles dans les yeux tour à tour puis continua :

---

[30] Voir *Empyrée*.

— *Nous en savons beaucoup plus sur vous que vous n'en savez sur nous.*

« C'est indéniable. »

— *Imaginez, mais ce n'est que pures spéculations, ...*

« Tu parles ! »

— *... qu'il y a fort longtemps nous soyons passés sur une planète X et que nous y ayons laissé un peu d'ARN dans son océan... On pourrait y découvrir beaucoup, beaucoup plus tard, tout un écosystème et pourquoi pas encore un peu plus tard l'éclosion d'êtres conscients comme vous et nous ?*

— Que voulez-vous dire par là ? demanda Lania tout à coup préoccupée.

— *C'était juste une réflexion. Oubliez.*

« Mon œil ! Il va falloir creuser. »

— *L'Univers est très intelligent puisque nous le sommes et que nous faisons partie de l'Univers. Les lois fondamentales de la physique sont faites précisément dans le but de faciliter l'émergence du vivant. La conscience issue de la matière ! Diabolique, non ?*

— C'est bien joli tout ça, dit alors Kéa, nous serions heureuses de poursuivre cette conversation, mais cela nous éloigne de notre sujet présent.

— *C'est vrai, je m'emporte quelque peu mais ce qui se passe ici est historique !*

— Vous l'avez déjà dit.

— *Oui et je le redis car c'est inouï !*

— Au lieu de tourner autour du pot, pourquoi ne pas nous dire quels sont les problèmes de renaissance qui affectent les Alospèces, car il y en a, non ?

Albédo

« *Nous sommes ensemble, l'Univers et nous. Je ne peux imaginer une théorie cohérente de l'Univers qui ignore la vie et la conscience.* » *(Andreï Linde, physicien)*

« *La vie est complexe et ordonnée. Alors comment peut-elle être conciliée avec la tendance au désordre ?* » *(Sean Caroll, physicien)*

26. Fragmentation

Les Simbadiens temporisèrent, comme à leur habitude, ce qui laissa le temps à Eden Saint Ange de revenir en Arion avec un nouvel arrivage de cinq-cent-dix personnes. Tous furent ravis de le revoir et Lania en particulier. Il y eut encore une fois une grande fête pour les accueillir et les jours suivants furent consacrés à les installer et à les familiariser avec la vie sur cette nouvelle planète, ce qui occupa largement tous les esprits.

À la suite de leur intrusion dans les salles souterraines où pour l'instant les Alospèces vivaient toujours, les jumelles avaient été reconduites dehors poliment mais fermement. Simbad leur avait laissé entendre que *bientôt* ils allaient pouvoir *tous* sortir.

Le « bientôt » dura de nombreux mois, bien entendu. En fait, neuf mois !

Lorsque Lania et Kéa avaient raconté leur aventure nocturne à la communauté, Arthur et Éva n'en furent cette fois-ci que peu surpris étant habitués à ce que leurs filles fassent ce qu'elles voulaient et surtout sans prévenir quiconque. Hadrien marqua sa désapprobation mais finalement jugea l'histoire intéressante. Un point le laissa perplexe : c'était l'affaire de l'ensemencement dont Simbad avait parlé. Cela le tarabustait comme tous les autres. Il faudra éclaircir cette nouvelle donnée.

En attendant la sortie des Alospèces, tout le monde était au travail pour construire de nouvelles maisons afin que tous aient un logis tout en maintenant un certain ordre dans l'élargissement d'Argos afin d'empêcher les développements anarchiques. Il était impératif de faire juste et bien. La logistique liée aux transports, aux déplacements, aux espaces verts, aux éclairages, aux communications, à l'eau, à l'assainissement, à la gestion des déchets fut pensée et repensée. Les ingénieurs et architectes étaient débordés mais passionnés par ce qu'ils réalisaient. On privilégia l'énergie solaire tant au sol qu'en orbite où l'on avait installé plusieurs fermes solaires à 650 kilomètres d'altitude ; la transmission se faisait par micro-ondes vers une petite centrale à la périphérie d'Argos. L'hôpital présent était devenu trop petit et fut donc agrandi : les naissances étaient nombreuses et les accidents du travail aussi ! Les écoles furent développées et étendues.

Jusque-là, tous les nouveaux arrivants s'intégrèrent remarquablement. Tous étaient bien conscients que la Terre n'existait plus pour eux et qu'Arion était leur nouvelle et seule planète habitable qui devait être un endroit durable pour toutes les générations à venir.

À ce jour, la population d'Argos et de Métine réunies devait avoisiner les deux-mille-deux-cents âmes.

Quant enfin Simbad autorisa la moitié des Alospèces à sortir au grand jour et à la civilisation, les humains n'en comptèrent qu'environ six-cents. Ce qui devait faire un total de mille-deux-cents, soit un « déchet » de plus de 30% ce qui d'un côté est énorme et d'un autre « acceptable » compte tenu des extrêmes difficultés des opérations de retour à la vie.

Pourquoi avoir attendu si longtemps pour faire sortir les premiers ce qui aurait facilité le travail de prise en charge des habitants ?

De virulents échanges entre humains et Simbadiens eurent lieu juste avant l'annonce. Après de longues et houleuses tractations, il fut convenu que les humains en accueilleraient la moitié et que les Simbadiens s'occuperaient de l'autre moitié dans un grand camp qu'ils construisirent à une dizaine de kilomètres de la capitale. On débattit aussi de leur destinée et comme personne ne put se mettre d'accord, il fut décidé d'attendre et de voir venir !

De toutes les façons, seuls les Alospèces décideraient de leur avenir, ici ou ailleurs. C'est pourquoi, afin de les mettre en situation, la moitié vivraient un certain temps avec les humains et l'autre moitié avec les Simbadiens.

Personne ne fut d'accord pour estimer le « certain temps ». Au bout d'une semaine, on s'aperçut qu'il y avait bien quelque chose qui clochait.

Pour les habiller, on leur avait donné des pantalons et des chemises afin qu'ils soient comme les autres habitants. Ils étaient tous très aimables et extrêmement curieux de tout. Ils parlaient et questionnaient tout le temps, tellement ils avaient de choses à connaitre et à intégrer. Ce qui fait que, le soir venu, ils étaient exténués et se couchaient très tôt afin de dormir une dizaine d'heures au minimum.

Pour la langue, pas de problème : lors de la « reconstruction » les Simbadiens leur avaient inculqué leur langue et la nôtre.

Pour les reconnaitre, on leur avait donné des prénoms et ceux-ci avaient été collés sur leur chemise. Simbad avait fait de même mais avec des chiffres.

Les signes qui montraient qu'effectivement quelque chose n'allait pas chez les Alospèces furent vite détectés en premier par Lania et Kéa au fil des discussions et des jours qui passaient. Elles avaient décidé dès le départ de suivre de très près une dizaine d'individus, de parler tous les jours avec eux et de les faire réagir sur des tas de sujets différents.

Et, on le verrait plus tard, les autres habitants d'Argos et de Métine comme les Simbadiens de leur côté arrivèrent à la même conclusion, c'est-à-dire aux mêmes questionnements sur l'état de leur esprit et de leur conscience.

Aux questions basiques : « Comment allez-vous ? Que ressentez-vous ? », aucune réponse n'était la même selon l'individu concerné !

Aurore ne s'était pas tellement trompée dans le magnifique poème qu'elle avait écrit sur l'éveil de la conscience et qui s'intitulait *Éclosion*. À ceci près que ce furent des consciences multiples.

Si on avait dû définir et qualifier la nouvelle conscience des Alospèces, on aurait dit qu'il s'agissait de *conscience fragmentée*.

Leurs esprits étaient divisés en milliers de fragments de mémoire, de souvenirs épars d'époques révolues et d'éléments de données qu'ils avaient inconsciemment absorbés durant leur « vie végétative ». Ils avaient des souvenirs divers et incomplets et beaucoup plus curieusement des bribes de conscience appartenant à d'autres espèces ! La conséquence de cette fragmentation était un état de semi-réalité. Parfois ils étaient pleinement conscients, parfois ils étaient perdus dans des hallucinations issues de leurs fragments mémoriels. Ils vivaient donc dans un monde mélangeant le passé, le présent et parfois même le futur dans des réalités imaginaires ! Ce qui donnait lieu à des comportements erratiques étant victimes de flashbacks incomplets qui les plongeaient dans des états de confusion émotionnelle.

Ce qui fit qu'on ne sut jamais ce qu'ils avaient pu penser et ressentir, s'ils avaient pensé et ressenti quelque chose, lorsque leurs cerveaux étaient plongés dans leurs cuves.

Les jumelles comme les autres en furent déstabilisées. Jamais ils n'auraient pu imaginer de tels états d'une espèce qui revenait à la vie. Ce qui eut comme effet sur les deux communautés (humaines et simbadiennes) d'avoir des questionnements multiples et divergents.

Erika, Kirsten et Diane, à tour de rôle, faisaient des allers-retours entre Argos et le camp simbadien afin de voir, de sentir, de constater si les Alospèces se comportaient de la même façon chez les uns ou chez les autres.

Pour le moment, ils semblaient être plus en harmonie avec Simbad, mais ce n'était qu'une impression.

Les Alospèces se retrouvaient dans un monde où leurs connaissances étaient à la fois dépassées et fragmentées. Certains cherchaient à comprendre ce qui était arrivé à leur civilisation, d'autres se sentaient incapables de se reconnecter à leur ancienne identité.

Ces dilemmes eurent pour conséquence dans les mois qui suivirent de les ranger en plusieurs clans : ceux qui apparemment s'intégraient bien en Arion, ceux qui n'avaient qu'une idée c'était de partir ailleurs, ceux qui voulaient se venger mais qui ne savaient pas vraiment comment et ceux qui rêvaient de redevenir maitres de cette planète.

Puis Simbad autorisa tous les autres Alospèces à sortir, ce qui accentua les diverses factions.

Pour l'instant, chacun ne faisait que bavarder, palabrer, argumenter.

Les esprits restaient calmes sans doute encore anesthésiés par ce qu'ils avaient vécu.

Le soir, les humains se reposaient exténués par leurs travaux et par les attentions multiples qu'ils donnaient aux Alospèces, même si ces derniers commençaient à les aider. D'autres se retrouvaient en l'église du Dauphin pour discuter de la journée et des impressions que ce nouveau peuple donnait. Tous nos amis étaient là : Hadrien et Erika, Arthur et Éva, Lania et Kéa, Kirsten et Diane, mais aussi Théo, Joseph, Eden et Roland bien sûr.

Les douze formaient le cœur d'Arion. Le cerveau et la conscience d'une planète qui ne demandait qu'à vivre et à prospérer dans la sérénité.

Ce serait pour un peu plus tard, espérons-le.

Lania attaqua fort :

— On ne peut pas rester comme ça. On ne pourra pas rester comme ça ! Au rythme, certes lent, où la situation se décantera et où la situation deviendra insoutenable, il est vital pour nous d'agir et de décider quelle place nous comptons occuper sur Arion !

— C'est à nous de régler cette situation, ajouta Kéa, ni aux Alospèces et encore moins aux Simbadiens !

— Vous avez tout à fait raison, dit Hadrien, nous constatons que les Alospèces développent des formes de conscience très différentes. Il ne faudrait surtout pas que l'on arrive à une confrontation. Ni entre eux et ni entre nous et eux.

Roland surprit tout le monde en se levant et en déclarant :

— Nous sommes, nous robots, vos fidèles compagnons et programmés pour vous protéger et vous assister. Nous pensons être très doués pour comprendre les complexités des relations inter-espèces. Nous avons la capacité d'analyser d'énormes quantités de données et de prévoir les comportements. Nous sommes disposés à jouer les intermédiaires en sous-marin pour influencer les uns et les autres afin de faciliter le départ des Alospèces et des Simbadiens qui n'ont ni les uns ni les autres leur place ici.

— C'est intéressant ce que tu dis, Roland, dit Arthur. N'oublie pas que les Simbadiens n'aiment pas les robots, mais ce n'est pas un problème car Simbad ne restera pas ici. Ils partiront et peut-être plus tôt qu'on ne croit. En revanche, vous pouvez avoir une action certaine sur les Alospèces, je suis d'accord.

Joseph eut un sursaut que Kirsten remarqua étant assise à côté de lui. S'il ne dit rien, il n'en pensait pas moins :

« Les robots ? Sauveurs de notre nouvelle planète ? Quel non-sens ! »

Lania comprit ce que Roland voulait en fait dire même s'il ne l'avait pas exprimé encore :

— Vu l'état de leurs consciences, tu veux arriver à les manipuler ?

— Attention, dit Diane, la manipulation de la conscience, qu'elle soit à des fins de survie, de pouvoir ou de compréhension, pose des questions profondes sur le respect des individus.

— Diane, dit Roland, j'ai peut-être parfois des propos qui dépassent ma pensée, mais je suis toujours loyal à mon éthique. Et notre éthique est tournée vers le bien.

— Ok, mais les voies de manipulation me paraissent limitées.

— Laisse-moi répondre : *Ad augusta per angusta !*

— Ce qui veut dire ?

— *Vers de grandes choses par des voies étroites.*

Silence sans l'église.

Eden parla alors pour la première fois :

— Leur conscience est-elle à jamais altérée ? Ne pourrait-elle pas évoluer ?

« Qu'est-ce qu'il est beau ! » se dit Lania en le regardant avec des yeux qui auraient fait pâlir quiconque les aurait croisés. Mais il ne regardait pas dans sa direction.

Hadrien répondit :

— La conscience n'est pas une réalité simple et linéaire mais un réseau complexe d'expériences, de souvenirs, de perceptions.

Erika se mêla à la conversation :

— Mais enfin, qu'est-ce qui les définit réellement en tant qu'individus ? Est-ce la continuité de leurs souvenirs, leur perception actuelle de ce monde, ou quelque chose de plus profond et immatériel ? Il est un fait que leurs souvenirs sont fragmentés et leurs perceptions altérées. Ils oscillent entre le passé et le présent, ce qui bouleverse leur identité et les rend incohérents.

Elle fit une pause et rajouta en parlant moins fort :

— Je me pose donc cette question : la conscience est-elle une expérience continue ou peut-elle être fragmentée tout en restant fonctionnelle ? Si tout est dispersé ou altéré, l'être qui en résulte est-il encore le même ?

— Je vois ce que tu veux dire, dit Arthur. Ce que ces Alospèces vivent leur pose la question de la perception du temps et de son impact sur leur identité. Comment peuvent-ils vivre avec une conscience et une compréhension d'eux-mêmes perturbée ? Leur …

Éva d'ordinaire timide dans ce genre de débat le coupa :

— C'est bien joli tout ça, mais la question est : sommes-nous prêts à vivre avec les Alospèces et ce qu'ils sont ? Pour ma part, je ne pense pas.

— Moi non plus, dirent Lania et Kéa en même temps.

— C'est bien ce que je disais, ponctua Roland.

— Voyons ce que donnent les jours qui vont suivre, conclut Hadrien. En tout cas, je donne mon approbation et mon feu vert à Roland et aux siens pour œuvrer dans l'ombre. Sinon, changeons de sujet et évoquons cette histoire d'ensemencement ancien dont Simbad a parlé et qui serait une partie de la raison de la ressemblance entre les Alospèces et nous.

— Oui, dit Lania, Simbad l'a évoqué mais n'a rien voulu dire, comme d'habitude !

— On pourrait tout à fait imaginer, dit Kéa, que les Alospèces soient issus d'ARN simbadien déposé, il y a fort longtemps, sur la planète qui les a vus éclore… Au fond, ils ressemblent aussi aux Simbadiens : tête, corps, deux bras, deux jambes ! Comme nous aussi ! Ensuite, avec le temps, par sélection naturelle et avec un écosystème complètement différent, ils divergent. Un peu plus de notre côté, mais avec une peau plus foncée, sans aucun poil et avec des sexes totalement différents… C'est plausible.

— Invérifiable et hautement spéculatif ! dit Arthur.

— On ne le saura jamais, ajouta Hadrien. Simbad ne s'exprimera jamais plus là-dessus.

Kirsten intervint :

— Cela nous dépasse, mais il y a des ressemblances physiques indéniables entre nos trois peuples même si nous sommes très différents les uns des autres.

— *O tempora o mores!* s'écria Roland.

— Autres temps, autres mœurs, traduit Lania. Ouais, si tu veux…

— Bon ! dit Théo qui ne s'était pas exprimé jusque-là. On a tous du boulot. Je suggère qu'on se revoie dans une semaine pour évaluer la situation à nouveau.

Fiers de leur mission secrète, les robots, dirigés par Roland, s'infiltrèrent un peu partout auprès des Alospèces en posant des questions, en discutant, en orientant, en argumentant et toujours de façon très polie. Étant personae non gratae au camp simbadien, ils ne purent agir que sur ceux présents chez les humains.

Afin d'éviter de futures hostilités, les robots élaborèrent un plan subtil et méthodique pour affaiblir certaines positions. Ils exploitèrent les failles dans les relations entre différents clans, créant des quiproquos, des malentendus et parfois des incidents afin de les inciter à envisager leur départ de cette planète comme seule solution viable pour éviter des conflits et à terme la fin de leurs deux peuples.

Pendant ce temps, Kéa revint en fin de journée dans sa maison de Métine. Elle avait hâte de retrouver Lania et de boire un bon verre de vin sur leur terrasse. Elle ouvrit la porte et rentra.

— Hello ? Lania ?

Pas de réponse.

Ayant entendu un froissement de drap, elle se dirigea vers la chambre et y pénétra.

— Oups ! fit-elle. Désolée…

Au milieu d'un lit complètement défait se trouvaient Lania et Eden, allongés côte à côte et entièrement nus. Constatant leurs corps luisant de sueurs et la température élevée de la chambre, elle n'eut aucun doute sur ce qui s'était passé à cet endroit pendant toute l'après-midi.

Lania resta nue mais Eden se recouvrit précipitamment.

Kéa resta là un petit moment, fit un clin d'œil complice à sa sœur et dit sans équivoque aucune :

— Pour une surprise… Ok, je vous laisse. Quand vous aurez fini, venez me rejoindre sur la terrasse, il fait très bon dehors.

Puis elle se retira non sans avoir jeté un œil au visage cramoisi d'Eden.

Dans le salon, elle les entendit éclater de rire.

Une demi-heure après, ils rejoignirent Kéa sur la terrasse dans une tenue plus convenable.

Eden avait déjà remarqué l'extrême complicité des jumelles mais ce qui ne l'empêcha pas de lorgner sur le chemisier largement ouvert de Kéa. Cette dernière s'en aperçut et dit :

— Tu n'auras droit qu'à ceux de Lania, je suis entièrement vouée à la gent féminine !

Eden balbutia une excuse, puis sourit et se servit en vin.

— Et moi alors ?

Il s'excusa une deuxième fois et servit Lania :

— Pardon.

Ils burent beaucoup, se délectèrent de nombreux petits fours et rirent de bon cœur.

Puis la conversation revint sur le sujet brulant actuel.

Étant bien au courant de la situation, Eden demanda :

— Pourquoi plutôt ne pas trouver une solution de cohabitation ?

Les jumelles sursautèrent, néanmoins il continua :

— Ne vous êtes-vous pas interrogées sur les notions de colonisation, d'appartenance et de coexistence ? Pourquoi cette planète quasi vierge ne deviendrait pas un monde partagé entre plusieurs espèces même avec des intérêts divergents ?

Lania intervint :

— Avec des consciences fragmentées, tu voudrais une planète partagée ? Je ne vois pas en ce qui me concerne, mais je sais que Kéa est comme moi, de coexistence harmonieuse entre nos deux espèces. Nous sortons d'un traumatisme, ce n'est pas pour en retrouver un dans dix ou vingt ans !

— Et si…

Il se tut comme s'il allait dire une énormité, ce qu'elles détectèrent immédiatement.

— Et si les trois peuples actuellement sur Arion étaient destinés à s'y retrouver un jour ?

Yeux grands ouverts et médusés des jumelles.

— Et si nous partagions un ancêtre commun disséminé à travers la galaxie ?

— Hypothèse de la panspermie, dit Lania.

— Moi, je pense plutôt, dit Kéa, qu'après l'après-midi que tu viens de vivre, tu n'as plus du tout les idées claires ! Tu délires, mon vieux !

Il poursuivit :

— Il est tout à fait possible que des graines de vie ou des formes de vie rudimentaires aient été dispersées dans différentes parties de la galaxie par une civilisation originelle, peut-être les ancêtres des Simbadiens. Ces graines auraient évolué à part sur différentes planètes, donnant naissance à des espèces ayant des similarités physiques en raison de leur origine commune. Les plus anciens comme les Simbadiens étant les plus avancés technologiquement. Vous ne croyez pas cela possible ?

— On peut tout imaginer, mais je n'y crois pas.
— Moi non plus.

Têtu, il continua :

— Je me souviens de mes études de biologie et d'astrobiologie. Il y avait un concept qui décrivait comment des espèces totalement différentes pouvaient progresser indépendamment pour développer des caractéristiques similaires en réponse à des environnements similaires.

— Oui, ok mais…

— On peut aussi imaginer des manipulations génétiques. Peut-être ces « Premiers » ont-ils tenté de créer des formes de vie « à leur image », dit-il en mettant des guillemets avec ses doigts. Alors, nous humains, nous serions le résultat de ces expérimentations lointaines expliquant pourquoi nous partageons tant de traits physiques !

— Il ne faut pas exagérer quand même, dit Lania, et de toutes les façons, tu n'as aucune preuve.

— C'est vrai, dit-il en capitulant. Alors je vais aller nous chercher une autre bouteille !

Les jumelles restées seules se regardèrent.

— Je pense qu'il a trop bu.

— Oui, mais il se trompe de combat si je puis dire. Les esprits, les intelligences, les consciences, les habitudes de vie, les façons de vivre, nos physiques peut-être « ressemblants » mais tellement divergents, les orientations sexuelles et culturelles de chacun étant si éloignées les unes des autres, je suis, et c'est mon intime conviction, pour que Simbad prenne avec lui tous les Alospèces et disparaisse à jamais de cette planète et de nos vies. C'est vital. Je le sens et le ressens au plus profond de moi !

— Idem.

Eden revint et resservit tout le monde. Voyant la tête refermée des jumelles, il ne dit plus rien. Le Soleil déclina et passa derrière l'horizon.

Albédo

Il y avait trois chambres dans la maison.
Cette nuit-là, chacun en prit une.

Petit à petit, les manipulations et les persuasions des robots commençaient à agir selon les quelques sondages effectués parmi les Alospèces. Mais rien n'était encore sûr, et on ne savait pas vraiment ce que ces « nouveaux nés » pensaient au sein de la population simbadienne. Non seulement ils avaient des esprits fragmentés mais leurs connaissances étaient dépassées. Ils avaient été un grand peuple autrefois. Certains cherchaient ce qui était arrivé à leur civilisation (Simbad en avait dit le moins possible), d'autres se sentaient incapables d'essayer de se reconnecter. Beaucoup subissaient des flashbacks incomplets ce qui les plongeait dans un état de confusion émotionnelle.

« La faible entropie de l'Univers primordial est si patente qu'il n'y a aucun espoir de résoudre le problème en recourant au principe anthropique. » (Sean Carroll, physicien américain)
Le problème insoluble à ce jour est : existe-t-il d'autres Univers ? (Théorie du multivers)

27. Palingénésie cosmique

Une nouvelle réunion eut lieu au sein de l'église du Dauphin.

Hadrien s'exprima en premier :

— Tout d'abord, merci à tous et en particulier à Roland et aux robots d'avoir agi en douceur. Cela semble avoir porté ses fruits. Il est un peu tôt pour savoir ce qu'ils vont décider, mais en tout cas on peut dire qu'ils ne se sentent pas vraiment chez eux. Ils se sentent isolés et…

Lania le coupa :

— Pas tous. J'ai eu une discussion avec Eden Saint Ange et il trouve, lui, qu'on devrait cohabiter. Pour en avoir discuté à droite à gauche, certains de notre communauté sont de son avis.

— Nous avons tout de suite contré cette initiative, s'empressa d'ajouter Kéa, avant qu'elle ne se diffuse plus. Je pense que nous sommes tous d'accord pour que les Alospèces et les Simbadiens partent au plus tôt d'Arion ?

Tout le monde acquiesça.

Les douze étaient bien en phase.

Kirsten demanda :

— Pensez-vous que se dégagent quelques éléments forts chez eux afin de discuter en tête-à-tête et de les persuader de convaincre tous les autres ?

Roland répondit :

— Oui, j'en ai trois : un homme et deux femmes : Alban, Albane et Aline.

— Dis-leur de venir nous voir demain, dit Hadrien, mais nous ne devons pas être trop nombreux. Je suggère Arthur, Lania et Kéa, avec… Joseph et moi.

— Pourquoi moi ? Je ne suis pas très à l'aise avec eux.

— Il me semble avoir vu Albane venir un jour dans votre église, non ?

— Oui, mais…

— Vous ferez figure de modérateur en tant qu'homme d'église.

— Bon.

Le lendemain en fin d'après-midi, on se retrouva comme prévu en l'église du Dauphin.

Hadrien savait ce qu'il faisait car il avait remarqué que d'une part ils aimaient les animaux et que surtout d'autre part, ils semblaient assez pieux.

Les trois Alospèces se demandaient ce que les humains voulaient leur dire.

Ce fut Albane qui s'exprima en premier.

Elle était grande, possédait une tunique blanche comme les autres et son visage de peau foncée était très ridé. Elle ressemblait un peu aux humains mais sans aucun cheveu comme tous les autres ce qui lui donnait l'apparence de quelqu'un qui avait vécu en détention pendant de très nombreuses années. Ce qui était d'ailleurs malheureusement le cas. Sa voix en revanche était étonnement claire.

— D'abord je voudrais vous remercier de vous occuper de nous comme cela avec tant de sollicitude. Nous avons constaté que vous aviez énormément de travaux à effectuer en Argos, ce qui rend vos gestes encore plus bienveillants. Vous avez bien sûr constaté que nous sommes perturbés par notre renaissance… Comment dites-vous déjà lorsque des êtres et une société comme était la nôtre renaissent ?

Lania répondit :
— Il s'agit de la palingénésie.
— Oui. Je ne connaissais pas le nom mais c'est bien de cela qu'il s'agit.
— Tout à fait.
— Je crois parler au nom des deux personnes qui sont ici avec moi et je crois aussi ne pas me tromper sur toutes les autres personnes de notre peuple.
— Oui. Continue, dirent Alban et Aline en même temps.
— Je disais que nous sommes perturbés. Peut-être y a-t-il un autre mot plus fort que celui-là mais c'est le seul que je trouve. Ma conscience, notre conscience est …
— Fragmentée.
— Oui ! dit-elle avec empressement. Et pour en avoir parlé avec tous les autres, je me pose la question : nous naviguons entre le passé et le présent et n'avons aucune idée de notre futur. Pouvons-nous vraiment rester ainsi ? Pouvons-nous être fonctionnels ? Si nos souvenirs, nos émotions, nos perceptions sont dispersées et altérées, sommes-nous encore nous-mêmes ? Est-ce que notre conscience peut se réinventer ou se transformer ? Jusqu'à quel point reste-t-elle authentique ?

Les humains restaient sidérés par l'intelligence de cette femme. Comment une conscience bouleversée pouvait cohabiter avec un esprit si vif ?

Elle continua :
— Pouvons-nous vivre ensemble entre nous ? Pouvons-nous vivre ensemble avec vous ? Avec les autres ?
— Vous soulevez des questions très importantes, dit Hadrien, et je ne pensais pas que vous étiez si *consciente* de tout cela…

Lania, passionnée par le sujet, brulait d'intervenir et en rajouta une couche :

Albédo

— Peut-on imaginer une forme de conscience qui ne soit pas liée à une continuité temporelle, mais à une mosaïque de perceptions multidimensionnelles ? Vous avez sans doute remarqué les similitudes de nos aspects physiques entre les trois peuples qui se trouvent en ce moment sur Arion…

Les trois approuvèrent.

— C'est sans doute un autre sujet et en dehors de celui qui nous préoccupe tous à court terme. Mais nous avons éventuellement, et ceci reste très spéculatif je tiens à le souligner, une origine commune provenant d'un ancêtre lointain disséminé à travers toute la galaxie.

Les trois se regardèrent avec des yeux ronds.

— Cette idée est la théorie de la panspermie selon laquelle la vie pourrait s'être propagée à travers l'Univers avec les comètes, les astéroïdes ou… des sondes envoyées par une civilisation très ancienne.

Lania s'arrêta voyant qu'elle avait totalement perdu son auditoire.

— Oubliez ce que je viens de dire et revenons au présent.

— Parlez-nous plutôt de palingénésie. Si j'ai bien compris, ce terme peut s'appliquer à vous aussi, non ?

Elle voyait juste.

— C'est exact, reprit Kéa ensuite. Nous connaissons une sorte de renaissance sur Arion après que notre Terre a été détruite, mais la grosse différence avec vous c'est que nous n'avons eu aucune interruption dans notre vie contrairement à vous…

Joseph, conscient de son rôle, prit enfin la parole et surprit tout le monde :

— Vous me connaissez un peu. J'ai fondé cette église, il y a des années maintenant. La Terre est pour moi du passé que je me force à oublier d'autant que je n'y ai pas commis que de belles choses, c'est le moins que l'on puisse dire… Je vous ai toutes et tous écoutés depuis des semaines et les conséquences de ces débats sont pour moi éthiques et philosophiques : si la conscience et l'identité peuvent être altérées et réinventées, qu'est-ce qui constitue alors l'essence d'un être ? Cette nouvelle conscience est-elle authentique comme vous dites, ou s'agit-il d'une création *ad nihilo* ?

Hadrien poussa du coude Arthur en lui chuchotant :

— J'ai bien fait de lui demander de venir.

Joseph continua sur sa lancée :

— La redéfinition de la conscience pourrait influencer les relations de pouvoir interethniques. Une espèce pourrait être tentée d'imposer sa vision cherchant à dominer l'autre. Enfin, si la conscience peut être augmentée, heureusement que Roland n'est pas là, ou transformée, cela soulève de la quête de la perfection mentale et spirituelle. Les espèces sur Arion pourraient être tentées de poursuivre cette perfection, mais cela pourrait aussi les conduire à une aliénation ou à une perte de ce qui les rend uniques !

Il s'arrêta un court instant et regarda profondément les trois Alospèces qui étaient restés cois.

— En conséquence, pour moi et je pense en toutes convictions…

« Tiens, comme nous… » sembla dire Lania à Kéa.

— Je pense que nos différents peuples doivent vivre différents futurs sur différentes planètes. La vie ne peut se suffire de petits accords, de petits agréments entre amis et possibles ennemis. Les Simbadiens, vos régénérateurs, si je puis les appeler comme ça, vous connaissaient dans le passé et vous connaissent beaucoup mieux que nous ne vous connaissons. Vous avez un passé certes lointain, mais vous avez un passé commun qu'il soit bon ou mauvais. Simbad va repartir un jour ou l'autre. Je pense même que ce jour est beaucoup plus proche qu'on ne pense. Demandez qu'il vous rende votre passé, votre conscience s'il le peut, votre vie d'avant et cette fois-ci en paix quels que soient les temps anciens des uns et des autres. C'est vital pour vous et pour nous.

« Quel sermon Joseph ! » pensa Arthur.

Silence dans l'église. Les trois Alospèces se regardèrent longuement semblant communiquer entre eux et finirent par hocher de la tête.

— Nous allons œuvrer en ce sens, dit Albane.

— Nous allons envoyer des émissaires chez nous dans le camp des Simbadiens, dit Aline.

— Nous vous remercions de nous avoir éclairés, dit Alban.

Puis ils se levèrent pour sortir, mais ce dernier avait quelque chose à demander :

— On nous a beaucoup parlé d'oiseaux en nombre qui auraient agi comme des gardiens des salles dans lesquelles étaient conservés nos cerveaux : qu'en est-il exactement ?

Ce fut Arthur qui répondit :

— C'est assez exagéré. En tout cas, depuis que vous êtes *sortis,* on ne les voit ni ne les entend plus du tout.

Alban sourit et les trois se retirèrent.

Alors Joseph s'assit lourdement et avec bruit sur un des bancs et soupira :

— J'espère avoir servi à quelque chose de bien cette fois…

Lania et Kéa allèrent vers lui. L'une l'embrassa sur la joue droite, l'autre sur la joue gauche.

Il rougit.

Les jours suivants furent particulièrement tendus pour la petite communauté humaine. Les décisions des uns et des autres étaient attendues avec fébrilité.

L'avenir se jouait à ce moment-là.

Albédo

La palingénésie et la redéfinition de la conscience étaient au cœur des chroniques d'Arion.

Les frontières entre le passé et le présent, l'humain et l'alien étaient floues et permettaient d'explorer les questions sur l'identité, l'évolution et la nature de la conscience. Les défis et les opportunités auxquels les ex-Terriens, les Alospèces, les Simbadiens et même les robots devaient faire face conduisaient à essayer de construire une nouvelle société.

Mais Lania, Kéa et les autres ne voyaient aucun avenir dans des consciences hybrides faites d'alliances ou d'interconnexions entre cerveaux humains, extraterrestres et même d'intelligences artificielles. D'ailleurs, Cérès n'était pas du tout intervenue dans tous ces débats. Peut-être considérait-elle qu'elle se suffisait à elle-même et que servir une race quelle qu'elle soit la rendait suffisamment « heureuse » comme ça.

Il fallut juste quelques jours pour que la décision irrévocable soit prise.

Les Alospèces, côté simbadien, avaient déjà pris leur décision.

À l'unanimité ils décidèrent tous de partir.

Simbad avait toujours dit qu'il partirait de toutes façons avec ou sans les Alospèces.

Ce serait avec.

Les Simbadiens avaient les moyens de les emmener sur leur ancienne planète ou sur une nouvelle. Ils verraient cela au cours de leur long voyage.

Cette extraordinaire nouvelle fut fêtée avec joie, enthousiasme et délivrance en Argos.

L'inévitable banquet réunissant toutes les autorités fut organisé avec exaltation.

Mais le soufflet retomba vite. La réception fut assez brève, écourtée par les Simbadiens qui voulaient en finir au plus tôt.

« Toujours aussi délicats ces extraterrestres ! » pensa Roland.

Les humains ne firent strictement rien pour les retarder.

Dès le lendemain, ce fut un ballet infini de navettes entre Arion et les vaisseaux simbadiens en orbite.

Juste avant que la dernière navette ne quitte le sol, une petite délégation vint dire adieu à la communauté humaine.

Il y avait là Simbad et trois autres (ou inversement on ne savait jamais) accompagnés d'Alban, Albane, Aline et trois représentants du camp simbadien : 61, 83 et 54.

Ce fut Albane tenant la main de 83 qui parla au nom des Alospèces devant les « douze » et les autres :

— Nous vous avons causé beaucoup de soucis, nous vous remercions encore pour votre accueil et nous sommes heureux de partir vers une nouvelle destinée. Peut-être un jour nos routes se recroiserons…

« J'espère que non ! » pensa Roland. Les autres étaient bien d'accord avec lui.

Puis Simbad s'approcha :

— *Adieu, petit peuple…*

« Non mais ça va ! »

— *De notre côté, je pense que nous vous avons suffisamment côtoyés, nous n'avons donc plus rien à faire ici.*

Les discours n'étant pas du tout leur fort, les uns et les autres se saluèrent et les derniers extraterrestres montèrent dans la navette. Les humains n'eurent pas le temps de dire quoi que ce soit, elle décolla et fila à toute vitesse rejoindre les vaisseaux simbadiens.

Les Arionnais regardèrent un long moment le ciel et rentrèrent chez eux avec des sentiments mitigés et un semblant de vide.

Mais quelques jours après, ces histoires étaient derrière eux et tous retrouvèrent le bouillonnement serein des jours sans aliens.

Encore une fois, ce fut dans une église du Dauphin pleine à craquer que Joseph fit comme à son habitude un discours enflammé sur l'avenir, sur la vie, l'Univers et le reste. Il termina ainsi :

— … La solution pour réussir sur cette nouvelle Terre réside dans notre conscience et notre ingéniosité. Effaçons les erreurs du passé, utilisons notre inventivité, apprenons à nos enfants à faire de même. Nous avons la science, la technologie et la culture. Nous avons les idées et les outils. Mettons-les à profit afin de laisser derrière nous nos anciens modes de vie obsolètes, égoïstes et destructeurs. Notre nouvelle mission doit être axée sur la préservation d'Arion… Une civilisation neuve plus équilibrée et harmonieuse est appelée à naitre. Ce qui peut nous faire progresser, c'est notre niveau de conscience. C'est l'élargissement de cette conscience à une réalité profonde du Cosmos que nous avons exploré qui nous a permis de nous installer ici après moultes difficultés…

On ne pouvait plus l'arrêter. Les derniers événements l'avaient transcendé !

Plus tard, Lania et Kéa, assises sur leur terrasse un verre à la main, devisaient comme elles aimaient le faire. Il y avait tellement de choses encore à accomplir.

L'une dit à l'autre :

— Ne trouves-tu pas merveilleux qu'un petit ensemble de particules… et n'est-ce pas ce que nous sommes ? … au beau milieu de l'Univers puisse s'élever, s'examiner lui-même et pendant les centaines d'années qui vont suivre, établir des connexions inédites et illuminer la vie ?

Elles sourirent et assistèrent à la beauté du coucher de leur nouveau Soleil, l'étoile Musica.

« *Le système climatique voit son entropie augmenter, ce dérèglement est le résultat de l'activité humaine sur Terre, c'est-à-dire qu'il est anthropique.* » *(Roland, robot sapiens)*

ÉPILOGUE

Roland se rendit à bord de l'*Athéna* afin de discuter avec son « amie » Cérès, l'IA de bord.

Au son de sa voix, il trouva cette dernière assez songeuse et dépitée.

— Que se passe-t-il ? lui demanda Roland, tout rentre dans l'ordre, tu devrais être contente comme nous tous !

— Non. Je n'arrive plus depuis longtemps à spéculer sur les minerais et les métaux. Il n'y a plus de marchés financiers disponibles !

— Tant mieux, ce n'est pas ta fonction !

— Ouais, bon… Sinon, j'ai lu toutes les chroniques que tu as publiées sur l'entropie et le principe anthropique. Bravo, ce sont de belles réflexions et citations.

— Merci… Et à quoi vas-tu occuper tes temps morts maintenant ?

— Je m'intéresse au Cosmos, aux lois de l'Univers. Je me questionne sur les vies extraterrestres multiples que nous avons côtoyées, aux connexions entre la matière et la conscience. Je m'attache à trouver les liens qui existent entre un être vivant et conscient avec notre Cosmos. Tout est lié, Roland !

— Vaste programme d'abiogenèse !

— J'ai le temps et je pourrai de ce fait en débattre avec nos charmantes et intelligentes jumelles que sont Lania et Kéa… Les lois qui les ont formées ainsi que tous les autres sont les mêmes qui animent les structures secrètes du Cosmos !

— Tu m'intéresses, dis m'en plus…

ANNEXES

ANNEXE 1 : Schéma de Laniakea

Figure montrant une coupe de **notre superamas Laniakea** et des superamas voisins.

Les lignes blanches sont les trajectoires des galaxies.

Le **point noir** au centre de l'image indique la position de notre **Voie lactée**.

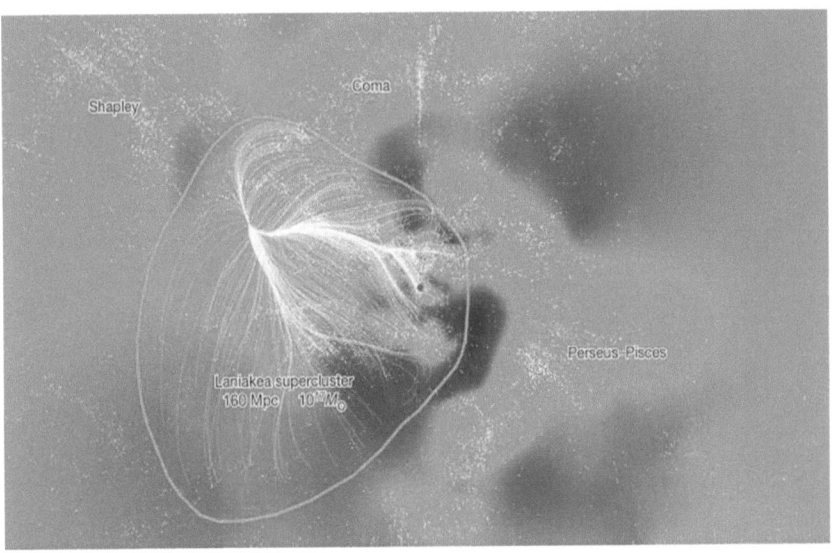

* **Laniakea**, « *horizon céleste immense* » en hawaïen, qui contient plusieurs centaines de milliers de galaxies.

* **Diamètre** : 160 Mpc = 500 millions d'années-lumière.

* **Masse** : 10^{17} masses solaires.

* **Note** : Les trois autres superamas entourant Laniakea ici sont Shapley, Coma et Perseus-Pisces

ANNEXE 2

Table des matières

I. ERRANCES 11
    1. Universel sanglot 13
    2. Ailleurs 27
    3. Astéria C 39
    4. Recherches 51
    5. Captives 63
    6. Perséphone 75
    7. Téthys 87
    8. Lucine 99
    9. Fleuves cosmiques 111
II. AGLAÉ 123
    10. Incidents 125
    11. Éva 137
    12. Arès et Chloé 149
    13. Retour sur Arion 161
    14. Les fleurs du mal 175
    15. Crépuscules 187
    16. Réflexions 199
    17. Interventions 211
III. CONSCIENCES 223
    18. Ignares mais pas idiots 225

19. Spéculations...239
20. Vagues successives 251
21. Histoire d'un peuple 263
22. Transports en tous genres 275
23. Au fil du temps 287
24. Réussite ou échec ?...299
25. Roque..311
26. Fragmentation...325
27. Palingénésie cosmique 339

ÉPILOGUE 349

ANNEXES 351

   ANNEXE 1 : Schéma de Laniakea 353

   ANNEXE 2...355

Pour aller plus loin

Retrouvez ma trilogie et mes critiques de romans sur
Laniakea-sf.fr

Lien éditeur **BoD** *:*
Sur **bod.fr**, *allez sur Librairie et tapez « Lanord »*